NHK

連続テレビ小説

らんまん 上

作 長田育恵

ノベライズ 中川千英子

NHK出版

NHK 連続テレビ小説

らんまん

上

目次

酒蔵「峰屋」

- 万太郎の祖母　槙野タキ（松坂慶子）
- 万太郎の母　槙野ヒサ（広末涼子）
- 峰屋の蔵人　幸吉（笠松 将）
- 主人公　槙野万太郎（神木隆之介）
- 万太郎の姉　槙野 綾（佐久間由衣）
- 峰屋の杜氏　寅松（嶋尾康史）
- 峰屋の女中　たま（中村里帆）
- 峰屋の番頭　市蔵（小松利昌）
- 峰屋の女中頭　ふじ（石村みか）
- 市蔵とふじの息子　竹雄（志尊 淳）

分家の人々

- 小間物屋店主　豊治（菅原大吉）
- 豊治の息子　伸治（坂口涼太郎）
- 分家　紀平（清水 伸）

佐川で出会う人々

- 名教館学頭　池田蘭光（寺脇康文）
- 万太郎の学友　広瀬佑一郎（中村 蒼）
- 医師　堀田鉄寛（綱島郷太郎）
- 謎の武者　坂本龍馬（ディーン・フジオカ）
- 万太郎の親友　堀田寛太（新名基浩）

高知で出会う人々

- 深尾家家臣　塚田昭徳（榎木孝明）
- 政治結社「声明社」リーダー　早川逸馬（宮野真守）
- 「声明社」支援者　楠野喜江（島崎和歌子）
- 通称「ジョン・マン」　中濱万次郎（宇崎竜童）

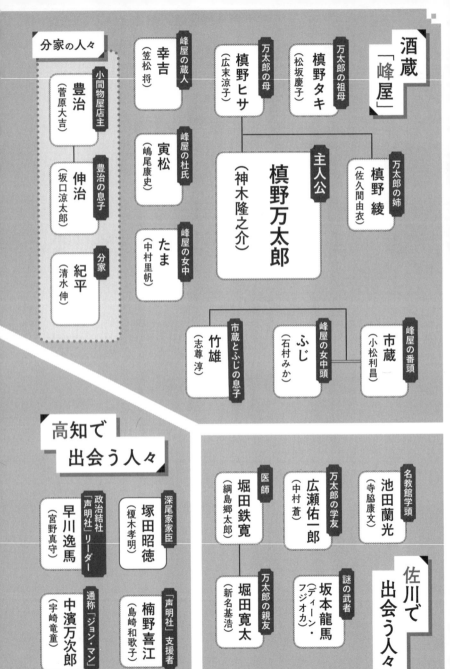

主な登場人物関係図

夫婦関係 ＝
親子関係 ―

和菓子屋「白梅堂」

ヒロイン
西村寿恵子
（浜辺美波）

寿恵子の母
西村まつ
（牧瀬里穂）

寿恵子の叔母・まつの妹
笠崎みえ
（宮澤エマ）

菓子職人
阿部文太
（池内万作）

十徳長屋の人々

元彰義隊
倉木隼人
（大東駿介）

隼人の妻
倉木えい
（成海璃子）

東大の落第生
堀井丈之助
（山脇辰哉）

小料理屋の女中
宇佐美ゆう
（山谷花純）

棒手振り
及川福治
（池田鉄洋）

噺家
牛久亭九兵衛
（住田 隆）

十徳長屋の差配人
江口りん
（安藤玉恵）

東京で出会う人々

植物学者
野田基善
（田辺誠一）

植物学者
里中芳生
（いとうせいこう）

印刷所の主人
大畑義平
（奥田瑛二）

義平の妻
大畑イチ
（鶴田真由）

新興実業家
高藤雅修
（伊礼彼方）

東大研究室の人々

教授
田邊《たなべ》彰久《あきひさ》
（要 潤）

助教授
徳永政市
（田中哲司）

二年生
波多野泰久
（前原 滉）

二年生
藤丸次郎
（前原瑞樹）

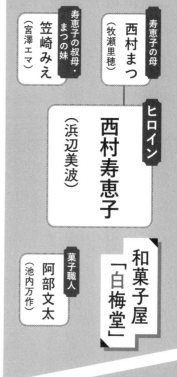

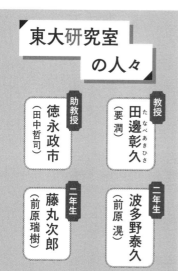

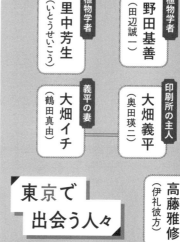

装丁　小田切信二
キービジュアル提供　ＮＨＫ

第1章　バイカオウレン

「やあ。おまん、誰じゃ」

緑が豊かに生い茂る森の奥で、青年の声がする。

「かわいいのう。フサフサしたのがついちゅう」

木漏れ日が差し、こずえでは鳥たちがさえずっている。木々は大地に根を張り、腐葉土の香りが漂う中、虫や生き物たちが花や実をつついている。

「これは雄花じゃろうか」

声の主は槙野万太郎《まきのまんたろう》。シャツに蝶《ちょう》ネクタイといういでたちで、植物採集用のブリキの胴乱《どうらん》を肩から下げている。小さな妖精を思わせる植物に顔を近づけ見つめるうちに、万太郎の瞳が輝きだした。

「おまん、見たことないき。ひょっとして新種じゃないかえ？　のう。初めまして……！」

幼いころから万太郎は、こんなふうに植物に語りかけていた。

慶応《けいおう》三年（一八六七）三月のある日のこと。五歳の万太郎は、縁側の下に潜り込み、小さな双葉をそっと指でつついていた。

「昨日まで開いちょらんかったよね？　葉っぱ、ちんまいのう。まるこいのう」

ここは高知の佐川《さかわ》村。万太郎は、『銘酒　峰乃月《みねのつき》』で知られる酒蔵・峰屋《みねや》の跡取り息子だ。

「ねえ。どっから来たが？」

友達に語りかけるように尋ねるうちに、万太郎は急に寒気を覚え、くしゃみをした。

「坊ちゃん?!　どうなさいました?!」

若い女中のたまが、縁側下から脚が伸びているのに気づいて、仰天している。

「倒れたがですか？　熱ですか?!」

たまに引っ張り出された万太郎は、寝間着がはだけて土にまみれていた。

「……クシュンッ」

「ああっ！　大奥様にお知らせせんと！」

「なんちゃあない！　見よっただけじゃ」

「猫でもおりましたろうか？　それより坊ちゃん、今日が来るがをあんなに楽しみに待ちよったに」

「今日？　……そうじゃった！」

万太郎は突然廊下を駆け出し、たまは泣きそうな顔で後を追った。

「走ったら熱出ますき！　坊ちゃん！」

その後、晴れ着に着替えた万太郎は、意気揚々と母・ヒサの部屋へ向かった。

「おかぁちゃん！　今日、ごちそうじゃ」

病の床に臥しているヒサが体を起こし、万太郎を優しくたしなめた。

「万太郎。挨拶」

「おはようございます。ねえ、おかぁちゃん。菓子もあるろうか」

今日は峰屋にとって特別な日で、台所では女中たちが、うたげの支度に追われている。ヒサは、息子の晴れ着姿をいとおしく見つめていた。

「立派やき。よう似合《にお》うちゅうねえ。今日は家じゅう忙しいき、いたずらしたらいかんぞね」

「うん！」

言うなり部屋から飛び出した万太郎は、ヒサに薬湯《やくとう》を持ってきた姉とぶつかりそうになった。

「万太郎！　走ったらおばあちゃんにしかられるぞね！」

万太郎より三歳年上の綾《あや》は、あきれながら弟を見送った。


万太郎は峰屋の酒蔵に向かった。そこでは蔵人《くらびと》たちが「桶《おけ》洗い唄《うた》」を歌いながら「甑《こしき》」を洗っている。甑とは米を蒸すための大きな蒸し器のことで、蔵人たちは半年にわたる仕込みが終わると甑を洗う。これを「甑倒し」という。この日、蔵元は盛大な祝宴を開き、蔵人たちをねぎらうのが習わしとなっている。

峰屋にとって大切な日だが、万太郎には〝ごちそうの日〟だ。台所をのぞいた万太郎は、女中たちの目を盗んで、山椒《さんしょう》餅をいくつか失敬した。まずは一つを口に入れ、残りを着物のたもとに入れて万太郎は峰屋を後にした。佐川村の蔵通りを駆けて向かった先は、同い年の友達・堀田《ほった》寛太《かんた》の家だ。甑倒しのごちそうの中にお菓子があったら、寛太にもあげると約束していたのだ。

元気に家を飛び出してきたまではよかったが、走り続けるうちに足が重くなってきた。やがて胸も痛くなり、息が切れて、せきも出始めた。万太郎は病弱だが好奇心旺盛で、大人たちが止めるのも聞かず動き回っては度々熱を出す。この日も、寛太の家にたどりついたころには意識がもうろうとしており、門前で気を失ってしまった。


目覚めたときには、万太郎は自分の部屋に寝かされていた。布団の周りには万太郎の祖母で峰屋を切り盛りする槙野タキ、番頭の市蔵《いちぞう》、市蔵の妻で女中頭のふじがおり、医師の堀田鉄寛《てっかん》の話を聞いていた。鉄寛は、寛太の父だ。倒れた万太郎を介抱し、峰屋まで連れてきてくれたのだろう。

「走ったき、心の臓がびっくりしたがでしょう。今は肺の腑《ふ》も落ち着いてますき」

「おまんは……！　どういて走ったが？　どういて……」

タキにしかられたが、万太郎は納得できない。

「……そうやち……みんなあ走りゆうよ」

「おまんは、みんなあと違う！　えいき寝よりなさい」

皆が出て行って一人になると、万太郎は布団の中でつぶやいた。

「……どういて、わしはみんなあと違うが？」

槙野家は代々、佐川の領主・深尾《ふかお》家の御用掛《ごようがかり》を務め、名字帯刀《みょうじたいとう》を許された豪商だ。酒造りを許されているのは土佐でも数軒のみで、槙野家はその中で最も由緒ある家柄だった。

万太郎が休んでいる間に、峰屋の大座敷には槙野家一同と、使用人、蔵人たちが集まり、盛大な宴会が始まった。箱膳や皿鉢料理が並び、酒豪ぞろいの土佐者たちが酒を酌み交わしている。峰屋の分家で小間物屋の当主の豊治《とよじ》も酔って気が大きくなったのか、万太郎がこの席にいないことを非難し始めた。

「あいつ、また倒れよったぞ。本家のご当主が顔も見せんと」

息子の伸治《のぶじ》、同じく分家の紀平《きへい》を相手に、豊治は不満を言い立てる。

「ただでさえ酒蔵を仕切っちゅうが、ばぁさまじゃゆうに、この先、あの弱ミソが」

「豊治。なんてゆうた？」

タキの声が座敷に響き、皆の視線が集まった。

「分家の分際で、なんてゆうた？　もっぺん言うてみ！」

その剣幕に、分家の面々は慌てている。

「わしらも案じゆうがじゃ。じぃさまらあをいっぺんに亡くして、ばぁさまも大変じゃったろ？わしらをもっと頼ってくれても」

豊治の弁解をタキはぴしゃりとはねのけた。

「いらん世話じゃ。おまんらがいくら案じてくれよったち、しょせん分家じゃ。はっきり言うちょく。おまんらがいくら束になろうが、万太郎一人にはかなわん！」

座敷のにぎわいは万太郎の部屋にまで届いており、目覚めた万太郎は枕元の湯飲みから水を飲んだ。もう少し飲もうと部屋から出かけたところで、廊下から豊治の声が聞こえてきた。

「ばぁさん、意固地になりよって。分家はみんなあ言いゆうけんど。峰屋の跡取りやったら、うちの伸治のほうがよっぽどええい」

「万の字は、どうせ長《なご》うは生きられん。ばぁさん、目ぇ背けちゅうだけじゃ」

そう答えたのは紀平の声だ。

「いっそ万の字は、生まれてこんほうがよかったが」

吐き捨てるように豊治が言い、二人は去っていった。


生まれてこないほうがよかった。

自分がそう思われていることに、万太郎は打ちのめされた。そして、こらえきれず、ヒサの部屋へと向かうと、母に抱きついて尋ねた。

「おかぁちゃん！　おかぁちゃんも？　いらんかった？　わし､生まれてこんほうがよかった？」

「あほなこと。夢でも見たが？　誰もそんなこと思うちょらんよ」

「うそじゃ！」

ヒサは、腕の中の万太郎を見つめて言い聞かせた。

「おかぁちゃんね、万太郎が欲しゅうて欲しゅうてたまらんかったがよ。どういても欲しゅうて、裏の神社に毎日お参りに行きよったがよ。ほんなら万太郎が来てくれた。神さんがくれたがよ。万太郎にはおとぅちゃんもついちゅう。なんちゃあ心配いらん」

「……神さまらあ、見たことない」

「あれ、万太郎、知らんかった？　神さんは見えんでもおるがよ」

「おとぅちゃんにも会《お》うたことない！」

「――おとぅちゃんやち、おるよ。見えんようになっただけで。万太郎のこと、ちゃあんと守っちゅう」

「うそじゃ！　見えんなったら消えて終わり。それだけじゃ。わしもどうせ……」

「万太郎！」

　母の強い声音に、万太郎は驚いた。

「そんな悲しいこと言わんとって。ね？　今のおまんには分からんかもしれん。けんど、これだけは忘れんとって。おまんは大事な子じゃ……おかぁちゃんのたからもの。みんなあとは違うき」

　だが万太郎はヒサの腕を離れて叫んだ。

「いやじゃ！　おかぁちゃんもおばぁちゃんも嫌いじゃ！　大嫌いじゃ！」

　出て行く万太郎をヒサは追おうとしたが、せき込み、ままならなかった。そうするうちに、万太郎の足音は遠ざかっていった。

　ヒサはやりきれない思いを抱えたまま仏間に向かった。仏壇に手を合わせていると、タキが現れた。

「起きちょってもえいがかえ？」

「……分家の方々にご挨拶もできんと、すみません」

「あんな連中。うちの人と嘉平《かへい》が生きちょったら、連中もあんな口は利かんかったろう」

嘉平とは、今は亡きタキの息子、万太郎の父親のことだ。

「女が一家の差配をするがが気に食わんがじゃき」

「……支えられんで、申し訳ありません。私が丈夫でないばっかりに……ようよう授かった万太郎まで弱《よお》う産んでしまいました。そのせいで――あの子も苦しんじょります」

「ヒサ。おまんには、一度きっちり伝えちょかんといかんね」

そう言って、タキはヒサが槙野家に嫁いできてからの日々を振り返った。

万太郎を産む以前に、ヒサは三度も流産をした。四度目の妊娠が分かり、家族一同でヒサを守り支えようとしていたところ、はやり病のコロリ（コレラ）で嘉平とタキの夫・喜左衛門《きざえもん》が立て続けに亡くなった。

「ほんまに不安じゃったろう？　けんどおまんは、おなかのややこを十月十日守り抜いて、峰屋の跡継ぎを産んでくれた。おまんばあ立派な嫁はおらん。それに、万太郎が生まれたばっかりじゃったに、綾を引き取るときにも嫌な顔一つせんかった」

綾は、タキの娘の幸枝《ゆきえ》が産んだ子だ。幸枝夫婦もコロリで亡くなったため、タキが槙野家の子として引き取り、従姉弟同士だった綾と万太郎は姉弟になったのだ。

「幸枝の忘れ形見の綾とおまん――女だけが取り残されて。万太郎が生まれんかったら、槙野の本家はどうなっちょったか分からん。おまんは望みをくれたがよ。万太郎が、わしの人生を照らしてくれれゆう」

「はい。本当に……私もあの子のこの先を、見守りとうございましたけんど……自分のことですき、分かります。万太郎と綾を……育て上げることができんと、申し訳ございません……」

うつむき、肩を震わせるヒサに、タキが語りかける。

「顔をお上げ、ヒサ。謝ることはひとッつもない。おまんは万太郎を産んでくれた。綾の親になってくれた。十分じゃき。あとのことは、わしがおるき。万太郎を育て上げ、この峰屋を渡すまで、わしは死なんきね」


そのころ、万太郎は一人、裏山にある金峰《きんぷ》神社の石段を上っていた。感情に任せて飛び出してきたが、息が切れて不安になってくると、木々のざわめきも、鋭く響く鳥の鳴き声さえも恐ろしく感じられた。それでも万太郎は、にじむ涙を拭って石段を上り続けた。

山の中腹の神社までたどりつくと、静けさの中、こけむした狛犬《こまいぬ》が万太郎をにらんでいた。

「――神さん！　おりますか？　神さん！　聞きたいことがあるがです！　神さん！」

怖さをこらえて万太郎は奥に進んでいく。

「わしがみんなあと違うがは、神さんのせいじゃに！　神さんのあほ！」

泣きながら叫んだ瞬間、風が強く吹き抜け、どこからか笑い声が降ってきた。

「神さんをあほ呼ばわりするち、ふてぇ坊主じゃのう！」

見れば、神社を守る巨木の上に何者かがいる。

「誰？　天狗《てんぐ》?!」

「――天狗はええねや～」

そう言って、男が巨木から飛び降りてきた。背が高く、ぼさぼさの髪をゆるくまとめた風変わりな風体で、腰に刀を差している。

「お武家さま⁈」

「いいや。天狗じゃ。ああ、ここまで来ると、帰ってきたち思うのう。故郷の風じゃ」

「天狗の集まりに行っちょったが？」

「ア？　おお、そうじゃ！　天狗の集まりじゃ。日の本じゅうから我も我もと集まっちょってのう、みんなあで、明るいほうを目指しちゅうがじゃ」

「明るいほう？」

その時、天狗と名乗る男の腹がグウと鳴った。万太郎は、たもとに入っていた山椒餅を差し出した。すると天狗は礼を言い、うまそうに食べ始めた。

「ほんで？　なんでベソかいちょったがじゃ？　分かった。寝小便じゃろ。カハハ、何を隠そうわしも……」

「……天狗は熱を出す？　わしはしょっちゅう出す。ちいっと動いただけで苦しゅうなる……わしは弱うて……みんなあと違うがじゃと」

「心配せんでものう！　坊くらいの年やったらよう食うて、よう寝て、うんと遊んじょったら元気になるがやき。その証拠に、わしも子どものころは泣き虫の毛虫じゃったがよ。あんまり弱うて、あねさんにしごかれちょった」

「わしも、あねさんがおる」

「おう、おんなじじゃのう」

万太郎は天狗に頭をなでられた。父を知らない万太郎は、大きく厚い大人の男の手に心ひかれ、小さな自分の手を重ねてみた。

「……わし、生まれてこんほうがよかったがじゃと」

「――はあ?!　そんなこと言うガキは頭から食らうちゃる！」

そう言って天狗は万太郎を抱え上げた。

「生まれてこんほうがよかった？　ほんなら食われても文句はないろう?!」

「いやあーッ！」

暴れているうちに万太郎は天狗に肩車をされていた。食べられまいと必死でしがみついていた万太郎が目を開けると、そびえ立つ木々が、そして空が、いつもよりずっと近くにあった。

「――わあっ……！」

「坊。生まれてこんほうがよかったひとらぁ、一人もおらんぜよ。みんなあ、自分だけの務めを持って生まれてくるがやき。己の心と命を燃やして、何かひとつ、事を成すためにここにおるがじゃ。誰に命じられたことじゃあない、己自身が決めて、ここにおるがじゃ。おまんも大きゅうなったら何でもできる。望む者になれるがやき！」

また風が強く吹き、木々が揺れて木漏れ日がきらめいた。天狗は歩き出し、肩の上の万太郎は慌ててしがみついた。

「さあ望みや！　おまんは何がしたいがぜ？」

問われた万太郎が思案し始めたところに、茂みの中から武士たちが現れた。

「坂本さん！　何やりゆうがですか！　下関におることになっちゅうがですき、人目にはつかんとってください」

天狗は笑って武士たちに謝ると、万太郎を肩から降ろした。

「坊！　息災にのぉ。餅、うまかったぞ！」

そして天狗は、武士たちと共に茂みの奥へと消えていった。

「待って！　行かんとって！」

「万太郎ッ！」

聞こえてきたのはヒサの声だ。綾と、番頭の子・竹雄《たけお》に支えられ、こちらにやってくる。姿を消した万太郎を案じて、懸命に捜し歩いていたのだ。ヒサは万太郎を見つけると、安堵《あんど》のあまりその場に崩れ落ちた。駆け寄る万太郎を、ヒサはしっかりと抱き留めた。

「おかぁちゃん！　おらんようになってごめんなさい――大嫌い言うて……ごめんなさい」


その後、四人は峰屋に戻ろうと歩き出した。

万太郎がいなくなったことに最初に気づいたのは竹雄だった。竹雄は市蔵・ふじ夫妻の子で、万太郎より四つ年上の九歳。峰屋の仕事を手伝い、万太郎の世話を頼まれることも多い。

「……坊、ご無事でしたか？　今、誰かおったようですが」

「うん。おった。天狗じゃ」

天狗と聞いて竹雄と綾は驚いたが、ヒサは笑顔で答えた。

「ほんとにおったかもねえ。ほら――」

見れば、辺り一面に白く小さな花が咲いている。

「天狗が、春を連れてきたがやろうね」

ヒサは森の空気を深く吸い込み、白い花に顔を寄せた。

「これね、おかぁちゃんがいちばん好きな花。冬の間ずっと、冷たい地面の下でちゃあんと根を張って、春、真っ先にこんな白うてかわいらしい花を咲かせてくれちゅう。この花はたくましい。いのちの力に満ちゆう」

「……いのちの力？」

「そう。万太郎もね」

ヒサの手が、万太郎の小さな手を包み込んだ。

「この花、なんていう花？」

「名前は知らんき。なんてゆう子かねえ？」

ヒサは、優しく花に語りかけている。

「どういてこんな花が咲くがか、不思議じゃね」

その言葉が、万太郎の胸の奥深くに響き渡った。

「――うん。どういてこんな花が咲くがか……」

小さな光のしずくのようにも見えるその花に、万太郎はそっと手を伸ばした。

峰屋に帰ると、店の表にタキ、市蔵、ふじがおり、杜氏《とうじ》の親方と蔵人たちも、万太郎を案じて待っていた。分家の者たちは帰宅しようとしており、万太郎はヒサに促されてタキの前に歩み出た。

「……おばぁちゃん……」

「……おまんはなんですか？　今日は蔵人らぁを存分にねぎらう日じゃ。蔵元は、蔵人が酒を造ってくれるき、やっていける。いくら礼を言うても足りん。その大事な日に——おまんはそれでも峰屋の当主かね！」

万太郎はうつむいてタキの叱責を聞いていた。いつもなら泣き出していたところだろう。だが、この日は違った。裏山で出会った天狗が、力を与えてくれたような気がした。

「……杜氏のおやっつぁん。蔵人のあんちゃんらあ。わしは、いつもあんちゃんらあの歌、聞きよった。蔵の仕事、お酒も……分からんけんど……、あんちゃんらあの歌聞くとうれしゅうて。熱が出ちゅうときも、ぐっすり眠れて……おやっつぁん。あんちゃんらあ。どうかまた峰屋に来てくれますろうか」

万太郎のけなげな言葉に、蔵人たちは思わず笑顔になった。杜氏の寅松《とらまつ》は片膝をついて万太郎に目線を合わせた。

「坊ちゃん、ありがとう存じます。わしらあも、峰屋で働けて幸せですき。また秋になったら参ります」

蔵人たちも、万太郎に向かって頭を下げた。

「坊、よろしゅう、おたのもうします」

「おたのもうします！」

元気よく答えた万太郎は、分家の面々が顔色を失っていることなど気にも留めていなかった。

万太郎は裏山で白い花を一輪摘んできていた。たもとに入れて大事に持ち帰ったが、部屋に戻ったころにはしおれ始めていた。そこで、絵に描いておこうと思いついた。

紙と筆、すずりを用意し、まずはじっくりと花を眺めた。花びらはどんな形か？　裏側はどうなっているか？　愛らしい姿をそのまま紙の上にとどめておきたい。そう思ったが、初めてのことでなかなかうまくいかない。筆につけすぎた墨がぼたぼたと紙に落ち、思うように描けなかった。


無理をして万太郎を捜しに出かけたヒサは、峰屋に戻るとまた床に就いた。女中のたまの看病を受けながら体を休めていると、障子の隙間から絵が一枚、差し込まれた。何の絵なのか、たまにはさっぱり分からなかったが、ヒサは一目で愛する息子の思いを悟った。

「これなら枯れんね」


数日後、佐川の領主・深尾家の財政を預かる勝手方《かってがた》、塚田昭徳《つかだあきのり》が峰屋を訪ねてきた。塚田は、長年のつきあいのタキと碁を打ち、時勢を語り合った。

「今やこの土佐は、伸《の》るか反《そ》るか、乾坤一擲《けんこんいってき》のとき。だが民にはそれが分からん。潮の変わり目と浮き足立つ者もおる」

今、時代は大きな転換期を迎えている。二六〇年にわたって続いてきた江戸幕府が揺らいでいるのだ。

「ご案じなさらんでも、わたくしども峰屋は深尾のお殿様に引き立てられ、一五〇年間、のれんを守ってまいりました。世の中がどう変わろうと、峰屋の忠義、変わることはございませんき」

この日、タキは塚田を見送る際に、初めて万太郎に挨拶をさせた。

「塚田さま。初めてお目通りいたします」

「ほう。利発そうな子じゃ。そのうち寺子屋じゃの。坊、名教館《めいこうかん》に通うか？」

名教館は、深尾家がかつて家塾として開いた学問所で、武士の子弟たちが通っている郷校《ごうこう》だ。

しかし塚田は、時勢を思えば、武士の子弟と峰屋の跡継ぎが交わることに意義があると考えた。

タキは、町人の子である万太郎が名教館に誘われたことに感激した。

「ありがとう存じます。孫ともども、この先も峰屋の務め、果たしてまいります」

この年の十月、土佐藩は大政奉還《たいせいほうかん》の建白書を幕府に提出。これを受けて、将軍・徳川慶喜《とくがわよしのぶ》は朝廷へ政権を返上する決意を固めた。


秋を迎えると、峰屋にはまた杜氏と蔵人たちが集まり、酒造りが始まった。

ある日、万太郎は自室できゅうを据えられていた。少しは丈夫にならなくては学問所に通うこともできないと、タキが灸師《きゅうし》を呼んだのだ。タキは、熱いと騒ぐ万太郎の体を竹雄に押さえさせた。

「離しや！　竹雄！」

万太郎にそう言われても、竹雄はタキに逆らうわけにはいかない。

きゅうが済むと万太郎は家を抜け出し、金峰神社の境内にやってきた。きゅうを据えられたところがまだ痛い。ふてくされて野原に寝転んでいると、竹雄がやってきた。

「坊！　何べんも言いゆうでしょう。勝手に出て行かんとってくださいと。毎度、心配します き」

甑倒しの日、行方知れずになった万太郎を連れ帰った後、竹雄はタキからこう言い渡された。

「明日から家の仕事はせんでえい。それよりも万太郎のことだけを気にかけちょってくれたらえい。今日みたいなことは二度と起こしな。次あったら、おまんの落ち度じゃき」

以来、竹雄は万太郎のお目付け役を懸命にこなしている。

「おまんはただ、おばぁちゃんにしかられるがが怖いがやろう？」

万太郎は、竹雄とは口を利かないと言って野原を眺めていた。だがふいに、辺りを埋め尽くすように生えている野草が気になった。

「ひとが通るとこに、ようけ生えちゅう」

万太郎が引っ張ってみると、その草は強く根を張っていて、抜くのに思いのほか力が要った。

「強いのう。踏まれて強うなるがじゃろうか」

万太郎が熱心に観察し始めると、竹雄は懐から帳面と筆の入った矢立てを出し、万太郎に渡した。帳面には万太郎が模写してきたさまざまな植物が描かれている。万太郎は夢中で野草の絵を描き始めた。こうなると長くかかることがわかっているので、竹雄は前掛けを外して万太郎の上にかざし、日陰を作った。万太郎はそれに気づきもせず描き続けた。

そこに、村の子どもたちが遊びにやってきた。

「あー！　峰屋の坊ちゃんじゃ！　坊ちゃんも遊ぼう」

万太郎は誘われたことがうれしかったが、竹雄は子どもたちを遠ざけようとした。

「遊びたいなら部屋でわしと遊びましょう。帰りますよ」

竹雄は、万太郎が走り回ってまた熱を出しては大変だと案じているのだが、当の万太郎は村の子たちに言われるまま、鬼ごっこの鬼役を引き受けた。一斉に逃げ出した子どもたちを万太郎が追いかけだすと、竹雄は万太郎をつかまえて、無理やり連れて帰ろうとした。

「離して。嫌じゃ！　離せ！」

二人がもみ合っていると、村の子たちも「離せ」と言い、竹雄を蹴飛ばした。それでも竹雄は万太郎を離さず、子どもたちに向かって叫んだ。

「おまんら、二度と坊に近づきな！」

すると村の子たちは、万太郎に反感の目を向けた。

「峰屋の坊は、わしらと遊ばんがやと！」

言い捨てて立ち去る村の子たちの姿に、万太郎は言葉を失った。


万太郎は腹を立てたまま竹雄と共に峰屋に戻った。酒蔵の前で綾に出くわすと、綾は万太郎の様子がおかしいと気づいた。

「どういたが？　真っ赤な顔して――また熱?!」

綾がおでこに触れようとすると、万太郎が拒んだ。

「嫌じゃ！　なんちゃあないに――なんちゃあなかった！」

万太郎は竹雄を蹴飛ばし、竹雄は綾に事情を話した。

「鬼ごっこができんかったき、わしに怒っちゅうがですよ」

その言葉で余計に情けなさと怒りが突き上げ、万太郎は竹雄の腕にかみついた。あまりの痛さに竹雄はうずくまった。綾がしかりつけると、万太郎は蔵の中へと逃げ込んだ。

「こら、万太郎！　入ったらいかん。いかんと言いゆうろう！」

後を追おうとした綾の足が蔵の入り口で止まった。女性は蔵に入ることが許されない。それは十分に分かっているのに、綾は立ち去ることもできなかった。そして、何かに吸い寄せられるように足を踏み出した。

薄暗い蔵の中には桶が並び、甘い香りが立ちこめていた。何かが生きているような気配もする。綾は、初めて知る蔵の中の空気を深く吸い込み、何歩か先に進んだ。そして、そっと桶に手を触れた。その一瞬が、綾には永遠のように感じられた……。

その時だ。突然綾は、何者かによって蔵の外に放り出された。

「おなごが蔵に入るな！」

どなったのは杜氏の寅松だ。

「……腐造《ふぞう》を出したらどうするがぜ——おなごは穢《けが》れちゅうがじゃ。入ったらいかん！」

騒ぎに気づいた万太郎が、泣きながら蔵から出てきた。

「わしが……わしが入った……おねぇちゃん悪うない……！」

「坊。おなごはいかんがじゃき。酒蔵の神さんがおなごを嫌うき。酒が腐りよる！　おう！　お清めの酒をまいちょけ！　桶の様子、調べちょけ！」

寅松の指示で蔵人たちが動き出した。ぼう然としている綾は、蔵の中にかんざしを落としてきたことに気づいていなかった。

この日の晩、綾はタキから夕食抜きを命じられ、自室でひとりにされた。万太郎は、綾を許してほしいと泣いてすがったが、タキは聞き入れない。

「酒蔵には酒蔵の掟があるがじゃき。わしも、蔵には一歩たりとも立ち入ったことはない。おなごはいかんがじゃき」

綾の部屋の障子の前で万太郎が泣き続けていると、中から綾の声がした。

「そんなに泣かんとって。あたしが入りたかったがやき。えい匂いがした……。あの蔵へ、いっぺんでえいき、入ってみたかったがやき……」

万太郎はやりきれない思いを母に聞いてもらいたかった。しかしふじに、ヒサの部屋に入ってはいけないと言われてしまう。無理やり入ろうとすると、一瞬だけヒサの姿が見えた。熱を出したヒサは苦しそうにしており、その枕元には、万太郎が描いた白い花の絵が置かれていた。

年が明けたころには、ヒサは目を覚まさない日も多くなった。ある日、急きょ堀田医師が呼ばれた。大人たちの緊迫した様子もあって、万太郎は不安でたまらなくなった。

「おねぇちゃん。おかぁちゃんどうなるが？」

「……冷とうなるがよ。……冷とうて硬《かと》うて……もう目を開けてくれんようになる」

実の両親を亡くしたときの記憶が、綾にはかすかに残っていた。

「うそじゃ！　おねぇちゃんのバカ！」

「しょうがないろう！　どうしようもないこともあるがやき。聞き分けないこと言いな！」

綾の言葉に打ちのめされたとき、万太郎の脳裏に裏山で白い花を見たときの母の姿が浮かんだ。

「これね、おかぁちゃんがいちばん好きな花。いのちの力に満ちゆう」

もう一度、あの白い花を摘んでこよう。〝いのちの力〟が、きっとおかぁちゃんを助けてくれる。そう信じて、万太郎は金峰神社へと向かった。


必死で石段を上り、境内にたどりついたが、地面をはうようにして探しても、冬の野原に花は一輪も見当たらない。それでも諦められず、万太郎は山の奥へと続く道を進んでいった。

峰屋では、万太郎がいなくなったことに竹雄が気づき、綾と一緒にヒサの部屋に捜しに行った。しかし万太郎はおらず、タキ、ふじ、たまが、堀田医師の指示の下、懸命にヒサの看病をしていた。高熱に苦しむヒサの枕元には、万太郎が描いた絵があった。そこに描かれた花を、ヒサは毎日、めでていたのだろう。よれよれになった紙を見て、綾は万太郎の行き先を察した。

「裏の神社じゃ！　万太郎、花を探しに行ったがやろう」

綾と竹雄は二人で万太郎を捜しに向かった。日が暮れないうちにと先を急ぎ、大人たちには声をかけなかった。

境内に着いたが万太郎の姿はなく、二人は危険を承知で山奥へと進んでいった。歩き続けるうちに寒風が強くなり、吹き飛ばされそうなほどだった。それでもくじけることなく進みながら、綾は竹雄に語った。

「――どういて万太郎ながやろう思うたことがある。弱ぃのにやりたがり。迷惑ばっかしかける。勝手に倒れるし、つまらん葉っぱをずうっと見ゆう。うちの男衆《おとこしゅう》とはまるで違う。あたしと万太郎が、あべこべやったらって思うたこともある。あたしが男なら早《はよ》う大きゅうなって、蔵人みたいに働くに。酒の神さんにも嫌われんと、峰屋の役に立つに……。けんど違《ちご》うた」

綾は、甑倒しの日に蔵人たちを前に思いを語ったときの万太郎の姿を思い返していた。

「おやっつぁん。あんちゃんらあ。どうかまた峰屋に来てくれますろうか」

万太郎のまっすぐな言葉が、蔵人たちの顔をほころばせたのだった。

「あたしは、ああいうふうに、ひとを笑わせることはようせん」

綾はしっかり者だが笑顔が苦手で、ヒサもそれを気にかけていた。

「万太郎は弱ィけんど——万太郎じゃないと、いかんがやき」

前を見据えて歩いていた綾は、木の根につまずき、転びかけた。竹雄はとっさに綾の体を支えた。

「……坊は幸せモンじゃ。綾さまみたいなあねさまがおって、こんなに坊のことを思うてくれちゅう。ほんじゃき、坊はいっつも安心して笑いゆう。綾さまがおらんかったら、坊らあ、ヨワヨワであまあまの……ダメ坊じゃき」

「……そうやね」

めったに笑わない綾の顔に、笑みがこぼれていた。

万太郎は、一人で山奥をさまよい歩いていた。体は芯まで凍えきり、急な山道を登り続けたため息が苦しくてたまらない。それでも、あの花を見つけるまで引き返すつもりはなかった。

感覚のなくなった足で荒れた道を進んでいると、草履の鼻緒が切れて倒れ込んだ。息が切れて起き上がることもできずにいると、白いものがふわり視界に入ってきた。それは探し求めていた花……ではなく、雪だった。生まれて初めて見る雪に万太郎は驚き、起き上がって空を見上げた。そして、鼻緒が切れた草履を脱ぎ捨てると、再び歩き出した。

もうろうとしながら進むうちに、ふいに地面が途切れた。見下ろすと、小さな崖になっている。万太郎は崖下をのぞいて、思わず叫んだ。

「花じゃ！」

たった一輪、白い花が咲いている。万太郎は後ろ向きになって崖を降りていった。

「……おかぁちゃん、待っちょって……！」

花を摘み取り、崖の上に戻ろうとしたが、うまくいかなかった。こわばった足が雪で滑り、力が入らないのだ。気づけば辺りは暗くなっていた。何度試しても崖の縁にかけた指が外れて落ちてしまう。そうするうちに恐ろしくてたまらなくなり、身動きができなくなった。

「どうしよう……誰か来て……助けて。――助けてー！」

万太郎は叫び続けた。やがて、聞き慣れた声が返ってきた。

「坊！」

見上げると、崖の上に竹雄と綾の顔が並んでいた。

「坊！　つかまれますか」

竹雄と綾が伸ばした手を、万太郎はなんとかつかむことができた。

「行きますよ！　うおおお！」

竹雄たちは力を振り絞って万太郎を引き上げようとし、万太郎も懸命に足場を探した。最後は竹雄と綾で万太郎の体をつかんで、どうにか崖の上まで引き上げた。

「……万太郎……ばか！　おまんは……おまんは……！」

綾が抱き締めると、万太郎は声を上げて泣き出した。綾になだめられても、万太郎は泣き続けた。そんな万太郎に向かって竹雄が言った。

「ほんとに坊は――ダメ坊じゃ。――二度とそばを離れませんき」


峰屋では、タキたちの必死の看病のかいなく、ヒサが衰弱していた。タキは、堀田医師から子どもたちを呼ぶようにと告げられ、覚悟を決めた。

部屋を出ると、ふじが、万太郎と綾、竹雄がいなくなったと知らせに来た。

「今、手分けして村へ捜しに行っちょります！」

「見つけえ！　このうえ、あの子らまで……許さんき！　絶対許さん！」

そう叫んだ直後、タキは庭先に、万太郎たちの姿を見つけた。三人とも泥にまみれており、万太郎は小さな花を手にしている。

「……おばぁちゃん」

謝ろうと歩み寄ってきた万太郎を、タキは力いっぱい抱き締めた。

タキに連れられて万太郎たちが部屋に入ったとき、ヒサの意識はなく、呼吸も弱くなっていた。

「おかぁちゃん……花、取ってきたよ」

懐から白い花を取り出すと、万太郎の表情がゆがんだ。

「どういたが？」

綾に問われて、万太郎はしぼり出すように答える。

「……違う。形が違う。おかぁちゃんが好きながは、これじゃないき」

明かりのついた部屋で花を見て、初めてそう気付いた。

「おかぁちゃんの好きな花、取ってこれんかった……！」

泣き崩れる万太郎の髪を、ヒサの手がそっとなでた。万太郎の呼びかけで意識を取り戻したのだ。

「きれいやねぇ……」

弱々しいが、いつもどおりの優しい声だ。

「おかぁちゃん。いかんとって」

「万太郎……春になったら……おかぁちゃん……あそこにおるきね」

ヒサの片手は万太郎のほおに触れ、もう片方は綾の手とつながった。ヒサはほほ笑み、愛する子どもたちに約束した。

「また会おうねえ」

季節は巡り、佐川村に春が来た。穏やかな日ざしが降り注ぐ日、万太郎は、母との約束の場所に出かけた。

金峰神社の境内には、ヒサが愛した白い花が一面に咲いていた。その花の中に、万太郎は母の姿を見た。

「咲いたねえ！　万太郎。見えんなっても、ちゃあんと根を張っちゅう。いのちの力に満ちゆう」

いとおしそうに花に触れてから、ヒサは万太郎に笑いかける。

涙があふれてきて、母の笑顔がにじんで見えた。涙を拭って目を開けると、母の姿はもうなかった。だが、万太郎は知っている。見えなくなっただけで、母は自分を守ってくれているのだ。

「万太郎もね」

顔を上げると、天狗がいた巨木が見えた。あの日、天狗はこう問いかけてきた。

「さあ望みや！　おまんは何がしたいがぜ？」

空を仰ぎ、万太郎は母と天狗に笑いかけた。

「――わしは、この花の名前が知りたい！」

第2章　キンセイラン

　時代は明治へと改まり、万太郎は九歳の少年となった。その年の六月、峰屋は「初呑み切り《はつのみきり》」の日を迎えていた。貯蔵している酒を少量飲んで品質を確かめることを「呑み切り」といい、今日は、この年最初の呑み切りが行われる。

　大座敷には分家一同と、峰屋の面々が勢ぞろいした。万太郎はタキと並んで上座に座り、皆に挨拶をした。

「皆々さま、本日は初呑み切りにお立ち会い、ありがとう存じます。これからも先祖代々受け継いだ蔵を大切に、皆で励んでまいりましょう。以前に増してよろしゅう頼みます」

　立派に挨拶ができるようになった万太郎を見て、タキは満足そうに笑っている。

「皆の衆、万太郎は、今年から名教館に通いだす。ヒサを亡くして三年、心配やった万太郎も、どうにかここまで無事に育った。名教館に行かせる前に、改めて皆に言うちょく。この峰屋の当主は万太郎じゃ。幼いからというて侮るようなマネは断じて許さん」

　とたんに分家の豊治が不満を口にした。

「けんどばぁさま、万太郎は商いのイロハも分からん子どもじゃろ」

豊治の息子の伸治も、万太郎が成人するまでは自分が代わりに当主を務めると言い出したが、タキに一蹴された。

「名教館に通うがじゃ！　ご家中の子弟の方々らあと並ぶには、れっきとした当主でのうてはならん！　それに、なんべんでも言うけんど――分家は引っ込んじょり。峰屋の当主は万太郎じゃき。皆、よう肝に銘じちょき」

分家一同は怒りをあらわにしたが、番頭の市蔵が居ずまいを正して万太郎に向き直ると、峰屋の者たちは皆、後に続いた。

「若旦那様、改めてよろしゅうおたのもうします」

万太郎は、若旦那様と呼ばれてこそばゆくてたまらない。タキは皆を見渡し、こう告げた。

「えいか、皆。今は、御一新《ごいっしん》やいうて騒がしいけんど、世の中がざわつくときほど、わしらあはこれまでどおり殿様のための酒造りに励んだらえい。峰屋は、この先もなんちゃあ変えん。先祖代々受け継いできたことを、守っていくだけじゃ」

名教館は百年を越える歴史を持つ学問所で、幕末の志士や優秀な人材を多数輩出している。長年、武士の子弟しか通うことが許されなかったが、峰屋の当主である万太郎と、御殿医《ごてんい》・堀田鉄寛の息子の寛太が、町人として初めて入学を許された。

タキはこれを大いに喜び、万太郎に新しくあつらえた着物を着せて名教館に連れていった。竹雄にも付き添い役として同行させ、弁当の重箱と手土産の『銘酒　峰乃月』を持たせた。

名教館に着くと、タキは万太郎に言って聞かせた。

「ここが、おまんの学びやじゃ。学頭は池田蘭光《いけだらんこう》先生とおっしゃる。何事も初めが肝心じゃき。挨拶はしっかりしぃよ！」

万太郎としては野山で植物を観察しているほうが楽しいのだが、タキに逆らうことはできない。しぶしぶ中に入ろうとすると、突然バシャッと水を掛けられた。門の前で水まきをしていた男の不注意だったが、モサモサ髪で風采の上がらない男は悪びれもしない。

「おお、掛かったか」

「掛かったかじゃないぞね。孫の晴れ着が！」

タキにどなられ、男は万太郎の着物を拭こうとしたが、手にした手拭いはひどく汚れていた。

「やめや！　おまん何するが。触りな――シッ！」

犬でも追い払うようにタキは言ったが、男のほうは気に留める様子もなく、竹雄が持っている酒瓶に手を伸ばした。

「お、酒じゃないかえ。もろうちょこう〜」

「触りな！　シッ！」

中に入ると、大座敷に長机が並び、武家の子弟たちが和漢書《わかんしょ》を読み上げていた。タキは、教授席にいる貫禄ある老人に挨拶をした。

「本日より通わせていただきます、峰屋の槙野万太郎にございまする。蘭光先生でございますか」

「いや。わしは幼年組を預かる古沢《ふるさわ》と申す。学頭はご研究でお忙しい。挨拶は無用」

居並ぶ子どもたちの中に、万太郎のような上等の着物を着ている者はいない。武家の子たちは、タキの後ろに隠れている万太郎に冷たい視線を向けてきた。

「ほんならしっかりのう。竹雄も頼んだよ」

タキは帰っていき、残された万太郎は竹雄に促されて上がりがまちに上がった。

「峰屋の万太郎と申します」

竹雄からも初めが肝心と言われ、堂々と挨拶するつもりだったが、武家の子たちににらまれて、瞬く間に気持ちがなえた。

「皆さまどうぞ……よろしゅう願います……」

小声で言い終えて大座敷に上がろうとすると、武家の子にとがめられた。そして戸惑っているうちに誰かに腕を引っ張られた。

「万ちゃん！　わしらはこっち！」

先に来ていた寛太が、万太郎を引きずるようにして下座に座らせた。


「わしら、どういて座敷にも入れんがじゃ？　招いちょいて、はじくとは見下げた了見じゃ」

昼休みになると寛太は、万太郎に不満を吐き出した。二人は大座敷で弁当を食べることも許されず、中庭に出ていた。勉強にまったくついていけない万太郎は、気疲れして食欲がない。弁当の重箱を開けて寛太に勧めると、寛太は大喜びした。

「さすが佐川イチの豪商、峰屋じゃ！　万ちゃんのおかげで弁当だけは負けんき。上座の方々はきっと塩むすびでも食いゆうろう！」

　寛太は大座敷に聞こえるよう、わざと大声で言った。

「蘭光大先生が教えてくれるゆうき、わざわざ来たけんど、これやったら町の寺子屋のほうがよっぽどえいが。大先生はおらん、武士は好かん、名教館なんて――ヌワッ」

　調子に乗っていた寛太の前に、竹刀が突き出された。見れば、万太郎にひときわ厳しい目を向けていた武家の子、広瀬佑一郎《ひろせゆういちろう》が竹刀を構えている。その背後では佑一郎の仲間の富永三郎《とみながさぶろう》、松井庄之助《まついしょうのすけ》が、万太郎たちが逃げられないよう、にらみを利かせていた。

「来い。剣術の稽古じゃ。武士がどんな鍛錬しゆうか教えちゃる」

　すると寛太はとっさに機転を利かせた。

「わしは！　医者の息子ですき！　皆さまを治すが務め。剣術は父よりかたァく禁じられちょります。あ、往診について行くがじゃった！」

　万ちゃんも逃げろと目顔で知らせ寛太は逃げ去り、残された万太郎は佑一郎に言われるまま中庭の中央に出た。

「峰屋は名字帯刀を許されちゅう家じゃろうが。おまんはその当主。さぞ強いがじゃろうのう？」

　そこに竹雄が割って入った。

「先ほどまでの軽口、まこと申し訳ございません。けんど、万太郎若様は生まれつき体が弱《よお》うて、竹刀を振ったことはございません。平にご容赦願いたく」

「ただの稽古じゃ。なにを大げさに言いゆう？　わしら、おまんの『若様』と仲良うなろうとしゆうがじゃ。わしらが歩み寄りゆうに『若様』は断るがか？」

竹雄が責められるのを見て、万太郎は覚悟を決めた。

「……竹雄……やるよ」

庄之助から竹刀を渡されても、万太郎は持ち方さえ分からない。にやつきながら庄之助が教え、万太郎がなんとか構えると、すかさず三郎が初めの合図をかけた。

とたんに佑一郎は万太郎の手首を打ち、竹刀をたたき落とした。こうなっては、万太郎は逃げることしかできない。三郎と庄之助まで竹刀を向けてきたため怖くてたまらず、転んで四つんばいになりながら逃げていると、心臓に痛みを覚えた。万太郎がせき込んでも佑一郎は容赦せず、大きく振りかぶった竹刀を打ち下ろしてきた――。

ところが、万太郎は打たれずに済んだ。竹雄がとっさに立ちはだかったのだ。腕を打たれた竹雄は、佑一郎たちの前にひれ伏した。

「これ以上は！　代わりにわしを打ち据えてつかぁさい！」

そこに、大座敷から古沢が出てきた。

「コラア、何やりゆうかぁ！」

祐一郎はただの稽古だと答え、泣きじゃくる万太郎を見下ろして言った。

「――町人が」

祐一郎たちが去ると、大座敷から講義の再開を知らせる声がした。だが万太郎は涙も震えも収まらず、座敷ではなく門のほうへと歩いて行った。竹雄もそれに従う。

するとまた、モサモサ髪の男に水を掛けられた。

「また、おまんか」

またもや汚い手拭いで着物を拭かれそうになったが、今度は竹雄が止め、きれいな手拭いで水を拭ってくれた。

モサモサ男は、講義の最中に出て行こうとしている万太郎にわけを尋ねてきた。

「もう……帰る……勉学らあ、いらん……」

「ほう？　おまんは峰屋の当主やろう？」

「当主らあ、どうでも！　峰屋は……番頭に手代衆《てだいしゅう》がおる……酒は杜氏の親方と蔵人らあが造ってくれゆう……わしはなんちゃあ……」

「新しい時代が来たのにか？　今は世の変わり目。武士の子らはそれがよう分かっちゅう。嫌でも変わらざるをえん。この先はただ己の才覚によってのみ立たんといかんと、骨の髄まで分かっちゅう。おまんも、しきたりにとらわれんと。今こそ変わる時なんじゃ」

「……おばあちゃんは、なんちゃあ変えたらいかんと、先祖代々やってきたことをそのまんま続けていけと」

「おまんはどう思う？」

問われても、万太郎は何も答えられない。

「ほんなら、ここへは用もないな。帰れ帰れ」

そう言い放ち、男はまた水をまき始めた。

まっすぐ峰屋に帰る気にはなれず、万太郎は金峰神社に向かった。いつものように野原に寝転んでいると、小さくせき込んだ。すると、そばに控えていた竹雄が額に手を伸ばしてくる。

「大丈夫ですか？　熱が出ちゅうがじゃないですろうか？」

竹雄の腕には、竹刀で打たれたあざができていた。万太郎が心配すると、竹雄が言った。

「なんちゃあありません。それよりちっくとだけ面白かったですき。お武家様に逆らうて、このとおりピンシャンしちょりますき。昔なら、手討ちにされたち文句は言えんかったろうに」

「……なあ、竹雄。おばぁちゃんは変わったらいかんと言いゆう。おばぁちゃんの言うことは間《ま》違《ちご》うちゅうわけない。けんど、あのおじさんは変わるときやと言いゆう。どういうことじゃろうか……？　――どういて、ここが冷えるがじゃろうか？」

万太郎が胃の辺りをつかむと、竹雄が騒ぎ出した。

「そりゃ、かぜ引く前触れですき！　地面に転がっちょったらいかん！　帰りましょう」

竹雄に腕を引かれて起き上がると、巨木の上で天狗が笑うのが見えた気がした。ここで天狗に出会ったとき、万太郎はこう問いかけられた。

「さあ望みや！　おまんは何がしたいがぜ？」

そして母が亡くなり、初めて迎えた春、一面に咲く白い花の名が知りたいと、空に向かって答えた。

目を凝らすと、巨木の上に天狗の姿などなかった。幻だったのだ。

「……遠いなぁ」

峰屋に戻った万太郎は、名教館にはもう行かないと言い、自室の押し入れに閉じこもった。タキは、万太郎が武家の子にいじめられたのだと知って、ふすま越しに言い聞かせた。

「おまんは確かに体は弱い。けんど、心まで弱いままじゃいかん！　殿様がせっかくおまんを名教館にお許しくださったがじゃ」

「そうやち、違うこと言うがじゃ」

「名教館が違うことを教えるわけないいじゃろう！　たった一日行ったばあで、おまんに何がわかる?!　これじゃ分家の者にも示しがつかん。名教館に行かんなら、メシ抜きじゃ！」

　タキは憤慨して部屋を出て行った。

　万太郎はそのまま夜になっても押し入れに閉じこもり続けた。昼の弁当も食べなかったため、腹の虫が鳴り続けている。空腹は限界を迎えていたが、出て行く気にはなれなかった。

　そこに、綾の声が聞こえてきた。

「万太郎。握り飯、持ってきたよ」

　飛び出していくと、月明かりの中で綾がほほ笑んでいた。

「ないしょね」

　綾がくれたお握りは、涙が出るほどおいしかった。夢中でかじりつく万太郎に、綾は優しく語りかける。

「あのねえ、えいこと教えちゃろうか？　万太郎は、そのうちあたしより背が高《たこ》うなる。力も強うなる。声やち、低ぅなるがじゃ。立派な当主になって、酒を造って、峰屋を大きゅうして——

あたしは嫁に行く」

　綾はこの日タキから、先々嫁いでからも姉として万太郎を支え続けてほしいと頼まれていた。

「どっか知らん家で、知らん旦那様に尽くす。どうせ尽くすがなら峰屋にずっとおりたいがのう」

「……おったらえいき」

「おなごやき。おなごは、嫁に出される……。どんなに酒造りがしとうても、蔵の中に入ることさえできん。穢《けが》れちゅうがじゃと」

「穢れちゃあせん！　おねぇちゃん、どっこも穢れちゃあせんき。わしのだいじなあねさまじゃ。したいなら、したらえいが。酒造りしたらえいき！　わしは蔵に入れて、おねぇちゃんは入れんらあ、おかしいが」

「万太郎……昔っからの決まりじゃ」

「そんなが変えたらえい！」

意外な言葉が口から飛び出し、万太郎は自分で驚いた。

「……万太郎は優しいねえ」

しきたりを変えられるはずなどないと分かっていても、綾は万太郎の気持ちがうれしかった。

「せっかく学問所へ行かせてもらえるがじゃき、万太郎がんばりや。漢字がようけ読めるようになったら、あたしにも教えて」

綾は、万太郎の口の端についたごはん粒を取ると、パクリと食べた。綾が笑うと、万太郎もつられて笑顔になった。

「……うん」


翌日、万太郎は竹雄と共に名教館に向かった。そして門の前で心を決めると、竹雄に言った。

「……おまんは帰っちょってくれんか。一人で行く」

しかし、一人で門をくぐると、昨日の恐怖がよみがえってきた。思わず足がすくみ、万太郎は中庭に向かった。そこには金峰神社の境内と同じ野草が生えている。万太郎は腹ばいになって話しかけた。

「……おまんみたいに、踏まれるたんび強うなれたらのう」

「秘密は茎やね」

突然間近で声がして万太郎は仰天した。見れば、昨日水まきをしていた男が万太郎と同じように腹ばいになっている。

「この茎が、外は柔らこうて中が硬い。ほんじゃき強い。しかもここにタネがあるき、踏まれた足の裏についてタネを運ばせる」

男は穂の部分を指して言った。

「……そう、ながですか?」

「こいつもえいぞ」

そして腹ばいのままトカゲのように動きだした。万太郎もつられてトカゲの動きでついていくと、男は別の植物の説明を始めた。

「こいつは汗をかく。晴れちゅうに、葉が湿っちゅうときがある。あまり暑いと葉をたたむき」

「たたむ⁈」

「鴨跖草《おうせきそう》。解熱・下痢止めの薬。別名ツユクサ。ボウシバナともいうし」

「名前があるがですか!」

万太郎の胸は高鳴った。そして、最初に見ていた「踏まれて強くなる野草」を指さした。

「オオバコ」

モサモサ男は即答した。万太郎はさらに腹ばいのままワサワサと移動し、他の草もさしてみた。

「ヘビイチゴ。細いツルを持ち、どの枝にも三枚の葉が出る。葉はギザギザと刻みあり、花は黄色い五弁。盆を返したような形状。実は鮮やかに赤く熟し、毒はないが味もない」

「どういて知っちゅうがですか！」

「おっ。知りたいか〜！　チョッチョッ——待っちょれ！」

そう言って男はトカゲの動きで進みだしたが、ハッと我に返って立ち上がり、去っていった。

万太郎も立ち上がり、辺りの草木を見渡した。頭の中には、日々の暮らしで目にする植物の姿が次々に浮かんできた。裏山の森、峰屋の庭、村の通り……。あらゆる場所にさまざまな植物が息づいている。

「おまんらみんなあ——みんなあ名前があるがじゃ？」

しばらくするとモサモサ男が分厚い本を持って戻ってきた。

「『本草綱目《ほんぞうこうもく》』。明《みん》の時代の時珍《じちん》という医者が書いた本。その写しだ。時珍は幼いころ、病気がちでのう。いにしえより伝わる本草書をむさぼるように読みよったそうや。それを自分で整理してまとめたがこの本じゃ。一八九二種類の草花が載っちゅう。時珍はこの本で言いゆう——『米蔵が充《み》ちれば飢饉《ききん》が減り、薬が完備すれば病が治る。それゆえ、草一本さえ、おろそかにはしない』」

「……そんなことが……書いちゅうがですか……！」

男はヘビイチゴの解説の部分を万太郎に見せた。しかし漢字ばかりが並ぶ解説文は、万太郎にはまったく理解できない。

「ちょちょ……ちっと貸してつかぁさい！」

万太郎は『本草綱目』を抱えて走りだすと、大座敷に駆け込んでいった。

「先生！　助けてください！」

授業の最中にもかかわらず、万太郎は古沢に詰め寄った。

「先生。わし、これが読みたいです。ぜんぶ読めるようになりたいです！」

その時、扉が開いてモサモサ男が入ってきた。

「蘭光先生」

古沢が頭を下げるのを見て子どもたちはざわめき、万太郎も息をのんだ。このモサモサ男こそが、名教館の学頭・池田蘭光だったのだ。

「今年の幼年は面白いのがおるのう！　槙野、『本草綱目』が読みたいか！」

「は――はい！」

「ほんなら文字を知らんと話にならん。国学、漢学がいる。草花が好きかえ！」

「好きです。いろんながおるき」

「なんでいろんながある？」

「――ワケがあるがですか？」

「ある！　森羅万象《しんらばんしょう》には理由があるぞ。草花は季節ごとに生える。なんでそうしゆう？　そもそも季節とはなんじゃ？　なんで朝と夜がある？　花はなんで匂う？　実はなんで落ちる？　草花はおのおの好んだ場所に生える。ほんならなんで山があり川があるがか？」

万太郎だけでなく、子どもたちは皆、蘭光の話に引き込まれていた。

海の向こうには異国があり、草花は異国にも生えている。地理も気候も言葉も違う国のことを知るにはどうすればよいのかと、蘭光は万太郎に問いかけた。そして、棚から資料や紙筒を抱えてきて、万太郎たちの前に広げていった。『世界国尽《せかいくにづくし》』『赤道北恒星総図《せきどうきたこうせいそうず》』『発微算法《はつびさんぽう》』などの大きな図版の数々に、子どもたちの目が輝いた。

「者ども、好きに学びや！」

その言葉が、万太郎の心に火をつけた。

以来、万太郎は毎日夜が明けるのを待ちわびて名教館に通うようになった。仲間たちと和漢書の詠唱をし、書を読み、英語も学んだ。時には蘭光から一対一で講義を受けた。学ぶことが楽しく、朝も夜も夢中で学び続けた。


そうするうちに三年が過ぎた。

一二歳になった万太郎は、自室で図版の模写に励んでいた。部屋には、この三年間に模写してきた多くの和漢書が積み上がっている。万太郎は番頭の市蔵を部屋に呼ぶと、今書き写している『草木図説《そうもくずせつ》』を名教館に返却して、続きを借りてきてほしいと頼んだ。

「今写しゆう。もう少しで終わるき」

そう言われて市蔵は待つことにした。この日は商談に行く予定もあったため、買ったばかりの懐中時計を取り出し時間を確認していると、万太郎の模写が終わった。

万太郎は市蔵の時計に興味を示し、貸してほしいと言い出した。市蔵はしぶしぶ万太郎に時計を手渡し、念を押した。

「壊さんとってくださいよ？」

その後、商談を終えて帰ってきた市蔵はタキに泣きついた。万太郎が懐中時計の仕組みを調べようと、ばらばらに分解していたのだ。

「ひどすぎませんか。あれは高かったがですき……大奥様からなんとか言うてください！」

万太郎は部品の一つ一つを精緻に模写していた。集中するあまり、市蔵の声は耳に入っていないようだ。模写が済んだ部品は整然と並べられていた。そのそばには、模写が終わった植物の図版が乾かされている。

「――時計はまた買《こ》うたらえい……」

タキは、万太郎のただならぬ様子に圧倒されていた。

ある日、峰屋に大量の書物が届いた。『重訂本草綱目啓蒙《じゅうていほんぞうこうもくけいもう》』の全巻だ。名教館にもない貴重な書物を、万太郎が大阪から取り寄せたのだ。万太郎は到着を喜び、購入を許してくれたタキに礼を言った。だが、タキは本を買うことは許したが、ここまでの大部が届くとは承知していなかった。ちょうどその時、分家の豊治と紀平が商いの報告に来ていた。豊治は本の値段を知って目を丸くした。

「番頭の給金ふた月分より高いじゃないかえ」

そして竹雄を捕まえ、何の本かと問いただした。

「……草の本です」

「──峰屋の金を使《つこ》うてのう」

豊治はあきれ、紀平は皮肉を言った。

「こりゃあ、ご立派な当主じゃ」

タキは怒りと悔しさ、羞恥が入り混じって歯がみする思いだった。


万太郎はすぐに『重訂本草綱目啓蒙』を読みふけりたかったが、そうはいかなかった。タキに無理やり帳場に引っ張り出されたのだ。

「えいき座っちょり！　本を読むがもえいが、仕事を覚えてからじゃ。まずは見ゆうだけでえい」

そう言ってタキは万太郎を当主の席に座らせ、市蔵にこう言いつけた。

「大事なお客がいらしたら教えちゃってくれ」

タキは出かけていき、市蔵は万太郎に帳面を手渡した。

「ほんなら若様は、この帳面を見よってくれますか。峰屋の得意先のまとめですき」

店には「峰乃月」を買い求める客が次々訪れ、手代衆がきびきびと働いている。だが万太郎は部屋に戻りたくてたまらず、竹雄に助けを求めようとした。

「竹雄、一生の願いじゃ」

「一生の願いをこんなとこで使わんとってください」

あっさり断られ、しぶしぶ帳面をめくり始めた万太郎は、文机に紙や筆が置いてあるのに気づいた。

外出から戻ったタキは、市蔵に万太郎の様子を尋ねた。

「得意先のまとめをようご覧になって」

確かに帳面に没頭しているように見える。が、筆を持つ手が動いているのが気になったタキは、そっと近づき、帳面を取り上げた。すると万太郎は帳面の下に隠した紙に植物の絵を描いていた。

「おまんは当主の自覚が足らん！　仏間に来なさい」

タキは万太郎の絵を手代に渡し、捨てるように命じた。手代はその絵を見て感嘆した。

「こりゃあ……若様、ソラでお描きになったがで？」

記憶だけを頼りにしたとは思えないほど、さまざまな植物が正確に描かれていたのだ。

数日後、タキはある決意をして名教館に向かった。到着し、入り口から大座敷をのぞくと、教授席に蘭光がいた。子どもたちは数人ずつ机を合わせて、各々の学問に励んでいる。佑一郎、三郎、庄之助は窮理学《きゅうりがく》（物理学）について議論し、寛太がいる机では子どもたちが『ピネオ文典』『カッケンボス英文典』といった英文法の本を学んでいた。万太郎はといえば、一人で辞書を引きながら英語の本を読んでいる。寛太に英文の意味を尋ねられ、スラスラと答えるのを見てタキは驚いた。

「語学は、槙野の右に出る者はおらんのう」

タキに話しかけてきたのは古沢だ。

「あいつは辞書さえあったらたいていの本は読めるし、文章も書ける。槙野だけじゃない、名教館で学ぶ者らあは、いつか日の本を導く人材に、いや、世界の人材になるがやき！」

「……そんな……遠くへ……？」


タキは、授業を終えた蘭光と大座敷で話をした。

「蘭光先生。万太郎は本日かぎりで、辞めさせていただきとう存じます。お世話になりました」

そこに、万太郎と佑一郎が入ってきた。

「おばぁちゃん、どういうこと」

タキは万太郎には目を向けず、蘭光に話し続けた。

「万太郎は峰屋の当主。商いを学ばなくてはなりません。明日からは店に入れ、実地で覚えさせようと存じます」

「嫌じゃ！　ここにおりたい！　わし嫌じゃ。辞めとうない！」

万太郎がタキに逆らったのは初めてのことだ。だが必死の訴えはすぐにはねのけられた。

「わしには、おまんを育て上げる務めがある。おまんは、峰屋の当主じゃ」

「そんなもんになりとうない！　当主らあ嫌じゃ！」

二人の言い争いを、蘭光の穏やかな声がいさめた。

「――槙野。そのへんにしちょけ。峰屋さん。ご心配なさらんでも、名教館は今月の末に廃止されます。政府が、全国で一斉に小学校というものを始めることになりました。教える内容も政府が定め、教師が遣わされてくるそうです。ほんじゃき私は、もうここにいる理由はありません」

突然の話に万太郎は絶句している。蘭光は淡々と話を続けた。

「佐川を離れようと思います。彼らに教える日々は、あとわずかです」

「先生、そんな……嫌じゃ……！」

万太郎が言うと、佑一郎も懇願した。

「……わしも嫌です。行かんとってください！」

万太郎は蘭光にしがみついた。蘭光は困った顔をしながら、万太郎の背中を抱いた。


その晩、万太郎は夕食もとらず部屋に閉じこもり、タキはふじを相手に珍しく弱音を吐いた。

「万太郎が当主としてシャンと育たんがは、男親がおらんきじゃろうか。万太郎の勉学は、男親の替わりじゃないろうか？」

そこに竹雄が、蘭光が訪ねてきたと知らせにきた。タキは、店先で蘭光の話を聞いた。

「教え子との別れは慣れちゅうけんど……後味が悪くてのう。一泊、万太郎君をお貸しいただきたい」

蘭光は万太郎と共に山を歩き、自然を見納めたいというのだ。

「――名教館まで廃止になる日が来るとは、思うちょりませんでした」

タキは寂しさをかみしめていた。佐川領主・深尾家の当主も東京に移り住み、勝手方だった塚田昭徳も佐川を離れた。

「変わらないもんは腐りゆくだけ。変わることは、悪いことではありますまい」

「そうですろうか。わしはそうは思いません。……けんど、世が変わりつつあることは、わしにも分かっちょります……」

タキは万太郎に、蘭光と一泊の旅に行くことを許した。蘭光は、万太郎と佑一郎を連れて山道を歩き、仁淀川《によどがわ》にたどりついた。緑の山々の間を青い川が悠々と流れる景色に万太郎たちは感激した。蘭光は河原で野宿をすると言い、三人はたき火のためのまき集めを始めた。ところが万太郎は木の観察に夢中になり、手が止まってしまう。

「佐川では見たことないのう。おまんらあは川が好きでここにおるがか？」

木に話しかけていると、蘭光が植物を示して「これは、なんやと思う？」と問うてきた。万太郎は書物で得た知識を基に答えた。

「この葉の切れ込みの具合は、トウキじゃないろうか」

「違うな。似て非なるもの。トウキとは匂いが違う。文字の知識を越えて、本物を手に取り、初めて自分だけのもんにできる。見た目、匂い、手触り……味」

そう言って蘭光は葉を口に入れた。

「こういう確かめ方もある。毒もあるき、なんでもかんでも口に入れたらいかん。これは食うてもえい」

書物を読むだけでは本当に学んだことにはならない。師の言葉に万太郎は驚き、蘭光をまねて葉を口に入れた。

日が暮れると三人はたき火を囲み、自分たちで釣った魚を食べた。万太郎はそんな経験は初めてで、たき火で焼いた魚のおいしさに感嘆の声を上げた。

「んまァ！　祐一郎くん、うまいのう！」

「……おまんは、そんなにあけすけやに、どういていつも一人でおるがじゃ。名教館じゃ、たいてい一人で本読みよったろ。商家の当主なら、もちっと周りと交わらんといかんじゃろう？」

「峰屋は番頭に手代衆がおる。酒は杜氏の親方と蔵人らあが造ってくれゆう。当主らあ、なんちゃあせんでえい」

「そりゃあ違う」

「……佑一郎くんには分からんき」

「分かる。わしももう家督《かとく》を継いじゅう。一〇歳のときじゃ。父上が亡《の》うなっての。わしが、母上と弟を養わんといかんけんど、俸禄《ほうろく》ものうなったき、家の者に暇を出して家財を売って」

「……わし、全然知らんと……」

「同じ学校に三年もおって、知らんがはおまんだけじゃ。……おまんとは、いつかこういう話、したいと思うちょった。おまんは怖《こお》うないがか？　母上と弟は、わしが学業を終えるがを待ちゆう。わしはこの先――応えられるじゃろうか？」

「……わしは……これまでそんなこと……」

するど、蘭光が口を開いた。

「名教館を去っても学びは続くぞ。この世の先は、ますます身分らあ、のうなっていく。身分が消えたとき何が残ると思う？　己《おのれ》じゃ。自分が何者か、ひとはそれを探していく。学びはその助けになる。世の中は変わり続けゆうけんど。だが、いたずらに振り回されてはいかん。道を選ぶがは、いつも己じゃ」

　万太郎と佑一郎は、師の教えを強く胸に刻んだ。


　翌日、三人で峠を歩くうちに、万太郎は鮮やかな黄色の花を見つけた。

「……おまんは……キンセイラン？」

　金色にも見える花は、真ん中が少し赤みがかっている。万太郎も蘭光も、その希少な花について書物で読んだことはあったが、実際に目にするのは初めてだった。万太郎は身震いした。

「なんてきれいながじゃ。先生の言うたとおりじゃ。文字では心は震えんかったに――」

「ああ。心が震える先に金色の道がある。その道を歩いて行ったらえい」


　その後、名教館の建物は「佐川小学校」となった。身分の別なく開かれ、女子の就学も認められるようになった。万太郎と寛太、綾も通い始めたが、佑一郎は学校には行かず、東京に行くことを決めた。新政府で役人をしている叔父の家で、書生として学ぶことを決めたのだ。

「東京に来たら、いつでも知らせをくれ」

　そう万太郎に言い残して、佑一郎は去っていった。


　小学校での授業が始まった。名教館と同じく大座敷が教室となり、学校に初めて通う子も、男子も女子も一つの教室に集まった。席は男女に分かれており、皆が同じ教科書で学ぶ。先生は最初にひらがなを教え始めた。

　その授業は、名教館で学んできた万太郎にとっては退屈だった。がっかりしていると、壁に掛けられた博物図が目に入った。万太郎はそれに引き寄せられ、席を立って博物図の模写を始めた。

「こらあ！　席に着け！　槙野、お前は年上だろう。席にも座っていられんのか」

　模写に夢中な万太郎は返事もせず、さらに先生を怒らせた。

「先生の言うことが聞けないなら、外に出とれ」

　すると万太郎は博物図を持って教室から出て行き、庭の隅で模写を続けた。


　その後、何日もの間、万太郎は校庭で博物図の模写を続けた。図を写し終えると、選者や校閲者、画家の名前まで書き写し、それらの名前に向かって頭を下げた。

「ありがとうございます。たいへん面白かったです」

　博物図にはさまざまな植物の葉や茎の分類が載っていた。模写をしている間に万太郎は、庭の植物を特徴ごとに分類できるようになっていた。

「なるほどのう。こうやって見たら、おまんはモミジの葉と似ちゅうのう！　おまんはウメと同じ。交互に葉っぱがついちゅう」

　うれしくなって植物に話しかけていると、先生に首根っこをつかまれ教室に連れて行かれた。

「槙野、お前はなぜ皆の邪魔をする？　お前の声が聞こえてくるから、皆の気が散る。そんな態度じゃ、他の子らに示しがつかん。分からないことがあるなら質問しなさい」

　すると万太郎は英語で意見を述べ始めた。

「I'm serious about wanting to study. We're not learning enough in school. I want to learn more. Sir, What should I do?」（私は学びたいと真剣に思うちゅうがです。小学校の勉強では物足りん。もっと学びたいがです！　先生、私はどうしたらえいですか？）

英語が分からない先生は、激怒した。

「お……お前は——先生をばかにしてるのか。分からない者を見下して、楽しいのか?!　出て行け！　早く行け」

「分かりました。ほんなら辞めます」

万太郎は笑っておじぎをした。そのまま学校を出ようとすると、校長が追いかけてきた。

「待ちなさい！　槙野君。今辞めたら小学校中退ということになるが、いいのか？　よく考えなさい。小学校ぐらい出ておいたほうがいい」

「……けんど、ここにおってもしかたないき。勉学はどこでも続けられる。わしの先生が、そう教えてくれましたき」

校長にも頭を下げ、万太郎は金峰神社に向かった。そして野原に座り込み、帳面を開いた。そこには、蘭光との旅で見つけたキンセイランの押し花がしおりとして挟んである。キンセイランを青空にかざし、万太郎は大きく息を吸い込んだ。

「……先生。わしの金色の道はどこじゃろうか？」

六年後、十八歳になった万太郎は、この日も金峰神社にいた。

辺り一面に、亡き母が愛した白い花が咲いている。その花の名はバイカオウレン。空に向かって「知りたい」と願ったその名前は、先人が記した書物が教えてくれた。

「おかぁちゃん、今年もバイカオウレンが満開じゃ。おかぁちゃんのいっとう好きな花、ようけ咲いちゅうよ」

そして万太郎は、天狗がいた巨木にも語りかけた。

「天狗ー！　また春が来たがじゃ！」

そこに竹雄がやってきた。

「若ーっ！　港から知らせです。大阪からの本、届きましたき！」

とたんに万太郎は走りだした。石段を駆け下り、蔵通りを全力で駆け抜ける万太郎の胸は、期待に躍っていた。

第3章　ジョウロウホトトギス

十月のある日、万太郎は高知の横倉山《よこぐらやま》にいた。奥山に分け入ると木々が生い茂り、昼でもあまり日が差さない。薄暗い山道を歩くうちに、心地よい音が聞こえた気がした。見れば、崖に鮮やかな黄色の花が咲いている。光沢のある細葉。いくつも咲いている釣り鐘型の花は、まるで鈴のようだ。植物が音を奏でるはずなどないが、「もしや、この花なら……」と思わせるものがある。

「……おまんは……誰じゃ？」

その花に近づきたい一心で、万太郎は苦心して崖を降りていった。

「……触ってえいか？」

そっと触れてのぞき込むと、花の内側は鈍い赤褐色で斑点に覆われている。

「おまん……わしを呼んでくれたのう」

ゆっくり観察してから万太郎は胴乱に採集した。出会えた喜びに浸るうちに、ふいに気になって懐中時計を取り出した。時間を見て、万太郎は一気に現実に引き戻された。

「いかん！」

今日は峰屋の蔵入りの日。蔵人たちがやって来て、また酒造りが始まる。店の面々が準備に追われる中、万太郎はこっそり家を抜け出してきたのだ。蔵人たちが来る時刻には帰るつもりだったが、あっという間に時は過ぎていた。

大慌てで山を下りると、万太郎は人力車を飛ばして峰屋に向かった。

蔵入りの日は酒蔵の前に祭壇が飾られる。万太郎が駆けつけたときには、峰屋の一同と分家の者たち、杜氏の寅松と蔵人衆が勢ぞろいしており、神主が祈とうを始めようとしていた。

「やあ！　間に合《お》うた！」

汗だくで現れた万太郎に、タキも綾も竹雄も険しい目を向けたが、当の万太郎は上機嫌だ。

「神主さん！　どうぞやってください。わしも神さんにお礼を言いたかったところじゃ！」

分家の豊治があきれ返った顔で尋ねる。

「ご本家。礼とは？」

「ン？　今日もえい日じゃったきのう！」

満面の笑みの万太郎は、黄色い花の入った鞄をポンとたたいた。

祈とうが済み、蔵人たちが仕事に取りかかると、万太郎は綾と竹雄に捕まった。

「万太郎！　蔵入りの日のおはらいは一年でたったの一日。今日だけはビシッとおらんといかんかったろう?!　分かったら親方と蔵人さんらあによう挨拶してきいや」

「ハイ……」

万太郎は竹雄と共に蔵の戸を開けて入っていく。見送る綾の目に、蔵人たちが働く姿が映った。すると、幼いころ蔵に足を踏み入れたときの記憶が鮮やかによみがえった。もう一度……という思いを断ち切ろうと綾はきびすを返す。そこに若い蔵人の姿があった。綾が万太郎をしかるところも見られていたのだろう。そう思うと、ほおが熱くなった。

「……わしらのこと思うてくださって」

蔵人はそう言ってきたが、綾は逃げ出したい気持ちだった。

「弟はまだ頼りのうて——よう言うてきかせますき」

頭を下げて去ろうとすると、呼び止められた。

「綾さま。……わしは幸吉《こうきち》と申します。昔、見習いの時分、峰屋で修業したことがあります。今年から、麹屋《こうじや》をさせていただくことになりました」

麹屋とは、麹づくりの責任者のことだ。

「峰乃月はうまい酒です。味を守れるよう努めますき」

おじぎをして蔵に入っていこうとする幸吉を、今度は綾が呼び止めた。

「あの……いえ、なんちゃあないです」

だが幸吉は綾の言葉を待っている。綾は、ためらいがちに口を開いた。

「……麹とはどういうもんですろうか？　蒸した米がどういて酒になるがか——書き物を読みよってもふに落ちません。女が酒造りに立ち入ったらいかんがは分かっちょります。けんど」

「お教えしましょうか。蔵に入らんでも、綾さまに酒のことを教えることはできますき」

「……うれしいです。酒のこと知れるゆうて。幸吉さん、ありがとうございます」

「もったいないき。幸吉とお呼びください」

綾の顔に笑みがこぼれた。


数日後、万太郎と綾は、話があるとタキの部屋に呼ばれた。

「お役人が訪ねてきてのう。来年の春、東京で内国勧業博覧会ゆうもんが開かれるそうじゃ」

タキがそう言うなり、万太郎が声を上げた。

「東京?!」

博覧会には清酒部門があり、峰乃月を出品しないかと持ちかけられたという。審査員が優劣をつけ、褒賞も出るというが、タキは乗り気でなかった。

「峰屋の酒は、深尾のお殿様のためにお造りしていた献上品。それをヨソの知らん者らあが勝手に品定めするらあ品がない。——下劣な催しじゃ。こりゃあ、断ることでえいのう？」

すると万太郎が、自信に満ちた声で答えた。

「——いいや。断ったらいかんき。おばあちゃん。パリやアメリカじゃ博覧会が盛んに行われゆう。順位を競うことで産業全体の切磋琢磨《せっさたくま》を図ろうとしゆうがじゃ。全然下劣じゃない」

珍しく当主らしい物言いに、綾も、そばに控えているふじも目を丸くしている。

「こりゃあ峰屋の酒が知られる機会でもある。ご一新から十三年、峰乃月は、いつまでも殿様の酒じゃおられんき。これからは日の本じゅうへ届けていかんと。わしは！　出すべきじゃと思う。博覧会に出たら、東京に移られた深尾のお殿様もお喜びじゃろう！」

「まあ——当主のおまんがそう言うがやったら……」

出品するとなれば忙しくなると言って、万太郎はタキの部屋を後にした。

落ち着きはらっていた万太郎は、自室に戻ってふすまを閉めたとたん、躍り出した。

「うおおおー！　東京じゃ！　東京じゃ！　東京じゃあ！」

万太郎にとって東京とは、「心の友」がいる場所だ。ほんのしばらく通った小学校で、万太郎は先生が止めるのも聞かずに博物図の模写をした。その編さん者として記されていた「文部省博物局　里中芳生《さとなかよしお》　野田基善《のだもとよし》」の両名をずっと心の友だと信じてきた。先ほどまではもっともらしいことを並べ立てていたが、万太郎の東京行きの真の目的は、まだ見ぬ心の友に会うことなのだ。

このころ、綾には次々と縁談が舞い込んでいた。本心では峰屋を離れたくはないと思いながら、綾はタキに言われるまま材木問屋の後添えにと見合いをした。

見合いから帰ると、綾は金峰神社に向かった。境内の野原であおむけになって空を眺めていると、竹雄が綾を捜しにやって来た。そばに座った竹雄に、綾は見合いのてん末を話して聞かせる。

「……えい方やったよー。立派なお店でのう。あちらさんは四十を越えたくらいじゃろうか」

前妻を病で亡くしたので、綾には何もせず、のんびり過ごしてほしいと言われたという。

「私のことなあ、きれいじゃ言うてくれたがよ。けんど……お膳のお酒、飲んでしもうて」

「……うまかったですか？」

「ウン。ほんでも、うちの酒のほうがうまかった。博覧会には、あちこちの蔵元が自慢の酒を出して競うがじゃろ。考えただけでカアッとしてくるがじゃ。うちの峰乃月は一等を取れるがじゃろうか思うて。見合いどころじゃない。つい言うてしもうた。『嫁いでもこちらは暇そうですき、峰屋におってえいですか』ゆうて」

「いかんろうねえ」

「悲しそうな顔されちょった。私やち、きれいな着物きて機嫌よう片づくほうがえいゆうて分かっちゅうがじゃ。それでみんなあ幸せじゃき。なのに……自分のことばっかり。醜いよ……」

蔵入りの日以来、綾は幸吉から酒造りについて教わっていた。冬が深まるころ、幸吉は出麹《でこうじ》(出来たての麹)を綾に食べさせた。

「甘い。栗《くり》みたい……」

綾は蔵に入れないので、二人は寒い中、蔵のそばの作業台に座って話していた。

「味の濃い麹を作って醸《かも》したら、もっと濃い辛口になりますき」

「それ、試してみたいがじゃ……。峰乃月の、なんぼ飲んでも澄み切った味わいもえいけんど、濃ゆうて、キリッとして一口目から忘れられん味の酒も、きっとえいと思う」

熱のこもった綾の口調に、幸吉は引き込まれた。

「分かりました。では、親方に頼んでみましょうか」

そう答えた後、幸吉はくしゃみをした。綾は慌てて自分の襟巻きを外して幸吉の首に巻いた。驚く幸吉に、綾がほほ笑みかけた。

親し気な綾と幸吉の様子を見つめる者がいた。竹雄だ。二人が一緒にいるのを見るたびに、竹雄の胸はうずき出す。やるせなさを抱えたまま、竹雄は万太郎の部屋に炭入れを届けに行った。

「若。お寒うないですか」

中に入って竹雄はギョッとした。近ごろ万太郎は、横倉山で採集した黄色い花のことを寝る間も惜しんで調べており、資料が部屋中に散乱している。医者である寛太の父のつてで『植学啓原《しょくがくけいげん》』という貴重な本を借りることができたのだが、あの花のことは載っていなかった。

「自分で名前も突き止められんようじゃ、恥ずかしゅうて、心の友にお会いできんき！」

相変わらず植物のことしか頭にない様子の万太郎に、竹雄が尋ねる。

「若は……その……人に関心を持つこともあるがですか」

「あるに決まっちゅうじゃろ？　蘭光先生。心の友の里中先生、野田先生」

「みんなあ先生じゃないですか。そうじゃのうて……例えば、おなごとか」

「おなご？　ようできちゅうとは思うけんど」

「どういう意味ですか」

「花を見よったら、きれいな色や変わった形で虫を呼びゆうがじゃ。つまり、おなごが着飾っちゆうがも、あれと同じ理屈じゃろう」

「もうえいです。理屈じゃないがです。若に言うたち無駄でした」


春が来て、峰屋では東京の博覧会への出品準備が始まった。まずは大座敷にタキと万太郎、綾、寅松と蔵人衆、そして市蔵と竹雄、手代衆らが集まり、出品用の酒の試飲が行われた。

その席で綾は酒瓶を取り出した。

「新しく仕込んだ濃い口の酒です。峰乃月は峰屋の看板、大事なお酒ではございますけんど、博覧会で競うやったら、一口で忘れられん酒もどうかと」

綾の希望を幸吉が寅松に伝え、仕込んでいた酒だ。とたんにタキの顔が険しくなった。

「その酒は、おまんが言い出して造らせたゆうことか？」

慌てて幸吉が割って入った。

「いいえ！　私が造りました」

「幸吉は私に従ごうただけです！　お願いです、一口だけ確かめてくださいませんろうか」

だがタキは聞く耳を持たない。

「いかん。競わされるき別のもんを出すらあ、おまんは、峰乃月がまずいと言ゆうがか？　そんな、さもしい酒、下げなさい」


綾は幸吉と話をしようと、二人で小川のほとりへ行った。

「……幸吉。ごめんなさい。私のわがままで……」

謝る綾に、幸吉は屈託なく笑った。

「おもしろかったですねえ！　またいつかやりましょう」

「……いつかゆうて……そう言うてくれるが？」

「綾さまのお気持ち、よう分かっちょりますき」

幸吉は、懐からかんざしを取り出した。幼い日に綾が酒蔵の中で落とした物だ。

「ずっとお返しすることができませんでした。あれ以来、蔵には決して近づかれませんでしたし。

綾さまが、今も酒造りをお好きでよかった」

かんざしを受け取る綾の手が、幸吉の指にそっと触れた。


いよいよ万太郎が東京へ向かう日が来た。峰屋の一同に見送られ、万太郎は竹雄と共に旅立った。二人は佐川から高知まで歩き、高知の浦戸《うらど》からは蒸気船に乗って神戸へ出た。神戸からは汽車で京都へ、京都からは徒歩で大津《おおつ》、琵琶《びわ》湖、鈴鹿《すずか》峠を越えて四日市《よっかいち》へと移動し、そこから再び蒸気船で横浜へ向かった。そして横浜から汽車に乗り、ようやく東京にたどり着いた。

新橋で汽車を降りた二人は、長旅の疲れも忘れるほど、見る物すべてに驚いた。

「たまげた。東京はなんもかも立派じゃのう」

万太郎と竹雄は、初めて見る東京に度肝を抜かれた。真新しく立派な建物が立ち並び、道行く人々も堂々として見える。人の数にも圧倒された。

翌日は、上野公園内の内国勧業博覧会の会場に向かった。展示館に入ると、西洋の品が並んでいた。ランプにガラス製品、軍人の隊服や豪華なイブニングドレスなど、まばゆいような品々に二人は目を奪われた。国内の最高級品も展示され、色とりどりの反物に陶器、金びょうぶ、見事な打掛《うちかけ》などが並んでいた。

「ハァーーー！　すごかったのう！」

目がくらむような思いで表に出ると、菓子の屋台が軒を連ねていた。菓子に目がない万太郎は人混みをかき分けて進んでいき、『白梅堂《はくばいどう》』という店の屋台で足を止め、店番の女性に尋ねた。

「これ、なんじゃろうか」

「かるやきでございます」

最後に一つ残っていたものを買うと、万太郎はその場で食べてみた。

「ん！　カリッとしてジュワッと溶けたき」

かじりながら、また何か見つけて万太郎は歩き出し、竹雄が慌てて追いかけた。

二人はエノキの巨木がそびえ立つ広場に着いた。大きな花壇もあり、花々が咲き誇っている。

「色ごとに植えられちゅうのう……模様になっちゅうがじゃろうか……」

エノキに登り、上から花壇を見てみたいと思ったが、竹雄が許してくれなかった。全国の酒蔵の代表が集まる懇親会の時間が迫っていたのだ。

懇親会に集まった蔵元の中で、万太郎はひときわ若かった。

「わては灘の松屋いいます」

「伊丹の丸川屋や。いや、恥ずかしいこっちゃけど、これまで土佐の酒いうのは知らなんだわ」

「ほうですか。どうぞ飲んでください」

蔵元たちは各々のお国ことばで、互いの酒を飲み比べようと言ってきた。万太郎は断りきれず、差し出されたちょこの酒を飲み干した。

「なるほどのう。この酒は……なんじゃろのう！　ぐるぐるじゃ」

視界が回り、へらへらと笑う万太郎を見て、蔵元たちはあきれ顔になった。

「酒蔵の当主が下戸《げこ》て」

「不思議じゃろう？　土佐《とさ》は男も女もみんなあ飲むに、わしゲコじゃき。家の者も分家の皆もみんなあ強いに、わしだけゲコじゃき。ゲコでゲコで、カエルじゃあ……」

　ふらつきながら外へ向かう万太郎を、竹雄が慌てて追いかけた。

　表に出た万太郎は、カエルのまねでぴょんぴょんと跳び始め、エノキのそばに戻った。

「若、お願いです、水を持ってきますき、ほんとにここから動かんとってください」

　そう言い聞かせて、竹雄は水を探しに行った。だが万太郎は、酔った勢いでエノキに登ってしまう。広場を見下ろしながら、万太郎はエノキに語りかけた。

「おまんはなんて立派なエノキじゃろうか。登らせてくれてありがとう。おかげで絶景じゃ！」

　本人は上機嫌だが、酔っ払いが巨木に登っているのだから、周りから見れば危なっかしいことこの上ない。万太郎が身を乗り出すたびに、集まった人々が騒ぎ立てたが、当人はお構いなしだ。

「人が作り出したもんもすごいけんど、わしはおまんら草木のほうがずっとすごいと思う！　この世にひとッつとして同じもんがない。天がお作りになったがか知らんけんど、なにか理由があって、そうして生まれてきたがじゃろ。ほんならわしも――わしでえいかのう？」

「よう！　木と話してるのか！」

　通行人が声をかけてきたので手を振って応えると、万太郎が乗った枝がぐらりと揺れた。

　そのとき、若い娘が人混みをかき分け飛び出してきた。

「ちょっと！　危ないです、降りてください！」

　腕まくりをして怒っている娘に、万太郎は一瞬で心を奪われた。万太郎の目には、その娘は花壇に咲くどの花より美しく見える。生まれて初めての一目ぼれだ。

「聞いてるんですか？　降りてください！　枝が折れるでしょ！」

「いや……そうじゃのう……すまん」

娘の勢いに押されて万太郎は降り始めた。ところが降りる間も娘に見ほれていたため、枝をつかみ損ねてドスンと落っこちてしまう。

「キャア！　大丈夫ですか?!」

娘は慌てて駆け寄ったが、万太郎は体が痛くて返事もできない。それでもなお、目が離せないほど娘は愛らしかった。

「どうしよう、お連れの方は？　あなた、どなたですか」

「……カエルじゃ……」

「は？」

そこに、竹雄が駆けてきた。

「若ー！　どうなさったがです?!」

「あの、この方が、木から落ちて。……私が声かけたせいで落ちたのかもしれません」

娘の言葉に、万太郎は慌てた。

「いや！　そんなことは……わしが勝手に……」

痛くてろくに話ができない万太郎に代わって、竹雄が返事をした。

「ありがとうございます。平気ですき、あとはこちらで」

「……分かりました。お大事になさいましね、カエルさま」

追いかけていきたかったが、体が言うことを聞かない。娘が去った後、万太郎は竹雄に言った。

「一目見ただけで、心が震えた……！　あんなかわいいひとが、この世におるがじゃのう……」

娘が向かった先は、菓子の屋台だった。万太郎がかるやきを買った白梅堂だ。店番をしていた母に、娘が言う。

「カエルがいたよ。でも若様って呼ばれてた」

「あら、カエルの国のお殿様？」


万太郎は竹雄の手を借りて何とか立ち上がることができた。

「竹雄、後生じゃ、あのひとを……」

「分かりました。動けますか？　……行きましょう」

二人が娘を捜しに行こうとすると、懇親会にいた蔵元たちがやって来た。

「これがら内務卿が視察にござっしゃるんだど。ちゃっちゃど戻ったほうがいい」

あれよあれよと万太郎は会場へ連れ戻され、娘を追うことはできなくなった。


こんな珍道中の間も、万太郎は旅の最大の目的を忘れてはいなかった。心の友と決めた里中先生、野田先生に会う。そのために、万太郎は二人がいるはずの博物館を訪ねることにした。

前の晩は緊張で一睡もできず、寝不足顔で博物館に向かい、面会の取り次ぎを頼んだ。廊下で待つうちにどうしても場違いに思えてきて、万太郎は竹雄に弱音を吐いた。

「……本当に、わしなんぞ、来てよかったがじゃろうか」

研究室の扉が開き、事務員に招き入れられても、足がすくんで動けない。すると竹雄がパンと背中をたたいた。

「行ってください。若は草花のことだけやってきたがじゃありませんか」

思い切って一人で入っていったが、研究室の人々は万太郎に目を向けようともしない。皆、忙しそうに作業に励んでいた。机の上には植物を挟んだ紙がうずたかく積まれている。作業員たちは、乾燥させた植物を細部まで見えやすいように工夫して紙に貼り、標本を作っているのだ。作業を夢中で見つめる万太郎の前に、見覚えのある植物の標本が置かれた。

その時、部屋の奥のついたての向こうから大きな物音がして作業員たちの手が止まった。

「……あー！　あーあーあー！」

地を這《は》うような声がしたかと思うと、ついたての向こうから男性が現れた。歳の頃は四十代半ば。洋装の服も髪も乱れ、顔色が悪い。

「眠い……っ！　誰か面白い話しろ……」

だが作業員たちは、呼びかけを無視して仕事に戻った。皆に代わって何か言わねばと、万太郎は目の前の標本を手に取った。

「これ、ギンバイソウですろうか。山の中でこの草を見かけると、いっつもときめきます！」

「君は……？　見慣れん顔だな」

茶をいれてきた事務員が客人だと告げたが、男性はついたての向こうに戻ってしまう。

「すまん、一睡もしてなくて。仕事を片づけんことには」

万太郎が後をついていくと、ついたての奥では椅子が倒れ、胴乱が転がり、本が散らばって、標本がうずたかく積まれていた。驚きながらも、万太郎は倒れていた椅子を起こした。

「ああ、すまん。ええと……」

「土佐の佐川から参りました槙野万太郎と申します」

「土佐か……土佐にもギンバイソウは生えているのか」

「はい！　横倉山ゆう山に。『草木図説《そうもくずせつ》』と照らし合わせるのに何度も登りに行ったのに、ここでは、いつでも手に取って見られるがですね」

「それが標本のいいところだよ」

標本にしておけば、大量保存も可能だと男性は教えてくれた。さらに男性は、タマアジサイという植物の標本を顕微鏡にセットして見せてくれた。生まれて初めて目にする顕微鏡越しの世界に、万太郎は感嘆の声を上げた。

「ふおおおお！」

「次はこれ……ヤブデマリといって、スイカズラの仲間なんだよ」

顕微鏡を使うと花弁や雄しべがつぶさに観察でき、二つの花の違いがはっきり見てとれた。

「分かったら、名札を付けてやらんとな」

そう言って男性は、標本に貼り付けるラベルを書き始めた。ヤブデマリやスイカズラは和名であって日本でしか通用しない。標本に記す名前は万国共通のものでなくてはならず、ラテン語の学名を書くのだという。例えばタマアジサイなら、「Hydrangea involucrate Siebold」といった具合だ。

「最後のは？　シー……シー」

「シーボルト。この植物を見つけて学名を付けた人だ」

「名付け親ですか！」

「そう。この植物を名付けて発表した人間が、永久に残される」

「……永久に！」

万太郎にとっては驚天動地の話だ。他の標本にも目をやって、万太郎はさらに尋ねた。

「先生！　これも、シーボルトとありますけんど！」

「日本の植物はなあ、まだ鎖国中にシーボルトが来て調査して回ったからな。シーボルトがこの国を歩くのに、一人、お供をした日本人がいた。そのお人が、シーボルトの仕事を引き継いで、やっと日本の植物学が始まったんだ。今、小石川《こいしかわ》植物園におられるよ」

「今おられる?!　そんな最近のことながですか?!」

「最近も最近、この国じゃまさにイマ始まったばかりだ！　日本は島国で自然が豊かだ。シーボルトが調査できたのもごく一部。世界から見れば、この国の植物は、まだ学名も付けられていなければ、発見されてもいないものがたくさんあるんだよ」

それを聞いて横倉山で見つけた黄色い花のことを思い出し、万太郎は持参した帳面を開いて絵を見せた。

「この花の名を突き止めようと、今のわしのぜんぶの力を尽くしましたけんど……」

「……見たことないな。新種かもしれん」

「……新種やったらどうなるがですか」

「誰かが名付け親になって、世界に発表する」

「それは――誰が？」

「普通は、最初に見つけたやつだな。ただ実際、今の日本では名付け親になれる人間はいない！　日本では植物を検定しようにも、比較するための標本の数が圧倒的に足らない！　だから不明な植物があれば、ロシアのマキシモヴィッチ博士に送って問い合わせるしかない。すると博士が名付けて世界に発表することになる。つまり、今のところ、日本人研究者で植物の名付け親になった人間は一人もいないんだよ」

　期待が膨らんだりしぼんだりで、万太郎はうろたえたが、何とか気を落ち着けて尋ねた。

「――ほんなら……まずは日本にも標本がようけあったらえいがですね？」

「そういうことだ。だから今、大急ぎで植物分類学を打ち立てるべく、標本を集めている！」

「植物分類学ゆうがは」

「植物を見つける。識別し、分類する。新種ならそれに名前を付ける」

　自分がやりたかったことは、植物分類学という学問だった。その感動で、万太郎の体は震えた。

「――ところで君、何の用で来たんだった？」

「すいません。わし、ここにお勤めの先生にお会いしとうて。里中芳生先生と野田基善先生に」

「野田基善は僕だが」

　目の前の人物こそが「心の友」だった。万太郎は胸を熱くしながら、帳面の博物図の模写を見せた。

「わし……小学校のころ、これを見て、ずっと先生にお会いしとうて」

「この博物図は、私が博物局に来て最初に手がけた仕事だ。――君、小学生のとき、これを写したのか。それで、ここまで来たのか」

野田は言葉に詰まり、目頭を押さえた。徹夜明けで情緒が乱れているせいもあるのだろう。野田が泣くのを見て、万太郎も感涙にむせいだ。二人は抱き合い、声を上げて泣いた。

そこに、万太郎のもう一人の心の友が訪ねてきた。里中芳生だ。

「ヘイ、野田くん！　ついに来たぞ！」

里中はパリから届いたばかりだという植物を抱えていた。万太郎は、里中に会えた感激と、里中が持ってきた異形の植物に一層興奮した。

「うわあ……なんじゃろ〜……ニョロニョロしちゅう！　それに……トゲ?!　トゲじゃ！」

「いい反応だねえ。これはサボテンという植物だ。サボテンは世界中に、何十、何百と種類があるんだよ。さあて、このかわい子ちゃんの和名はどうするかね？」

里中と野田はその場で、和名を「ヒモサボテン」と決める。異国の植物を目の当たりにして驚く万太郎に、里中は外国から見れば日本の植物も珍しいのだと話して聞かせた。

「あちらは庭や花壇をつくるのが盛んだから、この国の植物が欲しくてたまらないんだ」

「つながっちゅうがですね。東京に来るがも、まるで異国に来たようじゃと思うちょりましたけんど――植物を通したら、わしと異国もつながっちゅう」

「うん。我々も手を伸ばし続けている。西洋に比べたら我々はやっと、はいはいを始めた赤子だが、成長を続けることが肝心だからね」

野田と里中に見送られて万太郎は博物館を後にした。帰り道、万太郎は大声で叫んだ。

「東京にはあんな大人らあがおるがじゃねえ！　今はじめて、生まれたような気分じゃ」

感動に浸りきっている万太郎に、竹雄は不安を覚えた。

「──若、いかんですき。こんなのは遊びですき。草のことは遊びです」

「……違う」

「言うてください。酒造り以外は遊びじゃと！」

「言えるわけないろうが！」

どちらも引かず、二人はにらみ合う。だがやがて、竹雄のほうが目をそらして歩き出した。

「……何を怒っちゅうがじゃ？　おい……」


東京滞在が終わりに近づくころ、万太郎たちは博覧会の会場を訪ねて役員に挨拶を済ませた。先日かるやきを買った店にも行こうとしたのだが、屋台が見当たらない。通りかかった巡査に尋ねると、東京中の店が入れ替わりで出店しているのだという。

「かるやき……ないがか。あのおなごも、あれから見かけんかったきのう。……おまんがあの時、わしの頼みを聞いてくれちょったら」

万太郎が文句を言うと、竹雄が怒り出した。

「しかたないですろう！　あの時は内務卿が視察でいらっしゃると……それを置いて、おなごのほうを追うらあ。ありえません。大奥様になんと言われるか」

「結局は、おばぁちゃんが怖いがか」

「誰もそんなこと言うちゃあせんでしょう！　峰屋の若が内務卿と話される！　そういう晴れ姿を見たいと思うて、なにがいかんがですか?!　えいですか。わしは、若にお仕えしゆうわけじゃありません。『峰屋のご当主』にお仕えしゆうがじゃき」

「……そうか」

深く傷ついた万太郎は、そう答えるのが精いっぱいだった。


万太郎たちは東京滞在の最終日を迎えた。二人は家の者たちへの東京土産を買い、万太郎は書店で植物の専門書を買い込んだ。さらに医療器械を扱う業者も訪ねて、顕微鏡を買い求めた。あまりに高価なので竹雄は反対したが、植物学にはどうしても必要なのだと譲らなかった。

さんざん散財した後、通りを歩きながら万太郎が言う。

「あとは――まあ、足りんなったらまた来たらえいか」

「……東京はそんな気軽に来られる場所じゃありません。高ィ本も、高ィ顕微鏡買うがも――えいです。若がバアッと遊ぶがを支えるがが、わしら番頭衆の務めですき。けんどそれは、若が峰屋の当主を務めるきこそ！　草のことは、どだい無理ながです。佐川らあ、東京のお人はだれっちゃあ知りません。そんな外れのところで、若ひとり本気で打ち込んでなんになるがです？」

「――佐川の外れにおるき、できることもある……わしが見つけたあの花は先生も見たことないとおっしゃった。世界中、誰も知らん花かもしれん。わしだけが知っちゅう！」

「ほんで？　若が峰屋を放り出したら、わしらはどうしたらえいがですか？　若はわしらを捨てるがですか？」

「……そんなこと……言うちゃあせんじゃろ……」

夕暮れの道を二人は押し黙って歩き続けた。長いつきあいだが、ここまで険悪になったのは初めてだ。そんなときでも腹は減る。竹雄は、万太郎が食べたがっていた牛鍋《ぎゅうなべ》の店に案内した。甘い匂いを立ててグツグツ煮える鍋を前にすると、二人とも不機嫌な顔ではいられなくなった。

「ぬおおお。なんじゃこれ……うまいのう！」

「うまいですね！　牛ゆうがは、こんな甘《あも》うてたまらんもんながですね」

生まれて初めての牛鍋の味が、二人のわだかまりを解いていく。夢中で食べるうちに、近くの席の客たちが、博覧会に出品された酒の中でどれが一等だと思うかと話し出した。

「俺は七日通って、みんな飲んだ」

「で、どれだ？」

「土佐の酒。なんとかっつう村の『峰乃月』って酒。酒屋が……なんだっけな……とにかく、ちっと品があった」

聞き耳を立てていた万太郎たちは、たまらず話に割って入った。

「峰屋じゃき！　その酒屋、佐川村の峰屋ゆうて言うがじゃ。すいません、おねえさん。こちらの席に酒の追加、お願いします！　皆さんの席にも！　勘定はわしが持ちますき！」

万太郎の大盤振る舞いに、店内が一気に盛り上がった。

竹雄が会計を済ませて牛鍋屋を出ると、先に出ていたはずの万太郎の姿がなかった。

「……若、どこです？　若……⁉」

夜道をさまよっていると、幼い日、雪の裏山を、万太郎を捜したときの恐怖が胸をよぎった。

「やーい。焦りよって」

　そう言って万太郎が角からひょっこりと顔を出した。竹雄をからかおうと隠れていたのだ。

「――ふざけんとってください！　知らん場所で、やってえいことかどうかの区別もつかんがですか。人を心配させてそんなに楽しいがか?!」

　通行人の視線にも構わず、竹雄は叫ぶ。

「――困っちゅうがですき！　わしやち。わしは、峰屋の番頭の息子。わしがお仕えしゆうがは『峰屋のご当主』じゃき。けんどこんなに腹が立って、ぐちゃぐちゃになるがは、あんただからやき。子どものころ、わしが『二度とそばを離れん』と誓《ちこ》うたがは、あんただからやき」

「――ごめんちや。ちゃんとした当主になれんで。わしやち、分かってはおるがじゃ」

　そう言って、万太郎は東京の夜空を見上げた。

「――分かってはおるがじゃ」

　もう一度言って、万太郎は竹雄にほほ笑んだ。

　二人は最後にもう一度、博覧会場を訪ねた。閉場間際の会場には明かりがともり、夢か幻のように美しい。広場のエノキにも、二人は挨拶に行った。

「――ありがとうございました。東京はすごい街でした」

　幹に触れながら伝えて万太郎は門のほうへ向かった。が、すぐに足が止まった。

「すまん。最後にもういっぺんだけ」

　向かった先は屋台が並ぶ通りだ。今日は白梅堂にあの娘の姿があった。はつらつと働く姿を見ていると、自然と万太郎も笑顔になった。

「……若、行ってきてくださいませ。ご縁があったゆうことですき」

竹雄に促され、万太郎は屋台に入っていった。

「かるやき、一つ。こないだ、うもうて忘れられんかったき。買えてよかった」

「……カエルさま？　あの時のカエルさまでしょう。今日は木に登らないんですね」

「うん。明日にはもう……クニへ、カエルきの。ゲコ」

かるやきを受け取ると、万太郎はすぐに竹雄のところに戻った。

「若、えいがですか」

「……ああ。東京は遠すぎる。……もう来ることもないき」

万太郎と竹雄が歩き出すと、愛らしい声が響いた。

「カエルさま！　待って！」

振り返るとあの娘が二人を追ってくる。息を切らして駆け寄ると、娘はまんじゅうの包みを差し出した。

「これお土産です」

受け取った万太郎ににこりと笑いかけて、娘は屋台に戻っていった。まんじゅうは出来たてらしく、温かい。そのぬくもりが心まで温めてくれる気がした。

「……帰ろう。佐川へ」

もう迷うことなく、二人は歩き出した。

第4章　ササユリ

二か月にわたる長旅を終えて、万太郎と竹雄は高知に戻ってきた。二人を乗せた船が浦戸港に着く日、峰屋の女中たちと手代衆、そして綾が佐川から迎えにやって来た。

船を降り、人々が行き交う通りを歩きだすと、綾が万太郎と竹雄に尋ねた。

「どうじゃった？　東京」

「そりゃあ広うてにぎやかじゃ。人がようけおって」

「東京と高知じゃ月とスッポン。高知らあスッポンですき！」

高知も佐川よりはにぎやかだが、東京とは比べものにならない。

三人が盛り上がっていると、通りの先のほうでざわめきが起きた。何事かと見に行くと、政治結社『声明社《せいめいしゃ》』ののぼりが立ち、演説会が開かれていた。聴衆の真ん中で、派手なだいだい色の羽織姿の男が力強く呼びかけている。

「今や政治の実権は帝《みかど》にも人民にものうて、ひとにぎりの藩閥《はんばつ》が握っちゅう！　その政治は朝令《ちょうれい》暮改《ぼかい》、国家崩壊の恐れさえある！　これを救う道はただ一つ、国会の開設じゃ！　租税を納める人民にこそ、政治に参加する権利がある！　そしてこの権利は男に女、皆平等にある！」

聴衆の中には女性もいる。万太郎たちの近くでも、四十代とおぼしき女性が声を上げた。

「ほうじゃ！　うちは、旦那が早う亡《の》うなったき、あてが一家のあるじ、戸主となって税金を払うてきたがよ。ほんなら女のあてにも政治に参加する権利があるはずじゃ！」

女性の力強い言葉に、聴衆から拍手が起こる。演説者は、最後にこう呼びかけた。

「我らはここに宣言す。自由は、土佐の山間より発したり！」

ワアッと聴衆が沸き立った。このころ高知では、国民の自由と権利を獲得するために、憲法制定や国会開設などを訴える自由民権運動が過熱していた。だが万太郎たちは、このような光景を目にするのは初めてで、圧倒されていた。

声明社の面々は、次の演説会は六月二十三日、場所は稲荷新地《いなりしんち》の神社だと声を張り上げている。稲荷新地とは浦戸湾河口の埋め立て地にある遊郭だ。

演説会が終わり、熱気冷めやらぬまま人々が去っていく。人混みの中、綾は先ほど声を上げた女性と目が合い、呼び止められた。

「ちょっとちょっと！　あんた！　こりゃね、おなごの話でもあるきよ。ほんじゃき、おなごこそ今からほんまに生きんと！　演説会で待ちゆうき。来てちょうだい！」

返事はしなかったが、綾は、胸の高鳴りを感じていた。

万太郎が峰屋に帰ると、店の一同と分家の面々が大座敷にそろった。万太郎はタキと共に上座に座り、帰郷の挨拶をした。

「無事に東京より戻りました。博覧会は大変なにぎわいで、清酒部門もそれは大入りじゃった。品評会の番付披露は、博覧会が終わってからじゃけんど――たとえ褒賞をもらえんかったとしても、わしは、あの場に『峰乃月』を出品できただけで、大きな誉れじゃと思うちゅう。これからは日本じゅうが峰屋の客じゃ。皆の衆、ますます気張ってまいりましょう」

万太郎の言葉に、峰屋の一同が力強く応える。当主らしい挨拶に、タキも大満足の顔だ。分家の者たちはといえば、顔を見合わせ、黙って頭を下げるしかなかった。

万太郎と竹雄はタキの部屋に呼ばれ、博覧会の様子を詳しく報告した。

「おばぁちゃんにお土産買《こ》うてきました」

万太郎は東京で買ったレースのハンカチを渡した。

「ありがとう。――きれいじゃ。使わせてもらうき。それで……草のほうはどうじゃったがじゃ？　先生方に会いに行ったがじゃろ？」

タキは、万太郎の東京行きの真の目的を見抜いていた。

「博物館をお訪ねして。植物学がどんなものか、ちゃんと教えてもらいました。夢のようじゃった。――ほんじゃき、終わりです。植物の研究はやめます」

「……やめる？」

「植物学をやるには、東京におらんといかんゆうことがようよう分かりました。それに植物学は、今は異国の黒船だらけで、この国はまだほんの赤子。あまりに情けのうて嫌いになりました！」

荷ほどきをするからと明るく言って、万太郎は自室に戻った。

万太郎の部屋には、東京で買い集めた本が積み上げられていた。その真ん中に、厳重に梱包《こんぽう》された荷物がある。その包みを開け、万太郎は中身を取り出した。ドイツ製の顕微鏡だ。精巧な作りが造形美を感じさせる。眺めていると、早く使ってみろと誘われている気がした。その誘惑を断ち切ろうと、万太郎は顕微鏡を箱に戻す。そして箱をグルグルと梱包し直し、部屋の隅に押しやった。

これ以降、万太郎は峰屋の仕事に励むようになった。酒造りを学ぶために酒蔵の中を見て歩いたり、店の帳面から顧客の名前を覚えようとしたりと、当主の自覚が芽生えたように見えた。峰屋にとっては喜ばしいことだが、竹雄は素直に喜べなかった。万太郎が店の者たちには見せない姿を、竹雄だけは間近で目にしていたからだ。

すべてを打ち明けようと決意して、竹雄はタキと二人きりで話をした。

「東京で若とけんかしました。わしが卑怯《ひきょう》なまねを……。植物の道と、わしら峰屋に仕える者らぁを天秤《てんびん》にかけて――『わしらぁを見捨てる気か』と問いただしました。ほんじゃき若は、思い切ろうとされゆう。若は草花を嫌いになったわけじゃありません。ほんとは先生にも見込まれちょりました。けんど若は、わしのせいで――わしらあのために」

「……竹雄。卑怯とは思わんぜ。これは、そういう話じゃき。いつか誰かが言わないかんかった」

「……けんど、佐川に戻ってからこっちでは、若は眠れていないようなんです。本も読まんと、朝日に目も向けんと。あれほど毎日、朝が来るのがうれしい……草花が朝日を喜びゆうがうれしいとおっしゃっていた方が。――わしは、もう幾日も若の笑う顔を見ちょりません」

竹雄の告白をタキは黙って聞いている。

「わしは、草花とわしらあを天秤にかけただけじゃのうて……若の喜びぜんぶとわしらあを天秤にかけてしまいました。大奥様。わしは、どうしたらえいがでしょうか」

すがる思いで竹雄は問いかけた。

「……よう話してくれたのう」

そう答えたきり、タキは黙り込んだ。その目はもう竹雄を見ておらず、深く考え込んでいる。竹雄にはそれ以上、なすすべがなかった。


後日タキは万太郎に、分家を回って掛帳《かけちょう》を取ってくるよう命じた。ふだんは市蔵がしている仕事だが、当主が分家に顔を出すのも大事な仕事だと言うと、万太郎は素直に従った。

出かけたのを確かめて、タキは万太郎の部屋に入った。押し入れを開けると、万太郎が東京で買ってきた英語の新刊本や植物関連の書物がぎっしりと詰まっていた。顕微鏡の箱が目に留まり、中を開けてみたが、タキには、それが何なのかもわからない。

帳面もあり、標本の作り方や、顕微鏡での観察結果が事細かに記されていた。最後のページには『東京大学』『植物学教室』『田邊《たなべ》教授』といった言葉が並び、赤線が引かれていた。

タキは、ある決意をして万太郎と綾を大座敷に呼んだ。

「おまんらに話がある」

威厳に満ちた態度でタキは言う。万太郎と綾は、何事かと身構えた。

「子どものころは、あればあ弱かった万太郎が無事に生き長らえた。綾も家業に熱心な気丈夫に育った。この先はおまんらふたりが、わしに代わって峰屋を支えてほしい」

そしてタキは、二人を見据えてこう告げた。

「おまんらふたり、夫婦《めおと》になれ」

「――は？　夫婦？」

「万太郎と私が？」

混乱する二人にタキは、綾と万太郎は実の姉弟ではなく、いとこ同士なのだと明かした。綾の実の母はヒサではなく、タキの娘。綾は、タキの娘が嫁ぎ先で産んだ子だ。綾が二つのとき、綾の両親はコレラで亡くなった。同じころ、タキの夫と息子もコレラで亡くなり、峰屋は当主と跡取りを失った。

「万太郎がようやっと生まれてきたばかりで、無事に育つかもわからん……明日にも死ぬかもしれん、そういう時じゃった」

もし万太郎までも亡くなれば、分家の者が当主になり、峰屋本家は途絶えてしまう。それを案じてタキは、綾を引き取ることにした。万太郎に何かあっても、綾に婿を取れば本家を守ることができるからだ。

「本家を絶やさず峰屋を盛り立てる。それがわしらぁの役目じゃ。おまんらが夫婦になったら、この先も峰屋は安泰じゃき」

「……無理じゃ。ねぇちゃんはねぇちゃんじゃ。わし、ねぇちゃんとは夫婦になれん」

「そうです……万太郎のことは、ずっと弟と……」

「いとこ同士で夫婦になるがはようあること。そのうち慣れる。わしも嫁に来たときは、祝言《しゅうげん》が終わってからやっとあの人の顔を見たもんじゃ。ともかく、決められた相手と夫婦になって働いたらえい。毎日懸命に働いちょったら、あとから夫婦の情は湧く。これがいちばんえいがじゃ」

タキにけおされながらも、万太郎は反論した。

「――情ならば持っちょります。姉と弟ゆう、これ以上ない姉弟の情を。槙野の本家を守っていかんとならんゆうことは、わしもねぇちゃんも分かっちょります。なにも、夫婦にならんでも」

「大層なこと言う前に、おまんら自身を見い！　当主のおまんはいつまでも家業に身が入らん。頭の中は草花のことばかり。代わりに、おなごの綾が、蔵には一歩も入れん身で家業に強情を張りゆう。おまんらは、いびつなんじゃ」

これには万太郎も綾も黙り込んだ。

「……これがおまんら二人にとって、いちばんえい。綾やったら、誰よりもおまんのことを分かって、峰屋も盛り立てていける。峰屋にとって、これ以上ないおなごじゃ」

「……ほんなら……ねぇちゃんを、わしのために縛りつけるゆうことですか」

「それが綾の望みでもある。のう綾？　万太郎に添い遂げるやったら、おまんはずっと、この家におってえい。二人とも聞き分けろ。これは、わしの願いじゃ。育ててもろうた恩を忘れな」

追い詰められた綾は、絞り出すように言った。

「……ずるいが、そんな言い方。恩は分かっちょります。本家に引き取られんかったら、私は今頃どうなっちょったか……」

「祝言は夏のうちに執り行う。蔵人らあが来る前に終わらせるき」

「弟に添うがは無理じゃき！　それに――私にも好きな相手くらいおったがよ……！」

こらえきれず、綾は大座敷から出て行ってしまう。

残った万太郎は、タキの仕打ちを責めた。

「わしと結婚せんかったら、この家にもおれんゆうて、ねぇちゃんがあんまりかわいそうじゃ！」

「……おまんには分からん。家の中で、立場のない女がどればあみじめな思いをするか」

「ほんならわしが守る！　わしが、強い当主になる。植物学のことやったら、わしはもうスッパリやめるき！　どうせわしの一生、しかたないきの」

「……『どうせ』……？」

「どうせわしは、こんな家に男で生まれ、この年まで生き長らえてしもうた！」

「なんということを！　取り消せ。わしもヒサも、おまんをどんな思いで……おまんは……！」

「わしじゃち言いとうないわ！　ほんじゃき、どんなに植物学がやりとうても『諦めろ、諦めろ』ゆうて、ここに言い聞かせちゅうがじゃろうが！」

自分の胸をたたいて万太郎は叫んだ。

「どうせわしは当主じゃ！　ほんじゃき諦めるしかないけんど！　ほんなら、せめてねぇちゃんだけは――犠牲になるがは、わし一人でたくさんじゃ！」

言い捨てて、万太郎も部屋を出て行った。

万太郎は、やりきれない思いで酒蔵に向かった。一人で蔵を見上げていると竹雄が追ってきた。

「若、申し訳ありません。話、聞いちょりました」

重大な話に違いないと察した竹雄は、一部始終を部屋の外で聞いていたのだ。

「竹雄。聞いちょったがなら、話は早い。おまん、早《はよ》う言うてこい。好きじゃゆうて！　ねぇちゃんに言うてこい！」

「……めっそうもない」

「東京で土産も買いよったろう？」

綾のために竹雄がくしを買っていたことに、万太郎は気付いていた。

「わしは奉公人。お嬢様とは立場が違いますき」

「おまんがただの奉公人やったらこんなこと言わん！　おまんじゃき！　ずっと一緒に育ってきた。わしやちおまんを見ゆう。おまんじゃき、ねぇちゃんを幸せに――」

万太郎の言葉はそこで遮られた。混乱した竹雄が、思わず万太郎を突き飛ばしたのだ。

竹雄は自分のしたことに驚き、ぼう然としている。そこに女中のたまがやって来た。

「こちらに綾さまおられませんか？　お花のお師匠さんがお待ちなんですが、どこにも……」

たまが言い終わらないうちに、万太郎と竹雄は外に向かって駆け出した。

そのまま蔵通りまで行ったが、綾の姿はない。通りの店に尋ねてみると、先ほど急いだ様子で通り過ぎる綾を見たという。

綾が向かったほうへと、万太郎たちはまた走り出した。

峰屋を飛び出した綾は佐川を離れ、小さな農村を訪ねていた。峰屋の蔵人たちが住む村だ。

「幸吉、どこ……？」

捜し歩くうちに、耳慣れた歌声が聞こえ、綾は幸吉に違いないと思った。酒蔵で歌う声を綾は何度も聞いている。歌声のほうに向かっていくと、幸吉が畑できびきびと働くのが見えた。

「幸吉！」

駆け寄ろうとしたとき、幸吉のそばにいた者が頭の手拭いを取った。ひと目で、幸吉の新妻だとわかった。素朴で愛らしい妻は、手拭いで幸吉の汗を拭いている。てれくさそうな幸吉の姿に綾が衝撃を受けていると、幸吉の家族も畑にやって来た。皆で畑仕事を再開すると、幸吉はまた、楽しげに歌い出した。

綾は夢中で幸吉の村から逃げた。行くあてもなく走り続けて峠まで来ると、木の根に足を取られて転んでしまった。着物も手も泥だらけだ。痛さと情けなさで、涙がにじんできた。

「……なにやりゆうがやろう……」

涙をこらえようと顔を上げると、大輪の淡紅色《たんこうしょく》の花が目に飛び込んできた。

「——きれいじゃ……」

綾は痛みも忘れて花に近づき、そっと触れてみた。

「ユリじゃろうか。ほんのり染まっちゅうがじゃね……うまい酒飲んだときみたい」

自分で言ってフッと笑った瞬間、優しい風が吹き抜けた。木々の合間から遠くの景色が青くかすんで見え、その先に光がさしている。そちらを目指して、綾は歩き出した。

万太郎と竹雄は、佐川の村外れまで来たところで、堀田鉄寛、寛太親子に出くわした。

「万ちゃんも高知に行くがか？」

聞けば、寛太たちは高知から戻ってきたところで、峠で高知に向かう綾に会ったのだという。

「高知に何しに……」

つぶやいた瞬間、万太郎は高知の演説会のことを思い出した。綾は、聴衆の中にいた女性に、次の演説会にも来るよう誘われていた。

万太郎たちは、高知を目指して駆け出した。


声明社は稲荷新地の神社で演説会を開くと言っていた。万太郎たちがそこに着くと、すでに聴衆が集まっていた。境内の奥に能舞台があり、人々はその前で太鼓に合わせて手拍子をし、足を踏み鳴らして歌っている。

♪一トセー　人の上にはひとそなき
権利にかはりがないからは
コノ人じゃもの
二トセー　二ツとはない我が命
すすむも自由のためならば
コノいとやせぬ

人ごみをかき分けて万太郎たちは能舞台に近づいていった。すると、遠くに綾の姿が見えた。

「ねぇちゃん！」

近づこうとしたが、人の波が押し寄せてきてままならない。舞台上に、演説者が登場したのだ。以前も見ただいだい色の羽織姿の男だ。

「よう集まってくれたのう。同志諸君！」

とたんに歓声が起こり、「早川《はやかわ》！」「逸馬《いつま》！」と声がかかった。だが、舞台上の男が静まるようにと合図をすると、ぴたりと声援がやみ、人々は演説に聞き入った。

「国会開設請願の署名人は、今や、国じゅうで三十万を超えた。まさに我ら人民の声が国を動かそうとしゆう。我らはみな、金銀よりもいっそう尊い——自由という権利を持っちゅう！　自由という権利は命よりも重い。自由がなければ、人は生きちょってもしかたがない。我ら人民は、これ以上、役立たずの雑草とばかにされ、いやしき民草《たみくさ》と踏みにじられてはいかん！」

「そりゃあ違う！」

声を上げたのは万太郎だ。とっさに言ってから慌てたが、その声は壇上の男の耳まで届いていた。

「今、違うと聞こえたけんど」

男が言うと、聴衆たちが険しい顔で万太郎を指した。すると男が思いがけないことを言う。

「演説会は誰が発言してもえい。何が違う？　出てきてくれ」

必死に抗ったが、周りに押されて逆らいきれず、万太郎は舞台に上げられてしまう。

「万太郎?!」

綾が、万太郎を見て仰天している。壇上の万太郎は、聴衆たちの非難の目におびえていた。

「早川逸馬だ。おまんは？」

「……槙野……万太郎です」

「槙野。何が違う？　言うてみい」

万太郎は逃げ出そうとしたが、声明社の者たちに阻まれた。

「槙野はわしの演説を遮り、『違う』と声を上げた。その訳を聞かせてくれ！　みんなあも聞きたいじゃろう？」

聴衆から賛同の声が上がる。万太郎は答えるしかないと覚悟し、恐る恐る話し出した。

「……わしはただ……早川……逸馬サンが雑草が役立たずとか言うたき……」

「そうやろう？　昔から、ひとは草に例えられちゅう。『無智盲昧《むちもうまい》のいやしき民草』――それが我らじゃと」

「そんなことを最初に言うたやつこそが無智盲昧ながじゃ。……名もなき草らあは、この世にないき。ひとが、その名を知らんだけじゃ。名を知らんだけじゃない、その草の力を知らん。どんな草やち、同じ草らあ一つもない。一人一人みんなあ違う、生きる力をもっちゅう」

懸命に語るうちに万太郎の言葉は熱を帯びていった。

「葉の形、花の色――そして、どこに生きるか。天が決めたがかはしらんけど、まっことよう出来ちゅう」

するといの手を入れるように逸馬が叫んだ。

「天賦人権《てんぷじんけん》！　誰もが天から権利を与えられちゅう」

「そうして、根を張って生きるがじゃ。根を強う張って、どの草も命をつないでいく」

「生存の権利！」

万太郎が植物について語る言葉は、自由民権運動の思想に重なっていった。そんなことは気付かないまま、万太郎は語り続ける。

「それで厳しい季節のあいだも、根っこ同士でつながりおうて、生き延びる力を蓄える。元気いっぱい芽吹くために」

「同志の団結！　天下の元気は、一人一人が団結し、芽吹いてこそ大きゅうなる！」

「時が来たらの」

「ああ、時が来たら！　それはいつじゃ？」

逸馬が呼びかけると、聴衆が沸き立った。

「今じゃー！」

「槙野！　この早川が過った。我らは、自由という地面に根を張る、たくましき草じゃ！　つながりおうて芽吹く草じゃ！　槙野万太郎が教えてくれた！」

先ほどまで万太郎をにらんでいた聴衆から声援が飛び始めた。その熱気に、万太郎は思わず乗せられた。

「……おお、どうも……ありがとうございます！　槙野万太郎です！」

散会後、放心している万太郎に竹雄と綾が駆け寄ると、逸馬が社中の者を連れてやって来た。

「のう槙野！　わしの仲間に入らんか？　槙野がわしのとこに来たら、大きな力になる」

「民権がどういたもんか知りませんけんど……わしも、ちっと聞きたいことがあります。——自由ゆうがはなんじゃ？　誰にでも自由に生きる権利があるがやったら、どんな生まれの者でも……当主でも、おなごでも……望んだ道を好きに生きられるがじゃろうか？」

そう尋ねる万太郎を、綾がじっと見つめている。

「おう！　この先、どうすりゃえいか。知りたいならわしと来い」

そう言われて万太郎は、逸馬について行くことにした。


一方、竹雄は万太郎に言われ、綾を宿に連れて行くことになった。道すがら、綾は幸吉の村へ行ったことを竹雄に打ち明けた。

「幸吉らぁにとっては、あそこが自分らぁの居場所で、峰屋はただ出稼ぎの場やったのに、私ひとり夢見てしもうた。幸吉のことらあ何も知らんまま、自分が酒を造りたいばっかりに、あの人を欲しがった。なんて強欲ながじゃろう……」

泣くまいとしたがこらえきれなかった。通行人の好奇の目を、竹雄が体で遮った。

「——欲がない人らあおりますか。誰かを手に入れたい。そばにいたい。そう思うことは、生きちょったら当たり前のことでしょう。峰屋やち、一人やったらなんちゃあできません。酒やち、一人で飲んでもうまいけんど、人と人とを近づけるもんじゃないですか」

泣いていた綾が、フッと笑った。

「綾さまの欲は、前に向かうための力じゃ。……わしは、そんな綾さまを——お慕い……尊敬！

尊敬しちょりますき！」

「……竹雄に言われてもねぇ」

「エッ?!」

仰天している竹雄に、綾はからかい口調で続ける。

「それで竹雄はいっつも褒めてくれゆうが。奉公人のかがみやねえ」

「違ッ……誰にでも言いゆうわけじゃないですき！」

竹雄は思いを伝えきれなかった。それでも、綾の胸の痛みは癒やされていた。


声明社の事務所では、血気盛んな者たちが車座になって語り合い、気勢を上げていた。演説の参考にしようと、J・S・ミルの『自由之理《じゆうのことわり》』やサミュエル・スマイルズの『西国立志編《さいごくりっしへん》』といった洋書を翻訳している者もいる。万太郎は洋書をのぞき込み、すらすら訳して社中の面々を驚かせた。

同じ部屋では結社の旗やビラを作っている者もいれば、演説の練習をする者、酔って雑魚寝をしている者もいる。彼らを見て、万太郎は逸馬に言った。

「ここじゃ誰もが皆やりたいことをしゆう。ああせえこうせえと命じる者もおらん。こういうふうに日本国中の皆が過ごせるようになる。それが、逸馬さんの言う自由ですろう」

「あほう。まるで違う。今、目に映っちゅうもんは、ほんの上澄み。ただ気の合うもん同士で騒いじゅうだけじゃ」

逸馬が話し出すと、社中の面々も静まり、聞き入った。

「この国じゅうのすみずみまで行き届き、会《お》うたことのない人までも救う、もっと強じんで揺るぎないもん。たとえば志と才がある者やったら、氏素性《うじすじょう》に関わらんと、家柄やクニも飛び越えて、望む者になれる。この日本国を丸ごと統べる者にもなれるとしたら？」

「……なんですそりゃあ……おとぎ話ですろう」

「と思うやろう？　けんど、おとぎ話でも夢物語でもない。これは皆で手を伸ばしたら届く話じゃ。それを、おのれの目でちゃあんと見てきたお人がおる。会わせちゃろうか」

「いや、わしは……」

「わしなら会わせちゃれるき。そうすりゃおまんも仲間に入りとうなる！　おまんの悩みにも、答えが出るかもしれんぞ」

逸馬は、逆らう万太郎を強引に外に引きずり出した。

「特別じゃ！　えいき来い！」

逸馬は万太郎を「中濱万次郎《なかはままんじろう》」という人物の屋敷に連れていった。

「中濱さんは元は旧幕府のご直参《じきさん》じゃ。政府が作った開成《かいせい》学校の教授も務めておられた。それでも、われらに力を貸してくれゆう奇特なお人じゃ」

経歴を聞き、万太郎は緊張して頭を下げた。

「そう硬《かと》うなるな。今はただ隠遁《いんとん》しよるだけのジジイやけん。十年前に卒中を起こしてにゃ」

中濱は、声明社のために翻訳を手伝っているのだという。

「こいつも英語をよう学んじゅうがです。見どころのある漢《おとこ》ですき」

逸馬にそう紹介されて、万太郎は慌てた。

「見どころらあ——正直今、どういてここにおるがかもわからんばあです。おのれの道に迷って……逸馬サンらぁが叫ばれちょった、『自由』ゆうがに惹《ひ》かれました。頭では、やらんといかん道がよう分かっちゅうがです。けんど好きなことができて、心が言うことを聞かん。そうやき、自由ゆう言葉にすがりゆうがです」

「……そん言葉。今となっては、どんだけ憎んだか……」

「自由を、憎む？」

意味が分からず万太郎が戸惑っていると、中濱は室内に置かれたついたてをどかした。すると、洋書がぎっしりと詰まった本棚と、掛け軸が現れた。軸には手書きのアルファベットが記されており、「John Mung Japanese」と署名がある。それを見て、万太郎はハッとした。中濱万次郎という名は知らなかったが、「ジョン・マン」ならばよく知っている。

「大変失礼ながら、ご存命とは存じ上げず……あなたのお話がまとめられた『漂巽《ひょうそん》紀畧《きりゃく》』、わしはほんの子どものころに読みましたき」

中濱は、その『漂巽紀畧』を取り出して万太郎に見せた。そこには、土佐の漁師が漂流し、捕鯨船に拾われてアメリカに渡ったという中濱の数奇な体験が記されている。

「子どものころ、英語を学びゆう途中で何べんも読みました！　あなたさまのお話は、同じ土佐の者として励みになって。英語を身に付け外国の方々と共に世界中の海に乗り出されたところは——まっこと胸躍りました。この本は、あなたさまが無事に日本にお戻りになり、武士の位を授けられたところで終わっちょりましたので、子ども心に大層晴れやかで、憧れちょりました！」

だが、中濱は物憂げなままだ。代わりに逸馬が、帰国後の中濱の苦悩を語り出した。

「――この本が藩に提出された翌年、この国に、黒船が来た。中濱さんはすぐに江戸に呼ばれ、外国の事情を説明する役を担った。あの時、英語にかけては中濱さんの右に出る者はおらんかった。この国、随一じゃった。けんど幕府は黒船が来る直前に中濱さんが帰ってきたき、中濱さんを疑《うたご》うたがじゃ」

中濱が外国のスパイだと疑われたことは、日本の外交に大きく影響した。アメリカから黒船を率いてきたペリー、そして初代駐日総領事のハリスとの交渉時、幕府は中濱ではなく、オランダ語しか分からない通訳を入れたため、日本は不利な条約を締結することとなったのだ。

「生きて帰ってきて……わしにはなすべきことがあると思うたけんど――結局、何もできんかった。――今この時この場所に、自分だけが果たせる務めがある。そう分かっちょりながら、おのれを殺したがよ」

万太郎には、その苦しみが手に取るように分かった。

「アメリカで中濱さんが乗られた捕鯨船には、世界中から男たちが集まっちょったそうじゃ。皆が互いの力を認め合う。船の上には自由と自立だけがあったそうじゃ。アメリカはそうやって国を大きゅうした。百姓でさえも才があったら大統領になれる」

自由がそれほどすばらしいものならば、なぜ……と万太郎は思った。

「……あなたさまは、今となっては自由を憎んじゅうとおっしゃいました」

「……知らんままでおったら、この年になった今も、胸の内をかき立てられることらぁもなかった。気うつの病にかかることもなかったろう」

「それほどまでに……忘れられんがですね？」

「……忘れたことはないよや。私にとっての自由とは……海で見た、夢そのもの。いのちそのもの。じゃけんど自分で捨ててきてしもうたがよ。……大海原。鯨。仲間たち。ジョン万と呼ぶ声。それから鯨が跳ねるときの帆柱よりも高いしぶき……！」

「わしにとっては、植物です。いったい、どれほどの種類があるがじゃろう、色形があるがじゃろうと、じっとしてはおられんがです。ほんとうは、鎖を引きちぎって野山に行きたい」

「人の一生は短い。後悔はせんように。……私も、あといっぺんだけでかまんけん、仲間と捕鯨船に乗り込み、鯨を追いたい。ずっとずっと願ってきたけんど……もう、老いてしもうた……」


宿に向かっていた綾と竹雄は、鏡川《かがみがわ》の河原で祭りが開かれていることに気付いた。綾が行きたがったので二人で立ち寄ると、にぎやかな踊りの輪が広がっていた。二人も輪に加わり、夢中になって踊った後、綾は竹雄に礼を言った。

「つきおうてくれてありがとう。楽しかった」

「わしも楽しかったですき」

二人だけで時を過ごし、竹雄の胸は綾への思いで張り裂けそうになっていた。気持ちを伝えようと、竹雄は、綾のために買ったくしを懐から取り出した。それと同時に、綾が口を開いた。

「こんなに楽しゅう遊んだき、もうえいね。おばぁちゃんの言うとおりにする」

「……けんど逸馬さんも言うちょりましたろう。これからは誰でも自由になれる。おなごでも自由になってえいと」

「ほんなら竹雄やち、自由になってえい。もう万太郎や私に仕えんと、自由になってかまんがよ。……私、嫌々言いゆうわけじゃないよ。峰屋のために生きたいき、そうするがじゃ」

きっぱりと、綾は言い切った。

「……わしは……若と綾さまをお守りするよう、言いつけられて育ちました。それ以外の生き方を知りません。ほんじゃき、お二人のそばにおりたい……それだけがわしの望みで。――綾さまがたとえどなたとご一緒になられようとも、峰屋を出られようとも、わしの忠義は変わりません。たとえ離れても、一生お守りすると誓います」

「大げさやね、竹雄は。――私なんかに誓ってくれんでもえいがよ。万太郎を守ってくれたら、それでえい」

握りしめたくしを、竹雄は懐深くしまい込んだ。


同じころ、万太郎は中濱の屋敷を去ろうとしていた。逸馬は改めて、結社に入るよう誘ってきたが、万太郎は明日佐川に帰ると答えた。

「政治のことをしゆう暇はないがです。わしは、話してこんといきません。……いちばん大事な人に」

中濱は万太郎のために、書棚から一冊の洋書を取り出した。

「おまえさん、植物が好きやと言うたのう――これは入り用か？　ズィーボルトが日本の植物を調査した本よや」

「シーボルト?!　わし、その名前を知っちょります！」

手渡された『Flora Japonica』（日本植物誌）という本を開くと、植物画にフランス語とラテン語で解説が書かれていた。中濱は絵がうまいと感心したが、万太郎から見ると、不十分と言わざるをえない。

「ほんとはもっと季節ごとに描かんといかんがです。芽の出方から実の付き方まで、そうでないと植物のほんとが分からん。外国のお人には無理じゃ。植物が好きで、みどり豊かな地に暮らし、植物の絵がよう描ける。その上、英語で読み書きができ、日本の植物を世界に知らせることもできる。そういう人間が、今ここに居合わせちゅう。今、やらんといかんがです」

力強く語る万太郎を前にして、長年気うつな日々を過ごしてきた中濱の目も輝いていた。

「わし、佐川へ帰ります。そして……行くがじゃ」


万太郎と逸馬が中濱邸を出ると、外が明るくなり始めていた。

「たつ前に、もっぺん皆の顔見ていかんか」

逸馬に言われて、万太郎はうなずいた。

「はい。ご挨拶せんと」

「明日――もう今朝じゃのう、十時から昨日の神社で演説を始めるき。帰りがけに寄ってくれ。あー、おまんのズィーボルトのせいで夜明かしじゃき」

「すまんです。またあとで！」

大あくびをしながら去る逸馬を見送って、万太郎も歩き出した。

第5章　キツネノカミソリ

　中濱邸を後にした万太郎は、綾と竹雄と合流した。三人は、橋の上から早朝の高知の町を眺めて語り合った。

「――わし、よう分かったき。わしが今生《こんじょう》、生まれてきたがは、峰屋のためじゃない。植物学のためながじゃ。ねぇちゃんには好きなように生きてほしい。その気持ちにうそ偽りはないけんど、わしは、峰屋にとどまることはできん」

　その決意を聞いて、綾がうなずいた。

「ほんじゃき――すまん。わし、峰屋を出るき。ねぇちゃんと夫婦《めおと》にはならん。ねぇちゃんには、真にねぇちゃんを思うちゅう相手と一緒になってほしい」

「分かった――そうやったら、峰屋は私に任しちょき。おまんが植物学のために生まれてきたやったら、私が峰屋のために生まれてきたがよ。おまんと私は、いびつで、よう似いちゅうがよ。普通じゃのうても、道なんてのうても、この道を生きたいがじゃ」

「うん」

「そのかわり約束しょう。お互い、今日選んだ道を悔やまんこと」

万太郎と綾は、指切りをして誓い合った。

「竹雄、おまんが証人じゃき！」

「私らぁがだらしなかったら、おまんがしかってよ」

「……しかりますよ。こじゃんとしかりますき！」

小指でつながった万太郎と綾の手を、竹雄の手が包み込んだ。

「ほんじゃき、お二人は前だけ向いちょってください。後ろは、わしがおりますき」

幼い日から共に生きてきた三人は、こうして互いの思いを認め合った。


その後万太郎たちは、声明社の演説会に向かった。稲荷新地の神社に着くと、すでに聴衆たちが盛り上がっていた。その中には、綾を前日の演説会に誘った楠野喜江《くすのよしえ》の姿もあった。

逸馬が登壇すると、一斉に声援が飛び交った。今日も逸馬は、だいだい色の羽織姿だ。

「空は晴れ、日は輝いちゅう。けんど、わしの心は暗い。なんでか？　今日も自由が殺されちゅうきじゃ！　人は皆なあ、天から与えられた自由の権利を持っちゅう。その人民の権利を守るためにこそ国家がある！　人民は国家の奴隷にあらず！　我ら人民には力がある。そのことを、この男に話してもらう。弁士、槙野万太郎ッ！」

突然の指名だったが、昨日の演説会にも参加した者たちは皆、万太郎を知っている。人々は登壇のための道を開け、喜江の掛け声が飛んだ。

「万太郎！　待ってました！」

するると、あちこちから声援が飛んできた。綾と竹雄にも促されて、万太郎は演台に上がった。

「……えーわしは、植物バカじゃき、今日は皆さんに草花の秘密を教えます。皆さんの足元に生えちゅう草花。実は、その草花らあはみーんな、いちばん優れちゅう者らあながじゃ！　踏んづけられたら、そのときこそ変化の機会。種をひっつかせて運ばせる。踏まれたち折れんように、丈夫な筋を通しちょく。起き上がれんがじゃったら、横にはう。いろんなやり方で生き延び方を編み出す。草花らあは、つらい目に遭うたんびにどんどん変化した知恵者《ちえしゃ》らあじゃ」

そこからは、万太郎の演説に逸馬が合いの手を入れていった。

「わしらもそうじゃ。旧幕府から新政府、周りが変わったち生き抜いてきた！」

「この知恵者らあは、一人として同じ者がおらん。それぞれに強さがある」

「男に女、老いも若きも、それぞれの強さがある！」

「そこに意味がある。皆が違うゆうところに！　ほんじゃきわしらは、わしらあなりに精いっぱい生きたらえい。誰の言いなりにもならん。わしらは自由じゃ！」

万太郎が叫ぶと、逸馬も聴衆たちも、綾と竹雄までもが拳を突き上げて呼応した。

「自由じゃ！　自由じゃー！」

皆が自由を叫び、熱気が最高潮に達したとき、会場に、警官隊が駆け込んできた。

「演説中止！」

「集会条例違反だ！」

警官隊は社中の者たちを次々捕縛していく。聴衆たちは逃げ惑い、一気に大混乱となった。

「若ーッ！　早《はよ》うこっちへ！」

竹雄と綾は万太郎を助けようとしたが、演台にたどり着くこともできない。そうするうちに、万太郎も逸馬も捕らえられてしまった。

連行された万太郎は、拘置所の独房に入れられた。逸馬と一緒に演説していたため、集会の首謀者と見なされたのだ。竹雄と綾は警察署に行き、万太郎は声明社とは無関係なのだと訴えた。だが聞き入れられず、すべては取り調べが済んでからだと一蹴された。喜江も万太郎を案じて、知る限りのことを綾たちに教えてくれた。

「よその結社の話、聞いたことがある。演説会の中止解散命令に従わんかったき禁獄《きんごく》や罰金になったゆうて」

禁獄となれば三、四年はろう屋から出られないと聞くが、それも確かな話ではないと喜江は言う。

「峰屋に知らせんと。なんもかもそれからじゃ。おばぁちゃんに知らせんと……！」

綾が言うなり、竹雄は佐川を目指して一人で駆け出した。

その晩、独房内の万太郎は檻《おり》をたたき、揺すりながら必死に訴えた。

「お願いじゃ。話を聞いてくれ！　わし、こんなところにおれんがじゃ。行かんといかん」

しかしいくら叫んでも警官は姿も見せない。万太郎は、独房内に細く月明かりがさし込んでいるのに気付いた。見上げると、通気のための細い隙間がある。そこに、植物のつるが伸びてきていた。すがる思いで、万太郎は手を伸ばした。指の先だけでもつるに触れたいと思ったのだ。しかしそれすらもかなわず、万太郎の指は空をかすめた。

峰屋の面々は、二晩も帰ってこない万太郎たちを心配し続けていた。堀田鉄寛が、三人は高知に向かったと知らせてはくれたが、ふじはタキに、警察に知らせることを勧めた。しかしタキは、騒げば峰屋の恥になると言って聞き入れず、万太郎たちの無事を一心に願って写経を続けていた。

翌朝、竹雄は泥にまみれ、傷だらけになって峰屋に駆け込んだ。夜を徹し、山を越えて高知から佐川まで三〇キロほどの道のりを走り続けてきたのだ。店の者たちは急いで介抱し、タキに、竹雄の帰宅を知らせに行った。

タキは竹雄を自室に呼んで、市蔵、ふじと共に事情を聞いた。

「――万太郎が捕まった？」

「申し訳ございません！　わしがついちょりながら！」

市蔵が、すぐに高知の警察署に向かうと言うと、タキも腰を上げた。

「待ちや。わしも行こう」

そのころ万太郎は、警察の取り調べを受けていた。

「槙野万太郎。佐川村、峰屋の当主か。高知県下、第一の酒蔵の当主がこんな結社に入り、政府打倒をぶち上げるとは――峰屋がどうなってもかまわんがか」

「それだけは！　わしと峰屋は関係ない。峰屋はまっとうな商いをしちょります！　どういて、ちょっと話しよっただけで、こんな扱いを受けるがですか！」

「黙れ！　しらばっくれて。おまんも結社の一味じゃろうが！」

警官は、万太郎を拘束して別の部屋へ連れていった。室内に入ると、万太郎の目にだいだい色の着物が飛び込んできた。逸馬の羽織が床に落ち、踏みにじられている。目を上げると、逸馬が両手を縛られた状態でつるされていた。ぐったりとした逸馬のそばには、竹刀を手にした警官がいる。逸馬は夜通し、むごい拷問を受けていたのだ。

警官が水を掛けると、逸馬が目を開けて万太郎のほうを見た。とたんに警官たちが逸馬を責め立てる。

「こいつが、おまんらあ声明社に金出しちょったがじゃろう?!」

「吐け！　こいつも一味じゃと認めや！　吐いたら、終わらしちゃる！　そいつと交代じゃ！」

その光景におびえながら、万太郎は必死で逸馬を守ろうとした。

「やめッ――言いますき。……白状します。わしも……」

「仲間じゃねえ。そんなやつ」

吐き捨てるように逸馬が言った。拷問で弱り切っているはずの逸馬は、声を上げて笑い出した。

「こいつはただあの場にいて、まぬけな顔しちょったき、えい金づるやと引っ張り上げただけよ。わしはこういう甘たれボンが、この世でいちばん許せんがじゃ！」

そして逸馬は、万太郎につばを吐きかけた。

「目障りじゃ！　さっさと連れていき！」

その態度を見て、警官は改めて万太郎に尋ねてきた。

「おまんは、結社に入っちゃあせんがか？」

「……はい……」

「早川とは仲間じゃないがか？」

その問いには、「はい」と答えられなかった。すると、逸馬が声を荒げた。

「仲間のわけないろう！　顔見るだけでムカッ腹が立つ。声明社をなめなや！」

納得した警官が、万太郎を連れ出そうとする。逸馬はまた大声で笑い、騒ぎ立てた。

「行きや！　行かんかえ！　二度と連れてくな！」

「うるさい！」

警官に竹刀で打たれても、逸馬は黙らない。万太郎が出ていく瞬間、二人の視線がぶつかった。万太郎も逸馬も、黙って互いの目を見つめることしかできなかった。


綾はこの日も警察署に来ていた。喜江と二人で、万太郎に握り飯を差し入れにきたのだ。喜江が警官に包みを渡すと、中身を確かめるのでついてくるよう言われた。そこで喜江は、綾を受付に残して一人で警官についていった。

そこに、タキと竹雄、市蔵が現れた。

「——おばぁちゃん。申し訳ありません！　元はと言うたら、私のせいでこんなことになってしもうて……」

「——話はここを出てからじゃ。署長が昔なじみでのう。わしがじきじきに誤解を解く」

その後万太郎は無事に釈放された。綾たちと共にタキが待っていたことに、万太郎は驚いた。

「――この度は、孫がご迷惑をお掛けいたしました」

タキは、万太郎を連れてきた警官に深々と頭を下げた。誇り高いタキのそんな姿を、万太郎たちは初めて目にした。

「ばぁさまも苦労するのう。孫がぼんくらやと」

警官はあきれ顔で言って、万太郎に説教を始めた。

「周りが騒いじゅうき一緒に騒ぐ。おまんのような、能なし猿がいちばんタチが悪ぃがじゃ」

すると、タキが警官をにらみつけた。

「能なし猿とは結構な。聞くところによると、そちら様は孫を政治結社の一味と間違えたとか。よう詮議もせんとお縄にするとは、警察ゆうがはずいぶんと楽な仕事でございますのう。孫を能なし呼ばわりしたら許さんぞね！」

その勢いに気圧《けお》されて、警官はひと言も言い返せなかった。


皆で佐川へ戻るには、また山を越えなくてはならない。タキがつらそうに山道を歩くのを見て、万太郎たちは罪悪感でいっぱいになった。市蔵は少し休もうと言い、倒木に手拭いを敷いてタキが座れるようにした。腰を下ろしたタキに、万太郎は改めて礼を言った。

「……迎えに来てくれて、ありがとうございました。市蔵も。心配をかけた」

「本当ですよ。心の臓がいくつあったち足りません。若旦那がろう屋に入ったらご病気になります。ろうらあゆうとこは、丈夫なお人が行くとこですき」

場を和ませようと冗談を言ったようだが、誰も笑わない。硬い空気の中、万太郎がつぶやいた。

「……そのろう屋から皆あ出られん。もしかしたら何年も」

するとタキがとがった声音で万太郎に問う。

「だから何じゃ？　悪いとでも言うがか？」

「……わしのことを助けてくれました。逃がしてくれた。ありがたく思うちゅうだけです」

「──ほんなら、ろうに戻るか？　おまんが政治の土俵で生きちゅうがなら、命を取られても曲げられんもんがあるじゃろう。けんど、そうではないのに、めそめそしゆうがはお門違いじゃ。おまんは捨てたがじゃ。ほんなら振り返りな。代わりに何をするかじゃろう」

「……おばぁちゃん」

タキは立ち上がり、万太郎をまっすぐ見据えた。

「ひとはすべてを持つことらあ、できん。何かを選ぶことは、何かを捨てることじゃ」

その言葉が、万太郎の胸の奥深くに突き刺さった。

その時、風で木々が揺れ、市蔵の手拭いが飛んでいった。追いかける市蔵のほうを見た万太郎は、ふいにだいだい色に目を奪われた。茂みのなかに、花が咲いている。

「……燃えゆうようじゃ」

炎を思わせる花が、一つの茎にいくつも付いている。その鮮やかさに、綾も見ほれていた。

「逸馬さんみたいね。逸馬さんが着ちょった着物と同じ色」

「本当にそうじゃ……。ヒガンバナの仲間じゃろうか。おまん……なんて名じゃ？」

いつものように万太郎が花に問いかけると、タキが返事をした。

「――キツネノカミソリ。どういてそう呼ぶがかは知らん。けんど、昔からそう呼んじょったね」

「面白い名前じゃ。……おばぁちゃんは、この花の名を知っちゅうがじゃね」

「……長《なご》う生きちゅうきの。たいしたことじゃない」

「いいや。わし、おばぁちゃんと、もっともっと話しよったらよかった。草のこと、聞いたらよかった……」

万太郎は花に近づいて、そっと手を触れた。竹雄は、万太郎が花の採集にとりかかるのだと察して手拭いを用意した。道具がないので、万太郎は手で土を掘り始めた。根を傷つけないよう、慎重に掘り続ける万太郎を見て、タキは何をしているのかと尋ねた。

「標本を作るがじゃ。標本にしたら、この土地におらんお人でも、この花を調べられる」

万太郎が根を掘り終えると、竹雄はすかさず手拭いの上に花を受け取った。これまでも二人は、こうして植物採集し続けてきたのだ。

タキは、万太郎が花を整えていくのをじっと見つめていた。

峰屋に帰った翌日、万太郎はたまに教わって山椒餅を作り、店の者に配って歩いた。

「心配かけたのう。山椒餅、手空きで食べてや」

初めて自分で作った山椒餅をタキにも食べてもらおうと思い、万太郎は綾と共にタキの部屋に届けに行った。

タキが食べ終えると、万太郎たちは改めてタキに謝った。

「──おばぁちゃん。このたびは家出をして、申し訳ありませんでした」

「ご心配をお掛けいたしました」

「……おばぁちゃん。ねぇちゃんともようよう話し合いました。ねぇちゃんは、わしにとってたった一人の姉じゃき。この世で一人しかおらん姉《あね》さまを、こんな形で失うがは嫌じゃ」

「槙野の家を続かせることについては、私と万太郎がそれぞれによい相手を見つけたらえい話です」

「……綾は……好きな相手がおると言いよったのう」

「……その恋は終わりました。……恋とも呼べん、ただの夢でした。その夢は、私が新しい酒を造って、『峰乃月』とともに、大勢のひとに飲んでもらう。そうして峰屋をもっと大きゅうする。そういう夢です。……私の恋は、男のひとにあったがじゃない。峰屋と酒造りにありました。ただ一緒に歩んでくれる相手が欲しかった。ほんじゃき……相手は、おばぁちゃんの言いつけに従いますき、婿を取らせてください」

続いて万太郎も、タキに自分の望みを伝えた。

「わしのことは勘当してください。植物学の道に進ませてください。東京に行かせてください。……どうせわしは体が弱かった。もとから生き長らえるかも分からんかった。そうじゃき、自分でも思うちょったよ。わしは生まれてこんほうがよかった……」

突然、パシンと音が響いた。タキが万太郎のほおを打ったのだ。怒りと悲しみでゆがんだ顔で、タキは部屋から出ていった。すると綾が、万太郎をしかり飛ばした。

「ばかっ！　わがままながはかまわん。けんど、人の思いを踏みにじるがだけはいかん！」

万太郎は、急いでタキを追いかけた。

仏間に入っていったタキに、万太郎は障子越しに呼びかけた。

「おばぁちゃん！　違う！　最後まで聞いてくれ！」

「何が違う！　生まれてこんほうがよかったらあ金輪際聞きとうない！　わしが――わしらぁが、どんだけおまんを……！」

今は亡きヒサを思い、タキは言葉に詰まった。

「ずっと分かっちょった！　わしほど幸せな者はおらん。ぬくぬく守られてきたがよ。そのことを、ずっと苦しゅう思うてきたがよ！　わし、酒も一滴も飲めん。みんなあが懸命に働きゆうがを眺めゆうだけ。なんでわしみたいな出来損ないが当主に生まれたがじゃと思うちょった」

「出来損ない?!」

タキは気色ばんだが、万太郎は懸命に話し続ける。

「わし、とびっきりの才があるがよ！　植物が好き。本が好き。植物の絵を描くがも好き。好きゆう才が！　この才は、わしが峰屋に生まれたきこそ、育ててもろうたもんじゃ！　名教館に行かせてもろうた。好きな本をなんでも買《こ》うてもろうた。何より、おばぁちゃんがおってくれて、手代衆に女子衆《おなごしゅう》、蔵人らあ――いっつも大勢ひとがおったき、寂しゅうなかった。人はわしに石を投げるじゃろう。運がえいだけののんき者じゃゆうて。――そのとおりじゃ！　わし、運がえいがじゃ。恵まれて生きてきた。その分、わしにできることを果たしたいがよ！　みんなぁがお日さんみたいに、わしを育ててくれた。ほんじゃき、わしは、何者かになりたいがよ……！」

思いの丈を語り尽くしても、仏間の障子は閉じたままだ。万太郎は力尽き、うなだれた。

そのとき、ようやくタキの声が返ってきた。

「……そんな……大した者にならんでも、よかったがじゃ。ぼんくらでも、丈夫な体で、ひなたぼっこしゆうだけで……」

それを聞いて、万太郎は思わず笑った。

「……うそじゃ。わし、おばぁちゃんの背中を見て育ったがよ。おばぁちゃん、よう書き物して、店の面倒を見て、誰より働きよったがよ……」

静かに障子が開き、タキと万太郎は言葉もなく見つめ合った。

「……おまんの言う、植物の道らあ、仕事になるかも分からん。一生を棒に振るかもしれん。そんなもんのために生きて、えいがかえ？」

「なんちゃあならんかもしれん。けんど、呼ばれちゅうがよ。この日本にどればあの種類の植物があるか。まだ名前が付けられちゃあせん草花の、本当の素性を明かして、名付け親になりたいがよ。――名前らあどうでもえいじゃろって思うても……無理ながじゃ。生まれてきた色形、みんな違うのにはきっと理由がある。それを解き明かしたい――知りたいがじゃ」

タキの脳裏に、幼い日の万太郎の姿が浮かぶ。病床のヒサのために、万太郎は身の危険も顧みず冬山に行き、花を摘んできた。

――形が違う。おかぁちゃんが好きながは、これじゃないき。おかぁちゃんの好きな花、とってこれんかった……！

そう言って涙に暮れていた万太郎の姿を、タキは忘れることができない。

「おばぁちゃん、ごめんなさい。えい孫じゃのうて申し訳ありません」

両手をつき、万太郎は深く頭を下げた。

「けんどわしは――槙野万太郎は、おばぁちゃんの孫と生まれて幸せでした」

「……許さんぞね。万太郎。わしは、決しておまんを許さん。許さんぞね」

許さないと繰り返すタキの肩が震えている。それに気付き、万太郎はタキを抱き締めた。タキも、愛する万太郎をしっかりと抱き締め返す。タキのぬくもりを決して忘れまいと、万太郎は深く胸に刻みつけた。


季節はめぐり、峰屋は秋の蔵入りの日を迎えた。今年も万太郎は、大座敷にそろった峰屋一同と、杜氏の寅松と蔵人たち、分家の者たちを前に挨拶を始めた。

「仕込みを始めるにあたり、みんなあに話がある。……わしは春になったら、峰屋を出ていく」

皆がざわついても、万太郎は落ち着いて話し続けた。

「わしは植物学の道に進むき。わしが出たあと、峰屋のことはすべて、ねぇちゃんに任せるき」

とたんに分家の豊治と紀平が騒ぎ出した。

「ま、待ちやあ！　峰屋を任せる?!　綾に任せる?!」

「こんな若い女が蔵元になって腐造を出したらどうするがじゃ！　女はケガレちゅうきのう！」

「当主は、草の道に進むと言いゆう。あげく、蔵元を女に任せると言いゆう。何考えちゅうがじゃ。そんなとこに道らあない！」

それでも万太郎は一歩も引かない。

「道がのうても行くがじゃ！　わしらが道を作りますき！」

紀平は、綾に矛先を向けた。

「綾！　腐造を出したらおまんのせいじゃぞ！　なんとか言うてみぃ！」

「……私は……」

峰屋の面々も、綾を一心に見つめている。その視線を受け止めて、綾は語り出した。

「……大変なことやとは重々分かっちょります。けんど、正直……涙が出るほどうれしゅうございます。……幼いころ、蔵に入った日から、私は、酒造りにみいられてしまいました。男の身で生まれてきたらよかったと何べんも自分を恨みました。女はケガレちゅうき入ったらいかんと言われたち、自分じゃどうしようもないことで……なんじゃろうって、ずっと苦しかった。この世に男と女がおって、どういて女ばっかりがそう言われんといかんがじゃろうと」

ふじとたまは、長年仕えてきた綾のひと言ひと言に聞き入っている。

「けんど万太郎は、このまま私に任せると言うてくれました。ほんなら私は、思う存分働きたい。峰屋のために働きたいがです。私の願いは、峰屋でうまい酒を造り、店をもっと大きゅうすること。そのために力を尽くしますき。皆の衆、どうか、よろしゅうお願いいたします」

その真剣な思いは、竹雄や幸吉の胸にも響いていた。たまは、あふれてくる思いを抑えきれなくなった。

「綾さま！　私は綾さまについていきますき！」

続いてふじも、綾に賛同した。

「綾さまの酒好きはよう分かっちょりますきね」

杜氏の寅松は、居住まいを正して綾のほうに向き直った。

「――綾さま、蔵人一同に代わり申し上げます。今後とも、どうぞよろしゅうお願いいたします」

幸吉たち蔵人も、寅松に続いて頭を下げた。市蔵と女中たち、手代衆も、新たな当主となる綾に礼を尽くした。

「みんなで綾さまをお支えします。よろしゅうおたのもうします」

綾は、涙を浮かべて皆に答えた。

「……よろしゅうお願いいたします……！」

タキと万太郎も、綾と並んで頭を下げた。すでに分家の者たちが口を挟む余地はなく、彼らも形ばかりのおじぎをして見せた。

涙と笑顔が入り混じった綾の顔を、竹雄が見つめている。竹雄は、当主になった綾が急に遠くに行ったような気がしていた。


植物学に生きる決意を固めたのと前後して、万太郎は竹雄と共に土佐中を歩き回り、植物目録作りに励んでいた。そして年が明け、春の足音が近づくころには、採集した植物の標本作りがすべて完成しようとしていた。自室で二人で作業をしている最中に、万太郎はこう切り出した。

「……標本ができたら、土佐の植物目録も完成じゃのう。……竹雄。今までありがとう。わしが峰屋を出たら、おまんもわしのお守りはお役御免となる」

「……そんな……いきなり……」

「ずっと考えちょったがじゃ。おまんにはねぇちゃんを支えてもらわんといかんき」

「……そりゃ……けんど若、お一人じゃ無理でしょう。若は箱入りですき。しかも漆塗りの重箱に入ってお育ちですき、お一人じゃ」

「一人じゃあない。こんなに、植物らあがおる」

「……住むとこはどうするつもりですか。こんなたくさんの標本、持って行かんといかんがでしょう？　食事はどうするがですか」

「なんとかする」

「金はどうするがですか」

「もう峰屋には頼らんきのう。わしが働いたらえい」

「どうやって?!　若は研究に行かれるがでしょう？　その研究で誰かに金をもらえるわけじゃない。むしろ研究にも金がかかる。いつ働くがです?!　そんなんで、ようひとりで東京行くらあて言えますすね。言うちょきますけんど、若はなんちゃあできんがですよ！」

「おまん……っ、人がせっかく頑張ろう思うちゅうところに水ばっか差して——とにかく竹雄らあもういらんがじゃ！　わしのお守りはクビじゃき！」

「ハア?!」

「もうえいき、ねぇちゃんを手伝いや！　出ていきや！」

　万太郎に追い出された竹雄は、腹を立てながら蔵のほうへ向かった。蔵の前では蔵人たちが忙しそうに働き、その中に交じって綾も布巾や道具を洗っている。

竹雄は綾を手伝おうと声をかけた。ところが、きっぱり断られてしまう。

「手ぇ出さんとって。私がやるき！　ここはえいき、万太郎、手伝うちゃて」

綾にも追い払われて、竹雄は店に向かった。活気ある店内では、市蔵が上機嫌で働いていた。

「とうちゃん。えらい忙しそうじゃのう」

「おう！　猫の手も借りたいき。いらっしゃいませ！」

「わしも、そろそろ本腰入れて、とうちゃんから仕事引き継がんとのう」

「何言いゆうがじゃ。わしはまだまだ働き盛りのえい男じゃろうが。それに、そうやすやすと峰屋の番頭を継がれてたまるか。おまんは若旦那の仕事をシャンとせい！　シッシッ」

父親にまで野良猫のように追い払われて、竹雄は慌てた。

「いま、猫の手も借りたいって」

「シッ！　おお、いらっしゃいませ」

最後に竹雄が行き着いたのは、タキの部屋だった。

「わしはどういたらえいがでしょうか。わしはもう、若のおそばにつかんでえいがでしょうか」

タキは、花瓶に梅の花を生けながら返事をした。

「おまんは、万太郎をみすみすろう屋に入れたきのう。守り役としては大失態じゃった」

「申し訳ございません！」

「……とはいえ、おまんはこれまで、万太郎のことをよう正直に知らせてくれちょった。わしにとっては、えい間者《かんじゃ》じゃった。これは褒めちゃらんとのう」

紅梅と白梅の枝を一本ずつ生けて、タキはこう続けた。

「赤と白が一つずつ。ほんなら、おまんに決めさせちゃろうか。――まだ九つじゃったおまんに、万太郎のことだけ考えちょれと命じたがはわしじゃ。万太郎が峰屋を出る以上、その言いつけはもう忘れてえい。この先は、おまんが自分で決めたらえい」

突然そんなことを言われて、竹雄は途方に暮れた。タキの部屋を出た竹雄は、誰も彼もが勝手に思えてきて、腹立ちまぎれに井戸の水をかぶり始めた。

「何やりたいかゆうて知ったことじゃないけんど！　そんなこと今まで誰も聞かんかったろう！」

息が切れるまで水を浴び続けたあげく、竹雄はこうつぶやいた。

「……わし、なんッもないのう……」

頭に浮かぶのは、幼いころ綾と共に冬山へ万太郎を捜しに行き、救い出したときのことだ。綾に抱かれて泣きじゃくる万太郎に、竹雄はこう誓った。

――二度とそばを離れませんき。

あの時、自分を見上げた万太郎の目を、竹雄は今も忘れずにいる。

竹雄は、蔵人たちとの仕事を終えた綾に、もう一度声をかけた。

「……わし、大奥様に、若についていくか峰屋に残るか、自分で決めろ言われまして。……けんど、答えを大奥様に話しに行く前に、先に綾さまと話しとうて。……わしが、高知で踊りの夜に言うたこと、覚えちょりますか」

「……そばにいたいと言うてくれたね」

「――お二人を一生お守りしたいと誓《ちこ》うたこと、あれはまごうことなき本心ですき。そのことだけ、どうか覚えちょいていただきとうて」

「……竹雄は、やっぱり大げさじゃねえ。竹雄が私らを傷つけるらあ、あるわけないと知っちゅうよ。子どものころからずうっとそばにおった。私らぁは三人でひとっかたまりじゃったき」

竹雄は覚悟を決めて、綾にくしを手渡した。ずっと渡せずにいた東京土産だ。

「……私に？　竹雄が選んでくれたが？」

綾は「すごくきれい」と、その場でくしを髪に挿した。

「……よう似合《にお》うちょります」。

「ありがとう。うれしい」

幼いころから笑うのが苦手な綾だが、竹雄の前では自然に笑うことができる。その屈託のない笑顔が、竹雄に、真の思いを伝える勇気を与えてくれた。

「――好きじゃ。綾さまのことが。奉公人の分際で申し訳ありません。けんど、ずっと渡したかったたき。わし、なんちゃあ持っちょりませんけんど、ふたッつだけ、子どものころから持ち続けてきた、大切なものがありました。この思いは、そのうちの一つです」

「……もう一つは？」

三月のある日、万太郎は、金峰神社の境内で寝転んでいた。辺りには、今年もバイカオウレンの花が咲き誇っている。その中の一輪と視線を合わせ、万太郎は語りかけた。

「……おかぁちゃん。わし、行ってくるきね」

目を上げると、天狗の木が見える。

「天狗。行ってくるき」

柔らかな風を感じながら、万太郎は自分に言い聞かせた。

「――この先は、わし、一人じゃき。強うならんと」

万太郎は今日、峰屋を離れ、東京に旅立つ。


金峰神社から戻ると、万太郎を見送ろうと峰屋の全員が店先にそろった。

「みんなぁ、峰屋をよろしゅう頼む。ねぇちゃん、よろしゅうお願いします」

「うん。行っておいで」

竹雄は万太郎に近づいてトランクを手渡した。そして、自分も荷物を背負いだした。

「え？」

戸惑う万太郎に、竹雄は言う。

「わしも行きます。わしらは三人でひとっかたまり。わしだけ置いていかれるわけにはまいりません。お二人に負けんよう、わしにとっていちばん大変な道を選びましたき」

「大変な道ゆうて……」

「炊事洗濯金稼ぎ。植物採集の手伝い。ダメ若の面倒を見るががいちばん大変じゃき。わしも精いっぱい、力を尽くさんと。綾さまと大奥様にもお許しをいただきました」

いつの間にそんな話を……と万太郎が驚いていると、綾が言う。

「これからは峰屋の商売も手広うなる。東京に店の者がおるがは峰屋のためにもなる。それに、おまんに何かあったら、竹雄が知らせてくれるきね」

「なんじゃあ……なんじゃあ……！　わしがせっかく！」

緊張していた分だけ万太郎は大きく安堵《あんど》し、それを隠そうと、竹雄の体をたたき始めた。

「若！　さっさと行きますよ！」

竹雄にせかされて、万太郎は皆に声をかけた。

「——行ってまいります！」

最後に万太郎は、タキのほうへと歩み寄った。

「おばぁちゃん。行ってまいります」

「……体に気をつけて……万太郎」

峰屋の面々の「行ってらっしゃい」の声を背に、万太郎は竹雄と歩き出した。何度か振り返って手を振った後、二人はまっすぐ前を見て進み始めた。

タキは、思わず万太郎の後を追った。しかしすぐに立ち止まり、万感の思いで万太郎の門出を見送った。

第6章　ドクダミ

万太郎と竹雄は、上野の博覧会以来一年ぶりで上京した。新橋で電車を降りると、駅前の広場には多くの人々と馬車、人力車が行き交っている。この一年で東京はさらに栄えた様子だが、都会の真ん中でも、万太郎は小さな植物の存在を見逃さなかった。

「――あ。こんなとこ、踏まれるじゃろうに」

路上に黄色いタンポポが咲いている。佐川ではタンポポは白い花を咲かせるが、東京では黄色なのかと二人は驚いた。初めて出会った東京のタンポポに、万太郎は心を込めてあいさつした。

「――東京さん、今日からわしも仲間じゃ。よろしゅうのう」

万太郎たちはまず、植物学者の野田基善の研究室を訪ねるべく博物館へ向かった。一年前、初めて万太郎が野田を訪ねたとき、竹雄は研究室に入らず部屋の外で控えていた。しかし今回万太郎は竹雄に、一緒に野田に会うようにと言う。

「峰屋を出た今、おまんはわしの従者じゃない。相棒じゃき」

緊張気味の竹雄と共に研究室に入っていくと、野田が歓迎してくれた。

「やあ！　よく来たねえ！　きみも、ついに出てきたか」

万太郎も再会を喜び、上京前に土佐植物目録を完成させてきたことを報告した。

「それでどういても今のわしじゃ、分からん植物がある。こりゃ、一人で研究するがも行き止まりじゃ思うて、東京で学びたいと思いました」

「そうか。その、どうしても分からなかった植物というのは、どんなのだい？」

万太郎は、新種の可能性がある標本をトランクに詰め、肌身離さず持ってきていた。中身を野田に見せようとしたとき、研究室の戸が開いて、植物学者の里中芳夫が現れた。

「ヘイ！　野田くん！　おお！　君もいたか！」

里中はあいさつもそこそこに、持参したサボテンを披露した。

「こりゃあまたかわいいですのう～！」

万太郎は新たな植物との出会いを喜び、竹雄も、珍しい形のサボテンに目を奪われた。

「まるでキンチャクみたいですね」

「ああ、いいねえ。和名はさしずめキンチャクサボテンだな」

里中があまりにあっさりと決めるので、万太郎も竹雄も目を丸くした。

野田と里中がそろったところで、万太郎はトランクの中の標本を見せた。すると野田は、東京大学植物学教室の田邊教授宛ての紹介状を書いてくれた。万太郎の標本を東大の標本と照らし合わせれば、新種かどうかが判定できると野田は言う。野田は万太郎の標本を高く評価し、アメリカのコーネル大学で植物学を学んだ田邊教授も必ず興味を示すだろうと考えていた。里中も、万太郎が「土佐植物目録」を完成させたことを有意義だと褒めてくれた。

「君は土佐という特定地域の植物相、すなわちflora（フローラ）を完成させたということだよ。そうやって各地のfloraが明らかになれば、おのずと日本全体のfloraが明らかになるからな！」

「わし、頑張ります！　紹介状ありがとうございました！　失礼します！」


上京早々、幸先のよいスタートを切った万太郎たちは、次に神田の西洋料理店「薫風亭《くんぷうてい》」へ向かった。到着すると、洋装の青年が二人を待っていた。名教館時代の学友・広瀬佑一郎だ。

「万太郎！　久しぶりじゃのう！」

「佑一郎くん、あのころもビシーッとしちょったけんど、今は、男振りが上がったのう！」

上京祝いにと、佑一郎はビフテキやオムレツを注文してくれた。高知では口にできない本格的な味に、万太郎も竹雄も感激した。

「佑一郎くん、この度はありがとう。急に知らせたに何から何まで」

「ちょうどえいときに知らせをもらえた。わしも、去年までは東京を離れちょったきのう」

名教館が廃止になった後、佑一郎は東京の叔父の家で書生として学ぶために佐川を発った。だが上京後、北海道の札幌農学校に進んだのだという。

「全額官費で生活費も支給されると聞いてのう。土地も山も川も、なにもかも大きゅうて。寒さもそりゃあエグうて。自然が人間よりも力を持っちょった」

そんな厳しい土地で佑一郎は土木工学を学び、昨年東京に戻ってきていた。

「今は工部省で東京と高崎に鉄道を通す仕事をしゆう。荒川ゆう大きな川に、鉄道が通るための橋を掛けようとしゆうがじゃ」

「佑一郎くんは、やっぱりわしの先を行きゆう。蘭光先生がおっしゃった金色の道を、ちゃあんと歩きゆう」

頼もしい存在となった佑一郎は、万太郎たちのために下宿の手配をしてくれていた。自分が書生時代に暮らしていた叔父の家に住めるよう、話をまとめてくれたのだ。

「叔父上は政府の役人をしゆう。来客も多いし、えい刺激になるじゃろうが……ただのう。峰屋から前もって荷物を送ったろう？　……多すぎるき、捨ててほしいがじゃと。特に反故紙《ほごがみ》の束」

とたんに万太郎が大声を上げた。

「いかん！　あれはただの反故紙じゃないき。植物の標本じゃ！」

「書生部屋は狭い。それに叔母上がきれい好きな御方じゃき、どういても許せんみたいじゃ。枯れた草には、虫が湧くと」

「枯れた草じゃないき！　ちゃんと重しをして丹念に水気を抜いた標本じゃき。それに今運んじゆうは序の口、これからドシドシ増えるきね」

「他人《ひと》の家で書生になるには、その家の家風に従わんといかん。荷物は納屋じゃいかんがか？」

「そりゃいかん。ぜんぶ学問に使うもんじゃき手元にないといかん」

結局万太郎は、佑一郎の叔父の家での下宿を取りやめた。住まいは自力で探すことにし、佐川から送ってあった大量の荷物はその日のうちに引き取りに行って大八車に詰め込んだ。佑一郎は、東大に近い本郷《ほんごう》や根津《ねづ》あたりならすぐに部屋が見つかるだろうと教えてくれた。

「ありがとう、佑一郎くん！　待っちょって。わし、佑一郎くんにすぐに追いつくき！」

「――のう、万太郎。おまんのその明け透けなとこ、わしは好いちゅうけんど……東京は佐川とは違う。用心せんといかん」

「分かった。ほんなら。佑一郎くん！　また！」


万太郎たちは大八車を引いていくつもの下宿を回った。しかし次々に大家から断られてしまう。皆、大量の荷物を見て敬遠するのだ。その上、万太郎が本も標本もこの先どんどん増えると言ってしまうため話がまとまらない。正直すぎる万太郎に、竹雄はいらだった。

「若、うそも方便ゆうがを知っちょりますか？　入りさえしたらどうとでもなるがですよ！　ほんじゃき若は世間を知らん箱入りじゃゆうがです！」

「エラそうに。わしが箱入りなら、わしについちゅうおまんじゃち箱入りじゃろうが！」

言い合った挙句、二人はそろってため息を吐いた。

「腹が減ったき、いがみあうがじゃ。食うぞ！」

万太郎は牛鍋屋「牛若《うしわか》」に向かった。竹雄は、倹約せねばと言いながら、以前食べた牛鍋の味が忘れられず逆らえなかった。万太郎は女中に頼んで、店のそばの路地に大八車を置かせてもらった。だが標本が入ったトランクだけは、しっかりと抱えて店内に持って入った。

「んんー！　これこれ！　肉が甘い〜。三日に一度は食いたいのう」

「贅沢は今日だけって言うたじゃないですか。わしは働き口がのうなりましたきね、早いとこ仕事も探さんといきません」

竹雄は祐一郎の叔父の家で働く予定だったが、下宿の話を断ったため取り止めになった。

「峰屋から仕送りもあるじゃろう？」

「仕送りに頼ってどうするがですか！　わしらは下宿代、食費、生活費、若の研究費——全部ひっくるめて、ひと月十円でやり繰りしますきね。引き締めていかんと！」

あれこれ話しながら食べ終えると、万太郎たちは大八車を取りに路地に出た。そこでは仕事にあぶれた日雇い人夫たちがサイコロ賭博《とばく》に興じていたが、万太郎は気にも留めなかった。


それからまた歩き回ったが、下宿は決まらない。疲れ果てた二人は小さな神社の前を通りかかり、そこで休むことにした。大八車に乗せていたトランクを手に取り、万太郎は弱音を吐いた。

「わし、これさえあったら上手《うま》いくと思うちょった。金では買えん値打ちもんを、わしは持っちゅう。そうやに、一歩目でつまずくとはのう」

「こんながつまずきにも入りません。そのお宝を広げるためにも、ふさわしい部屋を探しましょう」

「そういや、わしら、この町の神さんに挨拶しちゃあせんかったのう。挨拶したら、神さん同士、佐川の神さんも助けてくれるかもしれんしのう」

万太郎はトランクを大八車に戻して、竹雄と社に向かった。

「どうか、えい家が見つかりますように」

二人で声を合わせて願うと心が晴れた。気を取り直して下宿を探そうと大八車のところへ戻ったところで、万太郎は大変なことに気付いた。

「あっ⁈　トランク……⁈　わし、たしかにここへ――ない、……ない！　――盗《と》られた⁈」

慌てて辺りを捜したが何の手がかりもなく、万太郎は警察に盗難届を出した。神社に戻ると竹雄は、落ち込んでいる万太郎を励まそうとした。

「……いざとなったら、植物も、また集めたらえいじゃないですか」

「無理じゃ！　同じ季節、同じ場所に行ったち、二度と咲いちゅうかも分からんのに！」

「その大事なもんを手放したがは若でしょう⁈」

「そうじゃ……わしは大ばかモンじゃ！」

「とにかく、今夜は宿に泊まりましょう」

「けんど、泊まっちゅううちに、トランクが遠くに行ってしもうたら……」

「……今頃……盗人があのトランクを開けちょったら……中身は、草の干物と紙屑にしか見えんでしょうから……」

「捨てるッ！　――いいや、トランクだけは売ろうとするかもしれん！」

売るならば古道具屋か質屋に持ち込むだろうと考えて店を探し回るうちに、竹雄が菓子屋の看板を見て声を上げた。

「若、見てください！　若が博覧会でお好きやった菓子屋の名ですよ！」

見れば看板に『白梅堂』とある。確かに、万太郎がかるやきを買った店と同じ名前だ。

「――ようある名ながじゃろう！」

そう言って万太郎は先を急いだ。


何とか質屋を見つけると、店主が店じまいを始めていた。

「すいません！　お尋ねしたいがじゃけんど、今日、トランクが質入れされんかったろうか？」

「トランク？　いや、ないね」

ならば次は古道具屋に行こうと思い、走りだしたところで一人の女性とすれ違った。その人は真新しいトランクを手にしていた。

「ねえ！　まだいいかい！」

女性が質屋の店主に声をかける。そこに、万太郎たちが割って入った。

「そのトランク、見せてもらえませんか。中の裏地にMMとMふたつ刺繍が入っちょりませんか」

万太郎のトランクは上京前に高知で誂えた物で、中にイニシャルを刺繍してある。

「なんだい！　人のモンに触るんじゃないよ！」

女性にどなられ、万太郎も思わず大声が出た。

「わしのトランクがさっき盗まれたがじゃ！」

驚き顔の女性に、竹雄もたたみかける。

「そのトランク、新しいですよね。そんな誂えたてのモンもう質に入れるがですか⁉」

「うるさいよ！　早く。一円――五〇銭でいいから」

そう言って女性は店主にトランクを押しつけた。店主が開けると、「ＭＭ」の刺繍があった。

「……こりゃあ、受け取れないねえ……」

「ケチッ！　ろくでなしっ！　二度と来るか！」

女性は毒づき、万太郎たちが呆気にとられているうちにトランクを置いて立ち去った。

「これ、あんたのなんだろ？」

店主はトランクを万太郎に渡してきた。

「……お知り合いですか」

「……まあねえ……クサ長屋のお人だから、いろいろねえ」


万太郎たちは「クサ長屋」の場所を教わって、女性の後を追った。たどり着いたのはジメジメした路地裏の長屋だった。

「これ……ドクダミの臭いじゃや。日が当たらん証拠じゃき」

万太郎が言う通り、ドクダミがたくさん生えている。その臭い匂いのせいで「クサ長屋」と呼ばれているらしい。二人は木戸を開けて長屋に入った。日が暮れ始め、辺りはすでに薄暗い。先を進んでいった二人は、井戸端で恐ろしい光景を目にした。柄の悪そうな男が、万太郎の標本の束を七輪の火にくべようとしている。

「燃やすな！　待ってくれ……手を下ろせ……」

それでも男は、標本をじりじりと火に近づけていく。

「わしには大切なもんながじゃ。トランクはえいき、それだけは返してくれんか！」

「……なら、買い取れ」

「……なんぼ欲しい」

「三〇」

これには竹雄が声を荒げた。

「サンジュッ?! ——冗談じゃない！　三〇らあ！」

憤る竹雄とは対照的に、万太郎は冷静に答えた。

「百払おう」

とたんに長屋の家々から、驚愕した住人たちが転がり出てきた。皆、騒ぎに気づいて家の中から様子を伺っていたのだ。

「ただし、標本は完全なもんでないといかん！　紙はえいけんど、植物がちっとでも傷ついたら、わしは払わん！　気をつけて扱いや！」

男は、手にした標本を確かめている。紙の端は焦げているが、植物は無事なようだ。

「言うちょくが、その標本は千金の価値がある！　けんど今、その値打ちを知っちゅうがは、この世でただ一人、わしだけじゃ！　しかも、わしがこれから世に出ていって、自分で値打ちを明かさんといかん！　残念ながら今はその標本に金を出すがは、わししかおらん。今すぐ金に換えたいがやったら、おとなしゅうわしに返せ！」

男は思案した末、口を開いた。

「……金をよこせ」

「標本が先じゃ。一枚残らず揃うちゅうか確認する」

「……金が先だ！」

「標本が先じゃ！」

水掛け論になると、男はまた標本を火に近づけた。しかし万太郎は脅しに屈しない。

「見くびりな！　この期に及んで渋ると思うか！　わしは土佐イチの造り酒屋、峰屋の当主じゃ！　出すと言うたら出す！　おまんが燃やそうとしゆうがは、わしの命そのものじゃ！　一枚でも損《そこの》うたら金は出さん。――返しや」

万太郎の気迫に長屋の面々が圧倒されている。男は、標本をゆっくりと万太郎に手渡した。

「……若……若！　百らあ大金……！　――だいたい、お前が盗ったがじゃないかえ！」

叫ぶ竹雄をよそに、万太郎は標本を一枚ずつ確かめていく。竹雄は納得できず、長屋の住人たちに訴えた。

「こいつが盗ったがじゃ！　こいつは盗人《ぬすっと》じゃき！」

すると男が、竹雄に向かって平然と言った。

「盗んだ証拠は？　拾っただけだぞ」

「そんなわけないじゃろうが！　おまん、牛鍋屋の路地におったろう！　ずっとわしらをつけちょったじゃろうが！　汚いまねしよって！」

サイコロ賭博に興じる人夫たちの中にこの男がいたのを竹雄は覚えていた。

「盗ったところを見てねえなら、言いがかりだ　ぴぃぴぃうるせえ」

「そんな覚悟で、若が汗水垂らして集めたもんに触れるがじゃない！」

「うるせえっつってんだよ！」

男が竹雄につかみかかると、長屋の一軒から女性が現れた。質屋にトランクを持ち込んだ女性だ。

「あんた……っ！　もう、お止《よ》しよ。あたしが質屋でこの方らに会っちまったんだよ。あんた……博打《ばくち》で勝ってもらったもんだって言ったじゃないさ」

女性の腰には、幼い女の子がしがみついている。

「おとっつぁん、盗人なの？」

「おまえは引っ込んでろ！」

男が妻をどなりつけると、家の中から子どもの泣き声がした。

「ああ、起きちまった。また熱が上がるよ……」

妻がため息を吐くと、長屋の面々も心配顔になった。

「ケン坊、また熱？」

「倉木《くらき》さん、医者を呼んできなよ」

「おえいさん。薬は？」

倉木と呼ばれた男は黙り込み、妻のえいは金がないと答えた。

「わしが出すき！　お医者を、えいき早う呼んじゃってください」

唐突な万太郎の申し出に、倉木もえいも虚をつかれた顔をしている。

「早う！　……熱のことなら、わしもちっとは分かりますき……。熱冷ましも持っちょります。様子を見せてもらえんじゃろうか」

万太郎はえいにそう頼み、倉木には医者を呼ぶようにと告げた。倉木はかすかに頷き、長屋から出ていった。

倉木家に足を踏み入れた万太郎は胸を突かれた。土間を上がると部屋は一つきり。薄汚れた室内には家財道具もろくになく、裕福に育った万太郎には、親子四人がどう暮らしているのか想像もつかない。寝床で苦しそうにしている倉木の息子・健作《けんさく》に近づくと、万太郎は額に触れた。

「ああ、熱いのう。しんどいのう……」

頭の上の手拭いを濡らそうとしたが、枕元の桶の水はぬるくなっている。桶を手に立ち上がりかけると、長屋の面々がすぐ井戸の水を汲み直してきた。万太郎は冷たい水で手拭いを絞り、健作の首筋を拭いてやった。

「……心配いらんき。わしも、おまんくらいの頃、すぐに熱を出しちょってのう。こんなふうにぜえぜえして、肺の腑が悪いがじゃって言われよった。……首筋と脇の下を冷やしちゃったらえい。そうするとうんと楽になりますき」

えいにそう教えると、万太郎は常備している薬を見せた。

「ただの熱冷ましじゃき。害にはならんと思うけんど――お医者はすぐ来てくれるじゃろうか？」

「……どうだろう……うちは……払いを溜めてしまっていて……すぐに来てくれるか……。お願いします。薬、分けてくださいませんか」

熱冷ましを飲ませると、健作の容態は落ち着いた。そこに倉木が医者を連れて戻り、診察が始まったので万太郎は表に出た。すると長屋の住人たちが、健作を助けてくれた礼に夕飯を用意すると言ってきた。

「とっておきの干物がありやすんで」

「私、小芋煮付けたのあるわ」

好意に甘えることにして、皆と一緒に井戸端で夕食の支度をしていると、診察を終えた医師が出てきた。万太郎が竹雄に診察費の支払いをさせると、えいは深々と頭を下げた。だが倉木は黙ったきりだ。

「これだけお世話になったんだよ！　あんた！」

それでも倉木は礼も言わず、医師を見送りに出ていった。えいが疲れ切った様子で家に戻っていくと、長屋の面々は倉木家のうわさをし始めた。

「……あの一家はねえ、貧乏神が憑いとるな」

「亭主がまともに働きゃいいのよ。朝から飲んだくれて。車押しにも行かないじゃない？」

「おおかた御家人崩れとかそんなんじゃないですか？　刀傷見たことありますから。肩口から背中にかけて」

「まあ、上野の山では大勢死んだしのう……生き残っただけで儲けもんだが」

この晩、万太郎と竹雄は長屋の住人である東大生・堀井丈之助《ほりいじょうのすけ》の部屋に泊まらせてもらった。

翌朝、井戸で顔を洗っていると、長屋の差配人《さはいにん》・江口《えぐち》りんがやって来た。

「昨日は、うちの店子《たなこ》が世話になったそうで」

りんは前日法事に出かけていて留守だったが、店子から倉木と万太郎の件を聞いていた。

「医者代もお出しくだすったそうで。店子の面倒は私が見る約束なんですよ。それに倉木さんのお金はうちがまとめて立て替えてますから」

そう言ってりんは、万太郎に健作の診察代を渡した。

「立て替えゆうがも、だいぶ溜まっちゅうがですか」

「まあ、たまに博打で勝つと返してはくれますがね。どうせ今は部屋が空いてるから、追いだすのもねえ」

「部屋が空いちゅう？　あの、お話、詳しゅう聞いても……？　わし、ここに住みたいき！」

りんは驚き、万太郎の着ている上等な着物をまじまじと眺めた。

「からかわないでくださいよ。うちはあなたさまのようなお人が出入りするところじゃないんですよ。クサ長屋なんてよばれてるんですよ？」

「本当は、なんて名前ながですか」

「十徳《じっとく》長屋って言うんですよ。家主が信心深くて。誰も徳なんか積んじゃいないのに」

「知っちょりますか？　このドクダミも、生薬《しょうやく》としての名をジュウヤクと言うがです。十種の病に効果があるき十薬。——十薬の十徳長屋。えいですのう！」

十徳長屋には今、空き部屋が二つあると言う。万太郎は、診察代として受け取った金をそのまま手付金にし、二部屋をひと月一円で借りるということで話をまとめた。

万太郎は、二つの部屋の一方を研究室に、もう一方を住まいにすることにした。古びた長屋とあって、二部屋を隔てる壁には穴が空いているが、そこを通じて話ができるので、かえって便利なぐらいだ。竹雄と二人で大八車の荷物を運び込み始めると、長屋の男性たちが手伝い、女性たちは部屋の掃除をしてくれた。倉木とえいの姿はなかったが、長屋の面々は親切に手助けしてくれ、りんは、皆の昼食にと握り飯を用意してくれた。

昼食の間にりんは、改めて長屋の住人たちを万太郎たちに紹介した。堀井丈之助は留年中の東大三年で、自称「前途有為の文士」だ。宇佐美《うさみ》ゆうは独り身で、小料理屋に勤めているという。及川福治《おいかわふくじ》の仕事は棒手振《ぼてふ》りで、娘・小春《こはる》と二人暮らしだ。いちばん年かさの牛久亭久兵衛《うしくていきゅうべえ》は噺家《はなしか》で、皆に師匠と呼ばれている。

万太郎も自己紹介をすると、りんが上野の博覧会で「峰乃月」を飲んだと言い出した。立派な酒屋の当主が長屋の仲間に加わったと知って、皆は目を輝かせた。

「ねえ、ご当主がどうしてうちみたいな長屋に？」

りんが不思議そうに尋ねてきた。

「東京大学に行こうと思って」

ならば自分の後輩だと、丈之助は喜んだ。

「でもおかしな時期に出てきたな。入学は九月だろう？」

「ああ、わし、ただ研究させてもらおう思うて来ただけですき」

入学試験も受けておらず、学歴は小学校中退だと万太郎が言うと、丈之助は呆れ顔になった。

「えっと——じゃあちょっと研究して土佐にお帰りに？」

ゆうの問いかけに、万太郎は屈託なく答えた。

「いいえ、帰らんつもりです。わしとしましては、勘当されたつもりで出てきましたき」

「金はどうするんです?!　仕送りしてもらうんですか？」

福治の疑問には、竹雄が答えた。

「わしがこれから仕事を見つけて、二人分稼ぎます。あ、棒手振り、教えてもろうてもえいでしょうか？」

長屋の面々はあからさまに落胆している。皆、金持ちに親切にすればいい目が見られるだろうと期待していたのだ。福治は、用は済んだとばかりに腰を上げた。

「午後からは手伝わんからな」

他の者も去ろうとすると、万太郎が慌てて呼び止めた。

「待ってください。あともう一つだけ、皆さんのお力をお借りしたいがじゃ」


その後、住人たちは万太郎の指示の下、長屋のドクダミを抜き、洗って小さい束にして軒下につるした。

「乾かして酒に漬け込んだら、えい薬になりますき。夏には蚊に刺されんようになりますし吹き出物ものうなります」

「蚊除《よ》けなら、棒手振りで売ってもいいかもなあ」

福治が言うと、竹雄は売るのを手伝うと申し出た。皆で作業を続けるうちに、万太郎も竹雄も自然と住人たちに溶け込んでいった。

「あ、倉木のおじちゃん帰ってきたよ」

小春が気付いて声を上げた。夜通し酒を飲んでいたようで、倉木は足元がおぼつかない。

「酒くさっ。ちょっと倉木さん。聞いたわよ、お金立て替えたからね！」

りんが呼びかけても返事もせず、倉木は家に帰っていった。すると万太郎は作業を中断し、竹雄を伴って倉木家に向かった。えいに招き入れられると、健作がすやすやと眠っていた。倉木はごろりと横になり、こちらを見ようともしないが、万太郎は構わず話しかけた。

「倉木さん。お帰りをお待ちしちょりました。お約束の物、お持ちいたしました」

竹雄が袱紗《ふくさ》に包んだ金を差し出した。倉木は黙ったきりだが、えいがきっぱりと言う。

「槙野さん、よしてください。この人にはほとほと愛想が尽きました。巡査に突き出しますから」

「倉木さんが返してくれたもんは、わしにとっては、金には替えられん値打ちがあるもんながです。ほんじゃき、お支払いするがです。これでしまいです。わしの標本は、これでもう、おまんとは一切関わりはない」

万太郎たちが礼をして辞そうとすると、ようやく倉木が口を開いた。

「どうして……どうしてそこまで。……たかが草だろう?! 貴重な薬なのか？ 誰か――偉い奴が欲しがってるのか？」

「いいえ」

「……分からねえ。草なんぞ、むしってもむしっても生えてくる。なんの値打ちもねえだろうが！ ……ほどこしか？ そうだろう？ なあ。金を恵んで気分がいいか？」

「いいえ。ほどこしではありません。――誰もそんな話しちゃあせんじゃろう」

「雑草だろうが！ なぜ雑草に金を払う?! 誰の目にも入らん。入ったとて疎まれ踏みにじられ

――踏みにじったことさえ誰も覚えていない。雑草なぞ、生えていてもしょうがない」

「雑草ゆう草はないき！　必ず名がある！　天から与えられ、持って生まれた唯一無二の名があるはずじゃ。その名がまだ見つかっていない草花なら、わしが名付ける。……草花に値打ちがないらあ、他人が決めつけな！」

万太郎の剣幕に、倉木は黙り込んだ。

「わしは、楽しみながじゃ。わしが出会《お》うた者が何者かを知るがが。……信じちゅうき。どの草花にも必ず、そこで生きる理由がある。この世で咲く意味がある。必ず！」

「……出ていけ……出ていけ……！」

悲痛な声で倉木は叫んだ。その姿は、万太郎のまっすぐな眼差しを恐れているようにも見えた。

万太郎は、引っ越しの礼として十徳長屋の住人たちに菓子を配ろうと決めた。竹雄と一緒に買いに出かけた先は、部屋探しの途中で見かけた根津の「白梅堂」だ。一年前、万太郎は博覧会の会場で同じ「白梅堂」という菓子の屋台の娘にひと目ぼれした。よくある店名なのだろうと思いながらも、のれんをくぐるとき、万太郎の胸は期待で高鳴った。

店内で迎えてくれたのは、あのときの愛らしい娘……ではなく、武骨な菓子職人だった。

「――らっしゃい」

「……あ、どうも」

菓子を買って店を出ると、道端にタンポポが咲いていた。万太郎たちはしゃがみこみ、黄色い花を眺めた。

「もしやと思うたがじゃがのう。こんなに大きな町じゃき、会うがは奇跡かのう。おまんはここで、よう人を見ちゅうろう？　あの人が通ったら、わしに教えてくれんか？」

そのとき、タンポポと話す万太郎のそばに誰かがしゃがみ込んだ。

「また話してるんですね？」

声の主を見て、万太郎は大声を上げた。

「ワアアアアッ！」

まぎれもなく、展覧会で会った娘だ。

「やっぱりカエルさま。おクニに帰ったんじゃなかったんですか」

「で……出てきました。その……どういても……東京で研究がしとうて……」

「なんの研究？」

「草花です！　植物の研究をしとうて」

娘がふっと笑ったので、万太郎は不安になった。

「おかしいですか」

「はい。カエルさまは、やっぱり草と花がお好きなんだなあって。お好きだから、いつも話してるんですか？」

「……話すがは……う……うれしいきです。植物はどこにでもあると思うでしょう。けんど、会えるがは一期一会です。植物は足がないき、一度根付いたら、そこで咲いて枯れます。ほんじゃき、その草花に会いたかったら、こちらから出向かんといかん。出向いてもかならず会えるわけじゃない。お日さんや風の具合で咲かんこともある。ありふれた草花でも同じもんは二つとない。

わしにとっては、こうして出会えたことがもう、奇跡ながじゃき。今この時、この場所で。せっかく会えたき――今を焼きつけとうて……べらべら……話しゆうがです……」

「でも、人は、口があるからお互いしゃべれますね」

娘はにこりと笑いかけてきた。それだけで、万太郎は息が止まりそうになった。

「うちのお菓子、たんとお買い上げいただいて、ありがとうございました」

「ここがあなたの?! あの……っ。近くの長屋に越してきましたき、寄らせてもらいます。わし、甘いものに目がのうて。あっ――わし、あなたにうそをついてしもうて」

「うそ?」

「はい。初めて会うたとき、わし、カエルと言うちょりましたけんど、実はわし……カエルじゃのうて人間です。わしは、槙野万太郎と申します。こちらは竹雄。土佐の佐川村ゆうところから出てきました。……その……あなたは……?」

「寿恵子《すえこ》と申します。西村《にしむら》寿恵子」

「寿恵子さん……。えい名じゃ。菓子をまた買いに来てもえいじゃろうか」

「いつでも。お待ちしています」

寿恵子と別れた後も万太郎のときめきは治まらず、飛んだり跳ねたり腕を振り回したりして通りを駆け抜けた。

「うおおー!」

「若! 待ってください! ばかみたいですき!」

そう言っている竹雄も大はしゃぎで、二人は笑いながら走り続けた。

白梅堂から遠ざかると、ようやく二人は落ち着きを取り戻した。気付けば、根津の町は夕日に染まり始めている。

「寿恵子さんは、花のようじゃき。わしが見つけた、生まれてきた中でいちばん瑞々しい、かわいらしい花じゃ」

あの人と共に生きていきたい……。そんな思いが万太郎の胸に芽生えていた。そして竹雄は、万太郎の思いを敏感に感じ取っていた。

「――まだ、よう知らんがでしょう？　どんな方かも。決まった相手がおるがかも。家族や家柄も。ひと目会うただけでしょう？」

「うん……」

すべて竹雄の言う通りだ。それでも、万太郎の心は揺るがない。

「――まだいかん。まだわしは何者でもない。けんどもっと、この道を進んだら」

万太郎の行く道を、夕日が金色に照らしていた。

第7章　ボタン

万太郎が寿恵子との奇跡的な再会に感激していたころ、寿恵子もまた胸を躍らせていた。といっても万太郎のことを考えていたわけではない。寿恵子は自室にこもり、曲亭馬琴《きょくていばきん》作の『南総里《なんそうさと》見八犬伝《みはっけんでん》』を読んで、その世界に浸りきっていた。

「『かの桃園の義を結びぬ』……ちょ、何これ……信乃《しの》と現八《げんぱち》、尊い……馬琴先生天才すぎる！」

本を抱きしめ身もだえしているところに、母のまつと、叔母の笠崎《かさざき》みえがやって来た。

「何この部屋！　読本《よみほん》ばっかり！」

寿恵子の部屋には、江戸後期に流行した「読本」があふれている。馬琴らが記した奇想天外な物語と美しい挿絵《さしえ》に寿恵子はすっかり心を奪われている。みえは、そんな寿恵子に呆れていた。

「やめなさいよ。馬琴なんて古臭い。あんたはこれから新しい世に出ていくんだから！」

みえが訪ねてきたのは、寿恵子に「新しい世」の話をするためだった。まつも交えて茶の間で話を聞いたところ、みえは寿恵子に西洋の「ダンス」を習わないかと持ちかけてきた。

みえは新橋で『巳佐登《みさと》』という料理屋を営んでいる。巳佐登は新政府の役人御用達の店で、役人と一緒に来た東京大学の田邊教授から、ダンスを習うのにふさわしい女性を紹介してほしいと頼まれたという。

「今、薩摩さまのお屋敷跡に西洋風の御殿を作ってるの、知ってる？　鹿鳴館《ろくめいかん》っていうの。外国のお客を招いて、私たちはこんなに変わった、もう外国と肩を並べているって、見せるための場所なんですって。西洋じゃ、芸者じゃなくても、上流のご婦人が男と踊るんですって」

鹿鳴館開館の暁には音楽会や舞踏会が開かれ、日本人もダンスを踊る必要がある。

「つまり、それが文明開化ってことなのよ。田邊教授はね、アメリカ帰りで、何やら鹿鳴館のお役目も引き受けてるお人らしいのよ。で、ダンスを習ってくれる人を紹介してくださいって！」

寿恵子は返事をせずに、母の様子をうかがった。

「――それでなんでうちに来るのさ。あんたに頼むんだから、要は新橋芸者に声かけろってことじゃないの」

まつが言うとおり、みえは、元は新橋の芸者だった。そしてまつも、かつては柳橋の芸者だった。

「お寿恵だっていいじゃないの！　鹿鳴館の開館が近づいたら、お偉方も華族さん方もみんなが習うらしいのよ。そのときにお師匠さんになれるように今から先に習ってほしいんですって！　お寿恵ならそこで見初められて玉の輿《こし》まっしぐらよ」

「あのねえ、お寿恵は素人《しろうと》だよ。門前払いだよ」

「それは心配ない。だってあの、音に聞こえた『柳橋芸者吉也《きちや》』の娘じゃないの。お役人に華族さん方、今でも吉也を覚えている人が大勢いるのよ。お寿恵は、あの吉也の娘なんだと言ったら、今すぐ連れてこいって言われたわよ」

「そんな古い名前、とうに捨ててる。お寿恵には、長唄も踊りも仕込んでないしね。うちの娘を、そんな場所にやるつもりはありません」

「姉さん。お寿恵の幸せを考えてよ。姉さんと私、二人がかりのツテでお寿恵には舞台が整ったのよ。歳も十七、売り出すときでしょう！」

「玉の輿なんて結構。そんなものに乗らなくたって」

「お寿恵はどうなの?!　鹿鳴館が待ってるんだよ。日本人がまだ知らない――見たことない世界が！」

まつは寿恵子の答えを待たず、部屋に戻って読本を片づけるようにと言いつけた。

寿恵子が出ていくと、みえはまつを責めた。

「どうして?!　そういうの石頭っていうのよ。せめてお寿恵に決めさせてよ！　あの子が華族様に見初められる――人生が変わるんだよ！」

「変わったとして、どうせ妾だろ。……いくらお武家様に見初められて、何不自由なく暮らしても。結局、お弔いにも出られなかった」

まつは自分の来し方を振り返り、寂しげに語る。

「……お寿恵を取りあげられずにすんで、手切れ金でこの店も出せて。奥方様のなされようは本当にありがたいけど。やっぱり、妾なんてつまらないよ」

「不幸せぶらないで。なんでも持ってるくせに」

吐き捨てるようなみえの言葉に、まつは黙り込んだ。

「妾だろうが、姉さんは西村様に選ばれた。最後まで尽くし切った。お寿恵も授かって、店も出せて。言うことなしじゃないの。……私だって娘が生きて生まれてきてたら、鹿鳴館に自分の子を送り込んでた。娘にやるはずだった幸せを、お寿恵にあげて何が悪いのよ？」


寿恵子の部屋にある読本はすべて、亡くなった父親の形見だ。主人亡き後、本妻は東京の屋敷を引き払い彦根に帰ることを決めた。そのため寿恵子は、よく父が読み聞かせてくれていた読本を引き取ったのだ。

母に従い部屋に戻った寿恵子は、一人になっても胸の高鳴りが抑えられなかった。

「――見たことない世界、か……」


ある朝、万太郎は十徳長屋の井戸端に咲いたタンポポに話しかけていた。

「今日からのう、見たことない世界に行くがじゃ！」

いよいよ、東京大学の田邊教授を訪ねるのだ。

井戸端に福治の娘の小春と、倉木の娘のかの、息子の健作がやって来て一緒にタンポポを眺めはじめたので、万太郎は、佐川村のタンポポは東京と違って白いのだと教えた。

「同じタンポポでも種類がいっぱいあるんだ〜」

小春が言うと、健作が万太郎に尋ねてきた。

「なんでタンポポって言うの？」

「ん?! 和名の由来？　ケン坊、すごいのう！　面白い問いかけじゃのう！」

「ほう。由来があるか」

井戸で顔を洗っていた牛久も話に加わってきた。

「古くはこう言うたがじゃ。『ツヅミクサ』。要は小さい太鼓じゃのう。構えて打つと、タン・ポポンッゆうて音がする。昔の人は蕾の形が鼓に似ちゅうと思うたがじゃろう。タン・ポポンッで」

「タンポポ?!」

子どもたちは声をそろえて答え、笑い出した。さらに万太郎は、ツンツンした花びらに見えるもの一つ一つがタンポポの花なのだと教えて、子どもたちを驚かせた。

「おうおう。すっかり寺子屋ですのう」

厠から出てきた丈之助が、万太郎に声をかける。そこに、倉木もやって来た。

「おとっつぁん。タンポポね、花ぎっしりなの！」

「タン・ポポンッなの！」

かのと健作が父に駆けより、万太郎も挨拶をした。

「おはようございます」

だが倉木は返事をせず、車引きの仕事に行く支度を始めた。

「おとっつぁん、おはようはー？　もう～だめでしょうー」

まとわりついてくる子どもたちを離して倉木が言う。

「行ってくるから。いい子にしてろ」

倉木は朝から飲んだくれて仕事もしないという話だったが、熱を出した健作を万太郎が助けた日からは、真面目に働いているようだ。

この日のために万太郎は、奮発して上等な洋装を仕立てていた。竹雄の手も借りてスーツに着替え蝶ネクタイをすると、長屋の面々が、よく似合うと褒めてくれた。皆に見送られ、万太郎と竹雄は意気揚々と出かけた。

初めての洋装は着物よりもずっと歩きやすく、身軽だった。標本を入れたトランクを提げて東大に着くと、竹雄は万太郎と別れて働き口を探しに行った。

緊張と興奮が入り混じった気持ちで、万太郎は大学内の植物学教室へ向かった。

この頃、植物学は理学部生物学科に属しており、一年生は理学部の共通科目を学び、二年生からは専門学科に進むことになっていた。植物学教室は本館とは別棟にあり、外壁に青いペンキを塗られた平屋の建物であることから「青長屋」と呼ばれていた。

初めて青長屋に足を踏み入れた万太郎は、植物の乾燥作業専用の場所があることに驚いた。間仕切りがあって、植物を挟むための紙が統一され、重しの石まで専用の形に加工されている。感動しながら廊下に進むと、窓に向かって机がずらりと並んでいた。廊下を、学生の勉強の場として活用しているのだ。さらに進むと、廊下の中ほどに実験室の戸があった。

「失礼いたします」

声をかけて中に入ったが、誰もいない。部屋の中央には大机があり、その他に画家専用らしき机や植物標本の棚もあって、大量の実験器具と書物がそろっている。その光景に、万太郎は感嘆した。

大机の上には、日本地図が広げられ、さまざまな場所に印が付いていた。傍らには未整理の標本が積み上がり、「武州《ぶしゅう》南多摩郡百草村《みなみたまぐんもぐさむら》　明治14年11月18日」といったラベルが付いている。日本地図の印は、植物の採集地点を示しているようだ。日光《にっこう》、江ノ島《えのしま》、秩父《ちちぶ》、熱海《あたみ》……と関東の各地には印が付いているが、四国は空白だ。印のない高知に指を触れていると、話し声と足音が聞こえてきた。

万太郎が緊張して待ちかまえていると、講師の大窪昭三郎《おおくぼしょうざぶろう》と、四年生の細田晃助《ほそだこうすけ》、三年生の飯島悟《いいじまさとる》が入ってきた。新入生のように見えるがやけに服装が立派な万太郎を見て、彼らは戸惑っていた。

「土佐から参りました、槙野と申します。田邊先生にお会いしとうて参りました」

万太郎は紹介状を見せたが、大窪から出直してほしいと言われてしまう。

「教授は朝はご自分の仕事をされています。十時までは誰もお邪魔をしてはいけない決まりでして」

「待たせてもろうてもえいでしょうか。わし、不案内じゃもんで、うろつくと迷うてしまいますき」

人懐こく頼むと大窪は了承し、学生たちと共に実習の準備を始めた。

「大窪さん、ヨード沃化《ようか》カリがじきになくなりそうで」

「んーあるだろ、下の棚」

彼らの会話に興味津々の万太郎は、細田に尋ねてみた。

「――ヨード沃化カリゆうがは何に使うがですか？」

「試薬ですけど。顕微鏡で観察するのに……」

「顕微鏡を使うのに試薬が要るがですか？」

「まあ、実験によっては……」

もっと詳しく聞きたかったが、忙しそうなので遠慮していると、二年生の波多野《はたの》泰久《やすひさ》が乾燥が済んだ草花を持ってきた。

「先日の荒川土手の分、乾いてたんで紙に貼ります」

「――どんな草ですろうか……？」

万太郎が尋ねると、波多野はためらうことなく近づいてきた。視力が悪いため、知らない者が研究室に紛れ込んでいると気付いていないのだ。

「ん？　あれ？　知らない人だった。一年生？」

息がかかるほどの至近距離まで来て、波多野はようやく気が付いた。

「いや。教授のお客だ」

飯島が波多野に答えて、壁の時計に目をやった。時刻は間もなく十時だ。飯島は廊下に出ると、机の下で寝ていた三年生・柴豊隆《しばとよたか》の足を蹴って起こした。波多野は実験室の窓を開け、中庭のウサギ小屋にいる二年生・藤丸《ふじまる》次郎《じろう》に呼びかける。

「藤丸ー！　十時だよ」

すぐに柴と藤丸が駆け込んできて、続いて助教授の徳永《とくなが》政市《せいいち》もやってきた。大窪は、徳永に万太郎を紹介した。

「田邊教授へ面会希望の方です。博物館の野田先生からの紹介で」

「野田先生……？　では、私が聞こう」

「……できましたら、教授にお会いしたいがですけんど……」

万太郎の返事に徳永は気分を害していたが、万太郎は突然聞こえてきた耳慣れない音楽のほうに気を取られていた。それは田邊教授が弾くヴァイオリンの音だった。コーネル大学への留学経験を持ち、西洋の文化に造詣の深い田邊は、教授室で朝の演奏を行うのを習慣にしているのだ。

曲が終わると時計は十時を指し、田邊が実験室に現れた。

「Good morning, gentlemen.」（おはよう、諸君）

そして田邊は、直立不動の万太郎に尋ねてきた。

「Who are you?　——君は誰だね？」

「——わたくしは槙野万太郎と申します。田邊教授にお目に掛かりとうて、土佐から来ました」

野田からの紹介状を渡すと、田邊はその場で開封して読んだ。

「野田さんは……きみが熱意ある若者だと褒めている。『便宜を図ってやってほしい』とあるが……きみの便宜とは？　What do you want?　Why are you here?」（何を望む？　なぜ私たちの元へ来た？）

独特の存在感を放ち、英語交じりで話す田邊に、万太郎は気圧《けお》されていた。

「……どっから話したらえいか……」

思い切って、万太郎はトランクを机の上に置いた。

「土佐から植物標本を持って参りました。今日お持ちしたもんは、わたくしがこれまで集めた中で、特に珍しいと思うもんです。これをご覧いただけたら、わたくしのことがお分かりいただけると……」

「――私に、君を理解してもらいたい？」

問い返されて万太郎がたじろいでいると、徳永が話に割って入ってきた。

「教授、時間の無駄です。彼の相手は私が」

それでも万太郎は食い下がった。

「待ってください、少しだけ。これを」

トランクを開けようとすると、大窪に蓋を押さえつけられた。

「押し売りは止めたまえ！　珍しい標本と騙《かた》り、売りつける気だろう？」

「違います！　これはわしのもんですき！」

焦る万太郎に、徳永が詰問する。

「珍しいとは、誰が判断した？　悪いが、君の名は聞いたこともない。君の師は誰だ？」

「佐川では池田蘭光先生、去年一度上京した際に、博物館の野田先生、里中先生に教えてもらいました」

去年一度と聞いて、徳永たちは呆れている。続いて細田が万太郎を問い詰めた。

「その、佐川の池田先生という方には、いつまで師事を？」

「十二歳まで」

「その後は？」

「……誰にも。小学校も中退しましたき。そうじゃけんど本は読んでまいりました！　あらゆる書物が、わたくしの先生でした」

万太郎は懸命に語ったが、場はしらけ切っていた。この研究室に集う者たちは皆、中学校卒業後、東大の予備門の受験を乗りこえ、卒業して、ようやくこの場にたどり着いている。同じ道を目指しても進学がかなわない者も大勢いることを考えれば、万太郎を受け入れる気持ちになど到底なれないのだ。あざけりと敵意をむき出しにされて、万太郎は追いつめられていた。

そのとき、田邊が椅子に腰かけて口を開いた。

「――土佐から来たと言ったね。よろしい。中身を見よう」

徳永たちは顔色を変えたが、田邊は平然と続ける。

「私は、土佐の人にはちょっとした恩義があってね。You see（それに）――there is a notion abroad of noblesse oblige. 'Those in positions of authority have a duty.'」（ノブレス・オブリージュという考え方がある。地位ある者には義務があるのだよ）

田邊が万太郎にほどこしを与えるのだと受け取って徳永たちがニヤついていると、万太郎は毅然と答えた。

「ほんなら結構ですき。――You won't be laughing when I'm known by the world!」（あなた方は黙って、わしが世界に打って出るがを眺めちょったらえい！）

小学校中退の万太郎が流ちょうな英語で啖呵を切ったことに、一同は目を丸くしている。

「わしは確かに小学校も出ちゃあせん。けんど、子どものころから植物が好きゆう気持ちは誰にも――あなたがたにも引けは取らん！　土佐の野山がわしの血肉じゃ！　わしは、この国の植物のことは、いつまでも外国のお人らに任せちゃあおれん。日本人の手でこの国のすべての植物を明らかにしたいと思うちょります。その第一歩として、まずは故郷土佐の植物を採集し、植物相——flora を完成させました。今日はその『土佐植物目録』を持参したがです。そしてこっちはどんなに調べても分からんかった、新種かもしれん植物です。——植物学に尽くしたいゆう思い、そこに偽りはありませんき。これが証です。見ちゃってください」

標本と『土佐植物目録』をトランクから取り出すと、一同の目の色が変わった。大量の標本はこの研究室の者でも見たことのない珍しい物がそろい、『土佐植物目録』は、万太郎の知識が並外れたものであることを示していた。

「——これだけ知るとは、君の言葉にうそはないな。この国で手に入る植物の本は、あらかた読んできたか」

田邊に問われて、万太郎は堂々と答えた。

「はい。一字残らず書き写してきましたき。教授、こちらの教室には、植物標本が三千種類以上あると伺いました。その標本を見せてもらえるがやったら、わたくしが持ってきた標本もなんであるかが検定できると思います」

それでも特定できない植物は、新種だと判断できる。

「わたくしは、今日お持ちしたこちらの標本とは別に、これまで土佐で採集してきた、およそ五百種類の標本を東京に持ってきましたき。こちらの標本とわたくしの標本、突き合せたら、きっと分かることもありますき。わたくしに、こちらの標本を見せてもらえんでしょうか」

勢い込む万太郎に、大窪が研究室側の事情を伝えた。

「三千以上あると言っても、こちらだって検定していない標本はたくさんある」

「ほんなら、まず、こちらの標本で分からんもんも、わしが突き止めます。自分の標本を検定するついでですき、苦労はありませんせん」

「え、助かる」

藤丸の口からそんな言葉が漏れた。作業を万太郎に任せて研究に打ち込めるなら、学生たちにとってはありがたい話だ。それなら万太郎を受け入れてもいいのでは……という空気が流れたとき、徳永が机を叩いて一喝した。

「こちらの標本も検定するから自分を出入りさせろ？　小学校中退の分際で、交換条件を持ちかけるのか。浅ましい！」

その剣幕に学生たちは委縮した。

「諸君に問う！　ここは、どこだ？　東京大学！　ここは我が国唯一の最高学府であると同時に国家の機関である！　交換条件などハナから成り立たん！」

「そうだな。成り立たん……」

答えたのは田邊だ。見れば田邊は、堪えきれないという様子で笑っている。

「交換条件など、確かに成り立たんよ。そんなものはなくとも、こちらは折れざるを得まい」

大机の上の日本地図に指を伸ばした田邊は、空白の高知をトンと指した。

「I want you here.（私は、君がほしい）四国は温暖で雨も多い。植生も多彩だろう。君がこの教室に持ち込む標本は私たちにとっても大いに値打ちがある。西日本・九州・奄美へ——今後の植物採集の足がかりとなるだろう」

だが、これには徳永が黙っていなかった。

「彼の出入りを許すということですか。あり得ません！　大学の権威が揺らぎます！」

「徳永くん。本当に君は、旧幕府時代の化石だね。さっさと留学しておいで。確かに彼は本学の学生ではない。だが今、この植物学教室における核心は一つだ」

田邊は、学生たちを見渡してこう続けた。

「東京大学開学から五年。理学部の一五名の教授のうち、日本人は私を含め、たった三名しかいない。これが今の日本だ。この教室も実際はコーネル大学の足元にも及ばない。日本では、植物学を始める以前に、標本の数があまりにも少なすぎるのだ。権威をかざして門を閉ざすよりも、もっと重要なことがある。一刻も早く充実した研究の場を作り出すこと。今この時。この場において。さらに言えば、植物学教室初代教授である私という人間において。You see, at the heart of the matter, one thing is important.」

核心はただ一つだと田邊は言い、万太郎に手を差し出した。その意味が分からぬまま万太郎も手を出すと、田邊は握手をし、力強く万太郎を引き寄せて西洋式のハグをした。

「君を歓迎する」

「きょきょ教授?!　あ、ちょっ……！」

田邊は最大限の歓迎を示していたが、万太郎は混乱するばかりだった。

こうして万太郎は、特別に東京大学植物学教室に出入りを許されることになった。夢心地で十徳長屋に帰ると、竹雄も仕事が見つかったという。

「広瀬佑一郎さんと会うた、西洋料理の薫風亭、あそこでボウイをやることになりましたき！」

「ほうか！　おまんも洋服じゃのう！」

「そうじゃち、今朝若が洋服がえいえい騒いじょったき」

「ふふふー。羨ましかったか。かわいいのう」


寿恵子の〝八犬伝熱〟は、その後も冷めることがなかった。朝、目覚めるなり布団の中で読みふけるうちに、大好きな犬塚《いぬづか》信乃と犬飼《いぬかい》現八の場面で気持ちがたかぶって、思わず布団から飛び出した。物語の中では、信乃と現八が草むらの中で鮮やかに戦っている。

「ハア……！　もう私、草むらになりたい。草むらになって二人を見てたい。ううん、草むらじゃ置いていかれる……いっそ八犬士になりたい……！」

挿絵を見ると、現八のほおには牡丹の形の痣《あざ》がある。寿恵子は鏡の前に座り紅を取り出して、自分のほおに牡丹の花を描いてみた。しかし、いざとなると牡丹の形がよく思い出せない。

「お寿恵、起きなさい」

まつの声がして、寿恵子は慌てた。こんな顔を見られたら、また叱られるに違いない。

「ハ、ハイ――起きてます！　あ、待って！　起きてる、起きてるから！」

ほおをこすって絵を消そうとしたが間に合わず、まつが部屋に入ってきた。寿恵子は慌てて布団を被ったが、まつにはぎとられた。

「何よ。起きてないじゃない。起きなさい！」

焦った寿恵子と、血濡れたような娘の顔を見たまつは、同時に悲鳴を上げた。

「ギャー！」

その後、母娘と、菓子職人の阿部文太《あべぶんた》とで朝食をとっている間も、まつのお説教は続いた。

「ホントにもう。十七にもなっていつまでも子どもで。いいかい。世間ってもんはね、絵物語とは違う。日々つつましく堅実に生きていくものです。これ以上本に溺れているようなら、本はあんたの部屋から取り上げます」

「それはやめて、おっかさん！　おとっつぁんが私に残してくれたものでしょう?!」

「だったらがまんなさい！　みえが持ってきた話も断ってよかったよ。ただでさえ浮ついてるんだから。あんたにはね、地に足のついた真っ当な御方を、おっかさん探すからね」

「……いいよまだ……嫁入り話なんて今しないでよ……」

「世間じゃそういう年なんだよ」


朝食後、寿恵子が店ののれんを出していると、万太郎がやって来た。寿恵子はほがらかに声をかける。

「槙野さん！　おはようございます。お洋服になさったんですね。よくお似合いです！」

「ありがとうございます」

万太郎は両手に大量の荷物を持っている。東大の植物学教室に通うことになったので、標本を運ぶのだと聞いて、寿恵子は感心した。

「東京大学！　ご立派ですね」

「いやぁ——とにかく教室の皆さんに菓子を持っていきとうて。お店もうえいでしょうか」

「はい！　いらっしゃいませ」

店に入ると万太郎は、練り切りとまんじゅうを十個ずつ注文した。

「あとかるやきを一つください！　かるやきは今食べますき」

博覧会の出店で食べて以来、万太郎はかるやきを気に入ったのだが、ふだん白梅堂では、かるやきのような駄菓子は置いていない。そこで寿恵子は厨房に行き、文太に頼んで特別に焼いてもらった。両手が塞がっている万太郎のためにまんじゅうと練り切りを風呂敷に包んで背負わせてから、焼きたてのかるやきも渡そうとしたが、手を空けようと万太郎がもたついているのを見て、とっさに口元に差し出した。

「どうも！」

万太郎の方も自然と寿恵子の手からかじろうとしたが、口に入れる直前で二人同時にハッとした。万太郎は我に返って荷物を置くと、空いた手でかるやきを受け取った。寿恵子のほうは男性を相手に大胆な行動を取ったと気付いて赤くなっていた。

「ソノ、なんぼですか」

「じゅ……十四銭五厘です！」

支払いが済むと、二人は何とか落ち着きを取り戻した。

「そうじゃ、寿恵子さん。寿恵子さんの好きな植物ゆうがはありますろうか？　白梅堂ですから、やはり梅ですか」

「牡丹です。……好きっていうか――今朝、牡丹の絵？　を描いてみたかったんですけど、どんなか分からなくて。何度も見てるはずなのに。今度咲いてたら、よく見なくちゃ」

「そうじゃねえ。牡丹は……わしもよう見たことなかったです。そりゃあえいことを聞きました。ほんなら」

「あ、はい。いってらっしゃいませ！」

この日万太郎は、植物学教室の学生たちに代わって多くの作業をこなした。学生たちは、自分たちよりも万太郎のほうが標本作りも検定作業も手慣れており、知識も豊富だと知って感心し、おかげで作業の負担が軽くなると喜んだ。

作業の合間に万太郎は、講義をする田邊の姿を窓越しに見かけた。英語で専門性の高い講義をする田邊に、万太郎は憧れを募らせた。

その後万太郎は田邊の教授室に、白梅堂の菓子とお茶を出しにいった。室内は美しく整理され、西洋の絵画に書物、ヴァイオリンと、西洋文化があふれていた。そこで田邊は机に向かい、書類を読んでいた。

「……今は……何をお読みになりゆうがですか」

「……なんでもない……政府の仕事だ。国の金で留学をしてきた者は、この国の文明に尽くさんとならんのだよ。……私も、君のように西日本の採集に早く行きたいが」

忙しそうな様子を見て万太郎は、もっと話したい気持ちをこらえて去ることにした。

「……失礼いたします。あ！　すみません、少しだけ、こちらの牡丹をお貸し願えませんろうか」

　万太郎は、教授室に飾られていた牡丹を借りて実験室に戻った。そして大机に牡丹を置き、植物画を描き始めた。万太郎の筆は、花の付き方や花芯、葉の質感などをすばやく正確に写し取っていく。芸術としての絵画とは違う、植物画としての完成度の高さに、大窪と学生たちは感嘆した。会議に向かおうと教授室から出てきた田邊も、万太郎の画力を目の当たりにし、いつから植物画の鍛錬をしてきたのかと尋ねた。子どものころから本に出てくる植物画を何度も模写して鍛錬したのだと万太郎は答えた。

「正しい訓練法だ。コーネル大学でも、植物画家たちは、そうしていた。それにしても……土佐の人にはいつも驚かされるな」

「……教授は、土佐にお知り合いがおられるがですか？」

「アメリカに留学する前、開成学校で教わっていた英語の教師が土佐の方だったのだ。驚くべき経歴の持ち主で、中濱万次郎先生という」

「ジョン・マンさんですろう？　わしも、お目に掛かりました……！　東京に来るのに、わしの背中も押してくれたお方ですき」

　中濱との出会いを思い返して、万太郎は思わず涙ぐんだ。

「中濱さんは今でも……海を夢見ておられました。世界の海に出ていきたいと。けんど、その夢は田邊教授が継いじょられた……」

「……そうか。今もお達者でいらっしゃるのか。――君と私は、つながるべくしてつながったのかもしれない」

　田邊は、万太郎に慈しみの眼差しを向けた。

「――Welcome. I'm glad you're here.」（ようこそ。君が来てくれてうれしい）

「……ありがとうございます……！」

万太郎はこの日、大学からの帰り道にも白梅堂に寄って、寿恵子と話をした。

「へえ。植物学教室って、そんなに楽しいところなんですね」

「はい。関東の見たことない植物がようけありますし、朝は西洋の音楽から始まりますき！　植物学教室の田邊教授という方が、ご自分で西洋の楽器を」

「田邊教授。――お名前だけ聞いたことがあります。その先生は、いいお方でしょうか」

「はい！　そりゃあもうすばらしい先生ですき、アメリカからお戻りで、英語交じりに話されます。その西洋の楽器も、またすばらしい音色で」

「――そうなんですね……！」

「ああそれで……これ、話しちょった牡丹です」

万太郎が大学で描いた植物画を見せると、寿恵子は驚き、食い入るように見入った。

「――これ、あなたが描いたんですか。……目の前で咲いてるみたい……牡丹がどんな花か、よく分かります……」

万太郎が描いた牡丹の美しさは寿恵子の胸に沁み入り、ある決意をもたらした。

「……私……おっかさんと話さなきゃ。牡丹を授けられた者は、見知らぬ旅に出るんです」

南総里見八犬伝に登場する八犬士たちは、体のどこかに牡丹の形の痣を持ち、運命に導かれ数奇な旅をする。寿恵子は今、自分が八犬士の一人になったように感じていた。

だが万太郎のほうは話についていけない。

「見知らぬ旅？　あなたが?!」

「いえ、たとえ話です。――誘ってもらったことがあって……私でいいならやってみたい……見たこともない世界に飛び込んでみたいって」

「えいですのう！　わしも、ずっとそう思うちょります。いつやち見知らぬ旅に出たい。わしは、見たこともない植物に出会うときがいちばんわくわくしますき。あなたの旅が何かは知りませんけんど、たとえどんなことでも、やってみたいことはやるべきです。ねぇちゃんも――佐川におるわしの姉も、そうしちょります。男でも女でも誰でも……飛び込んでみるがじゃって。わしは応援しますき」

「本当に？」

「はい」

「……牡丹、ありがとうございます」

寿恵子は牡丹の絵を抱きしめて笑った。

そのまばゆい笑顔から、万太郎は目を離すことができなかった。

第8章　シロツメクサ

万太郎との会話で勇気を得た寿恵子は、ダンスを習いに行きたいとまつに切り出した。

「私、行ってみたい。……鹿鳴館行ってみたい」

夕飯の支度をしていたまつは、駄目だと一蹴したが、寿恵子は食い下がる。

「華族さま方も見てみたいし、異人さんにも会ってみたい」

「くだらない憧れで行けるところじゃないんだよ。とにかく許しません」

まつはきっぱり言い切ったが、寿恵子は、夕食の間もなんとか母を説得しようとした。

「おっかさんは柳橋で、知らぬ人はいない売れっ子芸者だったんでしょ？　てっぺんまで登り詰めて、おとっつぁんとも出会ったんじゃないの。おっかさんが見た景色、私も見てみたい」

「――そのお山を登っていくために、おっかさんもみえおばさんも小さいころから置屋《おきや》で厳しくしつけられた。涙も干上がって、心なんぞ揺れないようにね。あんたは妾の子でも、歴とした彦根のお武家の娘なんだ。おとっつぁんが生きてらしたら鹿鳴館なんて許すはずがない」

「おとっつぁんの心、なんで決めつけるの？　おとっつぁんが私に残してくれた本、ぜんぶ冒険の話だよ。おとっつぁん、いつも言ってた。馬琴先生は面白いよなあ。こんな話がまことならなあって！　おとっつぁんが生きてらしたら、私、ちゃんとお願いしたよ。鹿鳴館は見たことない世界だもの。きっと面白い。くだらない憧れで何が悪いの？」

「いい加減にしなさい！　鹿鳴館は許しません。西洋の猿まね御殿だろ？」

その剣幕に寿恵子が口をつぐむと、まつは寂しげに言った。

「――お寿恵、おとっつぁんがどうしてお亡くなりになったか、忘れたの？」

それ以上あらがうことは、寿恵子にはできなかった。


万太郎は、植物学教室に通える喜びを日々噛みしめていた。毎日朝が来るのが待ち遠しく、夜明けと共に目覚め、早朝から植物採集に出かけて、その足で大学に行くようになった。青長屋に一番乗りすると、一礼して実験室に入り、まずは丁寧に掃除をする。その最中、本棚に並ぶ専門書が目に入るだけで幸せを感じた。

「早《はよ》う皆さん来んじゃろうか……！」

この日万太郎の次に実験室に来たのは、二年生コンビの藤丸と波多野だった。万太郎とは対照的に二人は疲れ切っている。田邊がコーネル大学と同じ教科書を使って英語で講義を行うため、連日予習に追われているのだ。

「……ああもう……なんで……朝なんか来るんだろうな。空が白んでくると絶望するんだよ……」

始業前に英語の教科書を開いている藤丸に、万太郎が話しかけた。

「大学の学生さんはわしとは比べものにならん、すごい勉強をされちゅうがですねえ」

「……ウ……痛い……」

突然藤丸が、つらそうに実験室から出ていった。

「藤丸、すぐ胃が痛くなるんです」

この教室の学生は論文も英語で書かなければならず、苦労しているのだと波多野が言う。

「そりゃ……かわいそうですのう。せめて……教室飛び出して野山に……」

「植物採集は時間を取りますからねえ。この教室では大学の長期休みのときに、植物採集のための旅行が組まれて、計画を立てて採ってくるんです」

「けんど植物は毎日、どこにでも生えちょりますろう？　季節も一日ごとに巡っていきますし、ちょっと目を離したら、形もどんどん変わっていきます」

「そういうことをしてると、勉強に追いつけなくて。講義の準備。宿題と試験。それから論文。それだけで、すぐ夜になって、朝が来ちゃうんですよね」

「……ほうですか……」


この日の午後、万太郎が中庭を通ると、ウサギ小屋に藤丸がいた。見れば藤丸は、ウサギのエサ用の草を食べようとしてる。

「あのっ。胃が痛いときは、センブリのほうが」

とっさに声をかけると、藤丸が振り返った。

「別に薬求めてないです。癒やし求めてるだけなんで」

言い捨てて実験室に戻ろうとする藤丸を、万太郎は慌てて呼び止めた。

「藤丸さん！　あの……今日一緒に帰りませんか？　東京の植物、いろいろ教えてもらいとうて」

「……なんでそんなことしなきゃならないんですか。そんな暇ありません」

「……いや……少しだけ……」

「いいですよね、あなたは。宿題も論文もない。好きなように来て、好きに勉強して、好きに帰るだけじゃないですか。しかも教授に気に入られてる。なんですか、土佐のつながり？　教授があんな……『つながるべくしてつながった』とか——スゴいですよね」

　万太郎の返事を待たずに藤丸は立ち去った。すると、二人のやり取りを見ていた波多野が声を掛けてきた。

「——槙野さんが悪いわけじゃないです。でも、俺たちはここへ入るのも簡単じゃなかったし、居続けるのも大変なんです。……あなたとは違うので」

　会釈をして波多野は藤丸を追いかけていった。万太郎は一人、ウサギ小屋に取り残された。

　万太郎にわだかまりを抱いているのは、藤丸たちだけではなかった。徳永は、万太郎が挨拶をしても返事すらせず、他所者《よそもの》よばわりしてくる。柴や飯島に話しかけてみても素っ気ない。

　さすがの万太郎も塞いでいると、実験室に見かけない男性が現れた。

「……初めてお目に掛かります。先生でいらっしゃいますろうか？」

「——画工の野宮朔太郎《のみやさくたろう》です」

野宮は植物画専門の画工であり、田邊の指示の下、ここで絵を描いているのだという。万太郎は植物画の専門家がいるということも知らなかったので驚き、絵を見せてほしいと頼んだ。

「わし、植物画が好きながです。けんど、今まで植物画を描くお人にお会いしたことはのうて」

「見せられませんよ。きみ、他所者《よそ》でしょう」

野宮は平然と言い、田邊の指示を受けに行くと言って立ち去った。


気分を変えようと思った万太郎は、りんを誘って薫風亭に洋食を食べに出かけた。二人のテーブルに料理を運んできたのは竹雄だった。

「おお！　よう似合うちゅう！　ビシーッとしちゅうき！」

給仕の制服姿の竹雄を初めて見て万太郎は喜んだが、竹雄のほうは慌てていた。

「……なんでっ……節約せんといかんに！　こんなとこに来たらいかんでしょう！」

そこに給仕長の宮森《みやもり》が通りかかり、竹雄をたしなめるようにせきばらいをした。

「イラッシャイマセ」

竹雄は給仕らしい態度に切り替えると、オムレツやビフテキをテーブルに並べた。

「どうぞ。冷めんうちに」

キッチンに戻っていく竹雄の姿は、女性客の注目の的だった。竹雄が少し視線を向けるだけで、きゃあと声が上がるほどだ。

「いただきましょう」

万太郎はまず肉をほおばり、りんは初めて使うナイフとフォークに悪戦苦闘している。

「……異人さんは毎日こんなの食べてるんだよねえ?!」

「はい。こんなが食いよったら、どこまでも歩けそうです。こういう人らあを相手に、わしら日本人も一致団結せんといかんがやに……どういて誰も……」

「…………仲間に入れてもらえないのかい？」

返事をしない万太郎を見て、りんは万太郎の大学での立場を察した。

「他所《よそ》から来る人間は、怖いよ。まして玄関じゃなく、いきなり縁側から入り込んだみたいなもんだろ？　泥棒なのか、お隣さんか……はたまた福の神かも分からないしね」

万太郎が十徳長屋に引っ越したいと言ってきたときも同じだったとりんは言う。

「分からないものは、気味悪いよ。引っ越してきた途端、あっという間に反故紙だの枯れ草だのでいっぱいにしてさ。そのタヌキの巣穴みたいな部屋でさ、万さん、ニコニコしてるんだもの――あ、こりゃ悪い人じゃない、変わった人なんだって分かってよかった」

そこまで話すと、りんはナイフとフォークを使うのを諦めた。

「アアッ、ダメだ、竹ちゃん、お箸ちょうだい」

りんは竹雄が持ってきた箸で肉を切ろうとしたが、うまくいかず、かぶりついて嚙み切った。

「ンーッ。コリャ食べるだけで一苦労だね！」

そんなりんを見ていると、万太郎は束の間、切なさを忘れることができた。

この晩万太郎は長屋で、竹雄にキランソウという植物の絵を描いて見せた。

「おまんの洋服姿、面白かったぞ。キランソウみたいじゃった。この花、紫色で、よう目立つがじゃ。おまんのことを、女のお客らあがチラチラ見よったぞ」

「やめてくださいよ！　……わしには綾さまとゆう心に決めた人がおるがですき。ほんなら若、わしのスパーッとした洋服姿、描いてくださぃ。峰屋に送りますき」

草花以外は描いたことがないと言いながら、万太郎は筆と帳面を取って竹雄を描き始めた。

「……大学は植物学を目指す人らあがおる。憧れた、夢みたいな場所じゃ。けんどのう、寂しいがよ。佐川で、一人っきりじゃったときよりのう……。目の前に同じ志を持つ人らあがおる。そうやにまともに話すこともできん。ほんじゃき余計もどかしゅうて……」

悔しさとやるせなさが込み上げてきて、万太郎の筆先が震えた。

「――綾さまぁ！」

竹雄は突然叫んで、万太郎を驚かせた。

「若が人並みなことを言うちょりますき！」

竹雄がおどけるのを見ても、万太郎は笑うことができない。すると、竹雄が真顔になった。

「今更、人と話せんばあで、何を落ち込むがですか。大事な人を裏切ることと、草花の道を究めること。天秤にかけて、こちらに来たがじゃないですろうか。若は、峰屋を捨てたがじゃないですか」

厳しいところを突かれて、万太郎は言い返せない。

「研究室のお人らも、さぞご苦労されて大学の門をくぐられたがでしょう。けんどわしは、捨ててきたもんの重さなら、若は引けをとらんと思うちょります。誰にも引けをとらん。若は覚悟を持ってここにおるがです。それやったら相手がどうあろうと、好きにしたらえい。どうせ若は、草花にも勝手に話しかけゆうじゃないですか」

竹雄らしい励ましに、万太郎はふと肩の力が抜けた。

「……そうじゃのう……本当にそうじゃ」

そのとき、竹雄は万太郎の帳面を見てギョッとした。絵の出来栄えがあまりにひどいのだ。

「……これがわしですか？　若の目にはこう見えちゅうゆうことですか?!」

「言うたろう？　わし、植物以外は描けんゆうて……」


翌日から万太郎は、新たな気持ちで東京に向き合うことにした。早朝から身支度を整えると表に出て、仕事に出かけようとする倉木に声をかけ、東京の地理を教えてほしいと頼んだ。

「緑の深い場所はどのあたりですろうか。東京にも山はあるがでしょうか？　江戸から変わらん場所は？　逆に、まったく変わった目新しい場所は？　倉木さん、教えてください」

勢い込む万太郎は、倉木を逃がすまいとガバリとしがみついた。

「この足で、歩きゆうがでしょう?!　えい足じゃ！」

「クッ——離れろ、この……！」

倉木が引き離そうとしても万太郎はすがりついて離れない。

「うっとおしい！」

その後万太郎は、倉木に教わって高田馬場《たかだのばば》界隈で植物採集をした。昼過ぎ、植物を詰め込んだ胴乱を提げ、泥だらけで青長屋の実験室に行くと、藤丸と波多野が授業の準備をしていた。

「藤丸さんにお土産、採って来ましたき！」

近ごろ東京では、大名屋敷の跡地の多くが乳牛を飼う牧場になった。その一つの雑司《ぞうし》が谷《や》の牧場に万太郎は寄ってきていた。

「乳牛、初めて見ましたき。牛らあが食べる草も、外国から運び込んできちゅうそうで。もう牧場一面に生えちょりました。愛らしゅうて繁殖力が強い、元気な草ですき。どうぞ」

草を包んだ包みを渡すと、中身を見て藤丸が呟いた。

「……これ……シロツメクサ……」

波多野は万太郎に、その名の由来を教えた。

「昔、外国からの荷物に割れ物があるとき、この草がよく詰められていたそうです」

詰め物にするからシロツメクサ、というわけだ。

「なるほどのう、面白い和名じゃき！　牛らあがそりゃあうまそうに食《は》んじょりましたき、きっと相当にうまいがと思います。見たところマメ科のようですきね」

「あの、俺は別に――」

草は食べないと言いかけた藤丸に、万太郎が笑顔を向けた。

「ウサギにどうぞ」

ほがらかな万太郎を見ていると、藤丸の心も和らいできた。

「……マメ科なら――うまそうです……あげてみます」

そこに、画工の野宮がやって来た。

「あれ、君ら三限いいの？」

波多野たちは慌てて講義室に向かった。去り際、藤丸は万太郎に声をかけていった。

「槙野さん！　ありがとうございます！」

「頑張ってください！」

二人が去ると、野宮が万太郎に話しかけてきた。

「うまくやってるじゃないですか。これで、ひとまず安泰じゃないですか？　教授の役に立つうちは、ここにいられますから」

「あの……野宮さん。わし、教授の役に立つために、ここにおるわけでは……」

「いいんですよ、本音は。――私だって植物のことは分かりませんから」

「え？　植物画を描かれているのに？」

「生活のためですよ。描けば給金をいただける。描けと指定されたものを描くだけです」

「描けゆうもんを描くとゆうても、簡単ではありませんろう。これは、わしが昨夜描いたもんですけんど」

万太郎は鞄から帳面を出し、竹雄を描いたページを開いた。とたんに、野宮に異変が起きた。

「――フヒッ……ヒヒ……ゲフ、ゲフン」

せきばらいでごまかしているが、笑いをこらえているのは明らかだ。

「……すいません、最低ですね――最低だ！」

万太郎がギョッとすると、野宮が慌てて付け加えた。

「いや、ここへ来るまで福井の中学校で図画教師をしていたんですが、生徒にひとの絵を笑うなとあれほど！」

だが植物画を目にすると野宮の態度が一変した。万太郎の画力に野宮は絶句し、自分の帳面を手渡してきた。万太郎がページをめくると、そこには人物や静物が描かれていた。

「さすがは先生ですき……お上手じゃあ……」

植物画のページで、万太郎の手が止まった。

「――この陰影……」

「陰影をつけるのは、西洋画のやり方です。教授が好む植物画はコーネル大学のものですから。私は教授に引き抜かれました。中学を視察にきた教授が廊下に飾ってあった私の西洋画を見てくださったからです。東京に呼んでくださったおかげで、もっと学べるようになった。給金のおかげで、父と子も養える」

野宮は万太郎を見つめると、最後にこう言った。

「絵を笑ったお詫びに一つ。この教室では植物を愛することよりも、もっと大事なことがある。……逆らってはいけませんよ」

野宮は万太郎に背を向け仕事を再開した。万太郎の胸には、激しい違和感が湧きおこっていた。

ある日、実験室で検定作業を行っていた万太郎は、大窪から意外な指示を受けた。検定を行って収蔵するのは「完全な標本」だけでよいというのだ。完全な標本とは何かといえば、花も果実もついた、検定に重要な性質をすべて兼ね備えた標本のことだという。日本で唯一の植物学教室においては、収蔵する標本も一級品でなくてはならないというのが、田邊の意向だった。

完全ではない標本はまとめて捨てると波多野から聞いて、万太郎は唖然とした。

「完全な標本でなければ検定もできないからな」

大窪はそう言うが、万太郎は納得できず、植物の一部分や葉だけの標本を見せて反論した。

「――できますがのう。これは托葉《たくよう》が櫛《くし》状じゃきタチツボスミレでしょう？　こっちはコスミレ。これはツボスミレ……ちゃんと学名も書いて一緒に収蔵したほうが」

「勝手な真似はするな！　こんな不完全な標本で、検定があっているとどうやって明かす？」

「わし、このコスミレもツボスミレも横倉山でよう見かけちょりました。見間違えたりしませ
ん」

そこに用務員が来客だと知らせに来て、大窪は出ていった。

「……うーん、ほんでものう……名前が分かるもんは書いちょっても……」

万太郎がつぶやくと、藤丸が口を開いた。

「いいと思います。俺たちじゃ、植物の一部だけを見て検定するなんてとてもできませんから」

波多野も賛同してくれて、万太郎の顔がほころんだ。

「花や果実がついてのうても、こんなにかわいいですき」

「教授はそうは思わないでしょうが。教授は美しいものがお好きで――美しいとは、完全なもの
だけを指すそうですよ」

藤丸の言葉に万太郎が目を丸くすると、波多野も田邊について語り出した。

「教授は、日本でただひとり海外で植物学を学んでこられた方ですが、海外留学者にはお役目が
色々あるようで」

田邊は今、西洋風の詩やローマ字の普及に取り組んでいるのだという。

「それから、今はなんと言っても鹿鳴館。来年開館予定の、外国の賓客をもてなすところなんですが、田邊教授は井上《いのうえ》外務卿から頼りにされて、何かと相談事に呼ばれているんです」

ならば植物学については助教授の徳永が中心になっているのかと言えば、徳永はもともと法学部で、成り行きで田邊の下に就くことになったのだという。

「英語ができなくて開成学校を退学されたそうで。その頃ちょうど田邊教授が留学から帰ってきて、植物学の教授に就任されることになって。教え子だった縁で、徳永助教授に声をかけられたそうです」

つまり元々は、植物学に縁もゆかりも、興味もなかったということだ。

「内緒ですよ。俺らも先輩から聞いたんで」

藤丸は万太郎に念を押した。

「ただ居場所という意味じゃ、教授と違って、徳永助教授はここだけですからね。まあ——ご熱心ですよ」

「……なるほど……」

早朝から働きづめだった万太郎は、夕方くたくたになって青長屋を後にした。帰宅前に白梅堂に寄ると、寿恵子が笑顔で迎えてくれた。

「槙野さん！　いらっしゃいませ！　お待ちしてたんですよ」

「待っちょった？　わしを？」

「あ、文太さん、ちょうど作ってるかも。あの——お待ちください！」

店の奥に向かった寿恵子を待つ間に万太郎は、寿恵子にあげた牡丹の絵が飾られているのに気付いた。

「槙野さん、今、文太さんが五〇個作ってて……一つもらって来ちゃいました！」

寿恵子は、牡丹の葉を模した上生菓子を見せてきた。ヨモギ入りの練り切りで餡を巻いてあり、形も、細かく刻まれた葉脈も、本物の葉のようだ。文太は万太郎の絵を手本にして、この美しい菓子を完成させた。

「こりゃあっ……なんッてすてきな菓子じゃろう！　こんな菓子があったら、誰もが葉っぱを好きになってしまいますのう！」

「葉っぱを？　菓子じゃなくて？」

「なんと腕のえい職人さんがおられるがか！　牡丹の葉は、まさにこれじゃき。おおらかにギザギザして、先が三つに分かれちゅう。なによりこの、ツヤがあるところがそっくりじゃあ！」

感激した万太郎は、帳面と矢立を取り出してツボスミレやドクダミの葉を描いて見せた。

「いちばんわしが大好きながは、牡丹の葉と同じく、ギザギザして先が割れちゅうがじゃけんど、この葉は五葉《ごよう》がひとところから出ちゅうがです。この葉っぱだけでも愛らしいのに、ここからスッキリ茎が伸びて、白い小さい花が咲く。そりゃあもうかわいらしい花ながです」

言いながら万太郎は、花の部分も描いていく。

「なんて花ですか」

「バイカオウレン。春先に、この子らあが一面咲いちゅうがを見ると、まるで光の粒がキラキラしゆうようです。元はとゆうたら、わしは、この花の名前が知りとうて植物を――」

亡き母が愛した花のことを語るうちに涙がこみ上げ、万太郎は言葉に詰まった。

「……すまんです……ベラベラと。寿恵子さんにはどうも……話しすぎてしまうき」

「いえ。……槙野さんのお話は楽しいです。——大事な花なんですね。見てみたい」

「……亡《の》うなった母が、好きな花で」

「そう……なんですね。絵を描いてくださらなければ、私はずうっとこんなかわいい花がこの世にあるってことも知らないままでした。——ほんとにかわいい」

寿恵子はバイカオウレンの絵にそっと触れて微笑んだ。その姿を見て、万太郎は天啓を受けた気がした。

「わし今——ものすごいことを、こう……上手《うも》う言えんけど……そう……そうながです！」

話が見えず寿恵子が戸惑っていると、万太郎は突然、寿恵子の両手を取って握りしめた。

「あっ、えっ⁈」

「——見つけた。寿恵子さん！　わし、この日本にどればあの種類の植物があるか。まだ名前がつけられちゃあせん草花の、本当の素性を明かして、名付け親になりたいと思うちょりました。けんどそれじゃ足らん。こうして、バイカオウレンの絵と文があったら、花を見たことのない人にも知ってもらえる。見かけたことがある人には、もっとよう知ってもらえます！」

「そ、そうですね」

「そうゆう本があったら……亡うなった母も、この花はバイカオウレンゆうがじゃと分かったがです。ほんじゃき、わし、この日本国じゅうの草花を全部明らかにして、名付け親になって、それを絵と文にするがです。いくら解き明かしたち、わし一人だけ知っちょったち、なんちゃあなりませんき。——日本じゅうの草花を絵と文で伝えていく。そうじゃ、図鑑にするがじゃ」

「そんな……そんなの……草花はたくさんありますし、気が遠くなります」

「ほうですのう！　やってもやってても追いつかん！　わしの一生を賭けたら成し遂げられるがじゃろうか」

「一生……?!」

「ありがとうございます！　わしの一生を賭ける仕事——わしの植物学を、たった今見つけましたき！　寿恵子さん、あなたがくれたがじゃ！」

もう一度寿恵子の手を握りしめると、万太郎は表に駆け出していった。夕日で金色に輝く道を走りながら、万太郎は叫んだ。

「そうじゃ！　わしの植物学！　大学も教授も関係ない。一生を賭ける、わしの植物学じゃ！」


その後万太郎は、藤丸と波多野を牛鍋屋「牛若」に誘った。同じく東大生の丈之助も交えて四人で鍋を囲むと、波多野は、万太郎が来たことで自分たちも変わったと話し出した。

「植物学がどういうものか、胆が据わったというか。俺たちが今、この国の植物学を始めるんだと」

すると丈之助が興奮して叫び出した。

「分かる！　分かるよお！　そうなんだよ、俺たちこそが最初の一人なんだよね」

文学部の〝二度目の三年生〟である丈之助は、小説の改革を目指しているのだという。いつまでも「候文《そうろうぶん》」を用いているようでは、西洋の文学のように人間の心情を生々しく描くことはできないと丈之助が一席ぶつと、藤丸と波多野も各々の目標を語った。

「茸の研究がしたくて。だってキノコすごいじゃないですか。根も葉も枝も茎も花も実もない！なのに植物なんです。菌類全般やりたくて。たとえばカビと細菌の違いとか」

「俺は、さらにもっと見えないものをやりたくて。たとえば、変わりものの朝顔が流行《はや》ったことがあったでしょう？　あれは掛け合わせで作るんですが、きっとその特徴を司る何かがあるはずなんです。その仕組みが分かれば、望み通りの品種も作れるようになるんじゃないかと」

万太郎たちが感心していると、波多野は、日本中の植物を明らかにしようという万太郎こそすごいと言った。とはいえ、日本人で新種の植物の名付け親になった者はまだおらず、何から手を付ければよいのか万太郎自身、見当もつかない。

それを聞くと丈之助は、研究内容や植物学とは何かを伝える場を作ってはどうかと提案した。

「これ！　俺も掲載を目指してるんだけどね」

丈之助は、文学雑誌を見せてきた。

「——雑誌……？　植物学の雑誌ですか！　えいですね！　わし、ちょうど出版物をどうしたら出せるがか知りたいところやったがじゃ！　雑誌ならその練習になる。丈之助さん天才ですき！」

藤丸と波多野も賛同して大いに盛り上がった。だが実現した場合、掲載する原稿は植物学教室の標本や資料を使って書くことになる。

「……ほうか。許しを得んといかんがですね。まずは、田邊教授がなんと言われるか——」

その頃、寿恵子は元薩摩藩士の新興実業家・高藤雅修《たかとうまさなり》の屋敷を訪ねていた。一代で財を成した高藤の豪奢な邸宅には、社交用のサロンがある。この日は政府高官の佐伯遼太郎《さえきりょうたろう》、管弦楽協会理事の那須川正宗《なすかわまさむね》、そして田邊が集まり、高藤と共に鹿鳴館開館に向けての話し合いを行っていた。

そこに寿恵子が白梅堂の菓子を届けに来た。よそゆきの着物で来た寿恵子はサロンに招き入れられ、田邊に菓子折を渡した。

「根津の菓子屋『白梅堂』の者にございます。本日は『巳佐登』からのご注文で、菓子をお届けに参りました」

「巳佐登」は、みえが営む料亭だ。みえはまつの反対を押し切ってでも寿恵子を鹿鳴館に行かせようとしており、菓子を届けさせることで田邊らと寿恵子が対面する機会を作ったのだ。

「女将《おかみ》から舞踏練習会のことは聞いていますか」

佐伯が寿恵子に尋ねてきた。寿恵子が来ることを、事前にみえから聞いていたのだ。

「伺いました。……それに、西洋の音楽も、たいそう美しいものだと……」

高藤も田邊も佐伯も、寿恵子が適任か見定めようとしている。その視線に、寿恵子は戸惑った。

「あ……わたくしはこれで。失礼いたします」

サロンを辞して玄関に向かう間も、寿恵子は別世界にいる気分だった。屋敷の中の物はすべてが珍しく、美しい。ティーセットを運ぶ西洋人女性とすれ違うと、香水と紅茶の香りがして、寿恵子は夢心地になった。

そこに、高藤が寿恵子を追いかけてきた。

「あの！　お待ちください」

ある日、万太郎が実験室で植物画を描いていると、藤丸と波多野が駆けこんできた。

「これ、見てください！　すごいんですよ」

万太郎が採ってきたシロツメクサを中庭に植えたところ、一つだけ四つ葉のものが生えてきたという。藤丸たちがコップに入れてきた四つ葉のシロツメクサを見て、万太郎は声を上げた。

「ふわぁ！　きれいな四つ葉ですのう！　こりゃあかわいい」

三人で盛り上がっているところに、田邊が本を取りに入ってきた。

「……それは？」

田邊が目を留めたのは、万太郎が机に並べていた標本だ。田邊が言う「不完全な標本」だが、万太郎が検定をして、学名を書きこんでいた。

「不完全な標本は、この教室には不要だ。こんなものは」

捨てるようにと田邊は言いかけたが、万太郎がさえぎった。

「美しいですき。……花や果実は植物の盛りですが、それだけが美しいわけじゃありません。硬うて小さい種から、芽生えて、伸びて、どんどん変わっていく。どういてそうなるがか、植物はいつでも不思議で……美しいですき」

万太郎は、描いたばかりの植物画を見せた。そこに万太郎は、一つの植物の成長過程をすべて描いていた。

「未検定の棚に、発芽のころの標本もありましたき、おかげで、植物の一生が見渡せました」

一枚の絵の中に植物の一生を描いたものは、田邊ですら見たことがなかった。万太郎が、植物画の新境地を開いたのだ。

「教授。……標本は捨てんでもえいがでしょうか」

食い入るように万太郎の絵を見つめていた田邊が口を開く。

「Mr. Makino, can I have this painting?」（この絵を私にくれないか？）

「Of course, you can.（もちろんです）……教授、標本は」

「ああ……」

希望を認めてもらえて万太郎が喜んでいると、田邊は、シロツメクサの四つ葉に目を留めた。

「なぜここに？」

藤丸がおずおずと答える。

「あ……四つ葉でしたので……珍しくて」

「……さほど珍しくはない。だが、外国では幸運のシンボルとされていた。四つ葉はクロス――十字架に通ずる。The four leaves are symbolic of good fortune. From God, you see?」（四つ葉は神が幸運をもたらしてくれる証だ）

そう言い残して田邊は去った。

田邊がいなくなると、藤丸たちは万太郎に一緒に植物採集に連れていってほしいと言い出した。

「一緒に植物採集！　夢みたいじゃ。すぐ行きましょう！」

すぐには無理だと笑う二人とはしゃぎ合いながら、万太郎は思った。四つ葉のシロツメクサが、孤独だった自分に幸運をもたらしてくれたのだと。

第9章　ヒルムシロ

　日本中の植物の名を明かして植物図鑑を作るという壮大な夢を見つけた万太郎は、研究室での標本検定に一層熱心に取り組むようになった。また、図鑑の発行につながる第一歩として、藤丸、波多野と共に植物学雑誌の創刊を目指すことも決めたが、それにはまず田邊の許可が必要だ。万太郎はすぐにでも田邊に話を持ちかけたかったが、藤丸と波多野は慎重だった。一度田邊が駄目だと言えば、その答えが覆ることは決してない。焦らず、田邊の機嫌のよいときを狙って話すべきだと説き伏せられ、万太郎ははやる気持ちをこらえていた。

　寿恵子は、近ごろ万太郎が白梅堂に現れないことを寂しく思っていた。連日遅くまで実験室で検定作業をしているからなのだが、寿恵子はそれを知る由もない。

　そんな折、寿恵子は高藤の屋敷に招かれた。サロンに入ると、高藤が自ら椅子を引いて寿恵子を座らせた。恐縮した寿恵子が、出された紅茶に恐る恐る口をつけると、高藤は本題に入った。

「先日もお伝えしましたが、正式に、あなたに舞踏練習会にご参加いただきたいと思いまして」

「……重ねてお召しをいただき……身に余る光栄と存じます。ですが、先日も申し上げましたが、元より不相応でございます。わたくしは、根津の菓子屋の娘ですから」

「そいだけ？　もしかして、お父上が亡くなったことと関わりが？」

思いもよらない言葉に、寿恵子は息をのんだ。

「少し、調べさせました。あなたのお父上は彦根侯の御家臣であられたが、御一新の後に陸軍に入られたのですね。陸軍はフランス式の軍隊を作ろうとしていた。乗馬も、こいままでの日本の乗り方とは逆に、西洋式に左側から乗るように命じられ、お父上は——落馬が元でお亡くなりになった。言ってみれば、西洋のやり方がお父上を殺した。あなたも、西洋を憎んでいるのですか」

「——いいえ。……わたくしは、父が無理やりに押しつけられて亡くなったのだとは思いたくありません。父は……生前、私によく本を読んでくれていました。冒険や困難に向かう話を好んでいて……それに父は、昔から馬が好きでした。乗馬もよくしておりました。その分、新しいやり方を試すなら、まず自分からという思いもあったのだと思います。父は——ただきっと、西洋のやり方に挑もうとしたのだと思います」

「……あいがとう。よく分かりました。寿恵子さん。やはり私は、あなたに舞踏練習会に参加していただきたい。私たちはないも、外国人をもてなすために踊るのではない。そんなことは目的ではない。ただの手段です。西洋のやり方をまねることで、日本が何を手に入れてゆくのか。真の目的はまだまだ遠いが、だからこそ、共に歩ける、勇気あるご婦人が必要なのです」

断らなくてはと思いながら、寿恵子は高藤の言葉に引き込まれてしまう。

高藤は、クララ・ローレンスというアメリカ人女性を呼び、寿恵子に引き合わせた。

「Hello. Nice to see you again.」（またお会いしましたね）

初めて高藤邸を訪ねた際、寿恵子はクララとすれ違っていた。高藤によるとクララは、宣教師だった夫を亡くしており、夫の遺志を継いで単身来日したという。

「私たちに、西洋の文化、音楽とダンスを教えてくださいます」

クララの明るい笑顔に寿恵子がくぎ付けになっていると、高藤が尋ねてきた。

「どうです？　寿恵子さん。ドレスを着てみませんか？」

高藤はサロンから出ていき、寿恵子のドレスを誂えるための採寸が始まった。クララは女中に手伝わせて、寿恵子の腕の長さや肩幅を測っていく。続いて胸囲や胴回りを測るために、寿恵子の帯を女中に外させようとした。

「アッ、ちょっ……そのっ……」

抵抗する寿恵子を見ると、クララは社交ダンスのホールドポジションをとって見せた。

「This is how we dance. It's much easier to move in a dress.」（これがダンスよ。ドレスのほうがずっと動きやすいの）

クララは大きく一歩踏み出し、踊り始めた。音楽もなく、男性パートナーもいなくとも、その姿は優美でりりしくもあり、踊る楽しさが表情にあふれている。寿恵子が見ほれていると、クララが手を差し出してきた。

「Sueko. Lesson 1: It's important that you move freely and have fun.」（レッスン1、心ゆくまで動けることを楽しんで）

言葉は分からないが、寿恵子の胸は震えた。こんな女性になりたいという願いが込み上げ、自然にクララの手を取った。

「よろしくお願いします。クララ先生」

心を決めた寿恵子は、自ら帯を解き始めた。


万太郎は、植物雑誌の創刊について話し合おうと、波多野と藤丸を自宅に招いた。勝手に上がり込んでいた丈之助も交えて構想を練っていると、資金はどうするのかという話になった。そこに仕事を終えた竹雄が帰宅し、万太郎は波多野たちを紹介した。

「若のお友達でございますか！　それはそれは……若がたいへんお世話になっちょります」

竹雄が丁重に挨拶すると、波多野たちも居住まいを正した。それを見て、丈之助が言う。

「なるほどぉ。金は万さんの実家に出してもらやあいいか。ご実家、太いんだし」

万太郎の実家が土佐の造り酒屋だと知ると、藤丸が驚きの声を上げた。藤丸の家は、千住《せんじゅ》の酒問屋だと言うのだ。

「だったら――ご実家は今、大変なんじゃないか？　うちの父は言ってる。この先、日本中の酒蔵が軒並み潰れていくんじゃないかって。政府が酒屋にしがみつくからさ」

万太郎は驚き、どういうことかと竹雄に真顔で問いかけた。

「――ここ数年、酒に掛かる税金が年々高うなっちょりまして」

西南戦争以来、国の財政は傾き、地租改正も順調には進んでいない。丈之助と波多野は、政府はその穴を酒への課税で埋めようとしているのだろうと言う。

「けんど、決まった額を払うたらえいだけじゃろう？　うちは、なんちゃあ心配ないじゃろう？」

一瞬の間があったが、竹雄は万太郎に笑顔を見せた。

「あるわけないですき。峰屋は土佐イチの酒蔵ですきね！　税金ごときで潰れません。皆さんの勉学に要りようなもんなら、ドンとお申し付けください。――心配ご無用です。若」

不安を拭いきれないまま、万太郎は頷いた。


その後も万太郎は、田邊に雑誌創刊の話をする時機をうかがっていた。ある日の夕方、教授室に郵便物を届けに行った万太郎は、自分が描いた植物画が置いてあるのに気付いた。

「――植物画、お気に召していただけて」

だが田邊は万太郎を一瞥もせず、黙って仕事を続けている。会話の糸口を見つけようと、植物の話や、羅馬《ローマ》字運動の話もしてみたが、田邊は乗ってこない。諦めて出て行こうとしたとき、田邊のヴァイオリンが目に入った。

「……西洋の音楽も、日本とは違いますろうか？」

すると田邊の仕事の手が止まった。そこで万太郎は、以前丈之助から聞いた話を持ち出した。

「ゆ、友人が、シェークスピヤゆう作家は、日本の勧善懲悪とは違うて、この、生身の人間をそのまま書こうとしゆうと申しちょりました。音楽もそうながでしょうか」

「――Are you interested?」（興味があるのか）

「はい！　野宮さんと西洋の植物画を眺めましたけんど、日本とは影の付け方がまるで違いましたき。あれも、この目で見た、肉眼での見え方ながでしょうか？」

「いい着眼だ。人間の心や身体への探求。それが、西洋の芸術の根幹にあると私は考えている。音楽においても。……週末に室内演奏会を開く。聴きにくるか？　学生として同伴してもいい」

「ありがとうございます！　ぜひ伺わせてください！　失礼いたします！」

田邊は単なる気まぐれで誘ったのだろう。だがともかく、ふだんは会話もままならない田邊と、初めて一緒に出かける機会を得た。音楽会で機嫌がよくなったところで雑誌の件を切り出せば、きっとうまく行くと信じて、万太郎は意気込んだ。


その日も帰りが遅くなり、長屋に着くと、竹雄が夕飯の支度を終えたところだった。

「若、おかえりなさい。峰屋から手紙が届いちょりますよ！」

封を開けると、懐かしい綾の文字で、こう書かれていた。

『拝啓。万太郎、お手紙ありがとう存じます。おばぁちゃんも私も、峰屋の皆も、息災にございます。おまんが大学の研究室に出入りを許されたこと、おばぁちゃんも大層お喜びでした。万太郎。どうぞ謙虚に、まわりの方々に感謝して、明日も研究に励んでください。体に気をつけて』

読み終えたとたんに万太郎は、押し入れを開けて「峰乃月」を探しはじめた。

「倉木さんのところへ持っていく。――明日は丸一日、倉木さんを雇おうと思う」

一日大学を休み、倉木に東京中を案内してもらうというのだ。雑誌を創刊するとなれば、万太郎も寄稿する内容を考えなくてはならない。そこで、何か新しいものと出会いたいと考えたのだ。

「これも峰屋のためじゃき」

「……どういて峰屋のためになるがです？」

「なんぼ政府が酒屋から金を絞ったち、それで国の力を外国に示せるわけじゃない。それよりは、わしら植物学者が雑誌で世界の度肝を抜いちゃるほうが、はるかに国の力を示せるき。ほんなら政府はばからしゅうなるじゃろう？」

日本初の植物学の雑誌を出せば、外国の学者も取り寄せて読むだろうと万太郎は考えている。自分たちの力と、植物学の未来を信じ抜いているのだ。熱い思いを感じ取り、竹雄は笑顔になった。

「若はほんとに……。……なんちゅうとこを探しゅうがですか。酒ならここですき！」

竹雄が台所から酒瓶を持ってくると、万太郎も笑い出した。

「なんじゃあ。早う出せ！」


寿恵子が舞踏練習会への参加を了承して以来、まつは機嫌が悪かった。

「まだ怒ってるの？　……高藤さまからのお申し出を断るなんてできないでしょう？」

寿恵子が言うと、まつはそのとおりだと答えるのだが、納得していないのは明らかだった。

「行くのはいいけど、おとっつぁんに顔向けできないようなまねはしないでね」

それ以上のことをまつは言わなかったが、文太の前では、切実な思いを語った。

「うちはもう、西村の奥様や本宅とはきれいに手を切りましたからね。最後は、この身一つを頼りにやっていくしかない。だからさ。殿様だろうが金持ちだろうが、男にすがって生きるような娘にだけは、したくないんだよ」

「……それは、お嬢さんにも伝わっていると思いますよ。あなたがそうなんですから」

倉木に案内を頼んだ万太郎は、早朝まだ暗いうちから出かけ、夜になっても帰らなかった。りんと竹雄、えいと子どもたちは長屋の木戸の前で二人の帰りを待った。

「こんなに遅いらあゆうて……若が倒れたがかもしれません」

竹雄が心配して医者を呼びに行こうとするので、りんが慌てて引き留めた。

「ちょ、待ちなよ、あのねえ、竹ちゃん。私らから見たら、万さん、とっても丈夫なお人だよ」

えいも、りんに同意した。

「毎日夜明けから東京中歩いて、そのまま大学行って研究なさって。それから夜更けまで、草を干したり本を読んだり。いつ寝てるのかも分からないのに、ニコニコしてて。うちの人とね、槙野さんは、なんて丈夫なお人だろうって話してたんですよ」

そこに、当の万太郎が倉木と共に帰ってきた。二人とも胴乱を提げ、標本作りに使う野冊《やさつ》を抱えている。どちらの胴乱からも、収まりきらない植物がはみ出していた。

「おーい、ただ今、帰りましたき！」

体に付いたヤブジラミの実を倉木と取り合って、万太郎は楽しそうにしている。自分の気付かぬうちに万太郎はたくましく成長したのだと、竹雄は痛感した。

帰宅するとすぐに万太郎は、採集してきた水草を桶に張った水に入れた。

「今日は葛飾《かつしか》の小合溜井《こあいためい》ゆう沼地まで行っちょってのう。この子は、沼の底に根を張って、葉っぱが水に浮いちょった。浮いちゅう葉は楕円形で水の中に沈んじゅう葉は細いがじゃ」

万太郎は竹雄にそう話して聞かせた。桶の中でも、楕円形の葉がプカリと浮いている。

「浮いた葉が水面《みなも》をビッシリ覆っちょって、ちぃこい、いかだのようじゃった」

土佐で採集してきた水草と付き合わせてみようと万太郎は思った。


その後は、長屋の面々と表で月見をしながら峰乃月を飲んだ。井戸端で酒を酌み交わし、持ち寄ったおかずを食べていると、ゆうが帰ってきた。

「賑やかかねえ。お月見？　三日月なのに」

小料理屋で働くゆうは客につき合って飲んできたためすでに酔っていたが、峰乃月を見て宴に加わった。皆が銘酒を堪能する中、万太郎だけは豪快に水を飲んでいる。その脇には水草を入れた桶があった。皆にも見せようと、部屋から持ってきたのだ。

「あれ、ヒルムシロ。なんでこんなとこに？」

ゆうの小声の呟きを、万太郎は聞き逃さなかった。

「おゆうさん！　おゆうさん今……！　今なんとおっしゃいましたか……」

興奮のあまり万太郎はゆうの肩をつかみ、唇が重なるかと思うほど接近した。

「なにすんじゃ！　破廉恥《はれんち》禁止じゃボケ！」

福治にどなられて、万太郎は我に返った。

「失礼しました！　今、おゆうさんが、この子の名を」

「知らないわよ、ヒルムシロって言っただけよ！　蛭《ひる》が乗っかるムシロみたいでしょ。うちの田舎じゃそう呼んでたから！」

「おゆうさんの田舎ゆうがはどこですろうか？」

ゆうはその問いに答えず、疲れたからと帰っていった。それを見送りながら、りんが呟く。

「……故郷のことはあんまり話したがらないのよねえ」


田邊に誘われた室内音楽会の会場は、高藤の屋敷だった。当日、万太郎は驚きの連続だった。立派な邸宅の外観に驚き、中に入れば華族や政府高官などが皆、田邊に挨拶をしてくる。サロンに入ればその豪華さに目を見張り、さまざまな品種のバラが飾られているのを見て感激した。

「ふわあ……！　なんてきれいながじゃ」

近づいてバラを観察していると、辺りがざわめき出した。見れば高藤が、妻を伴ってサロン内に入ってくる。和装で無表情な妻の後には、ドレス姿の若い娘の姿も見える。それが寿恵子だと気付いて、万太郎は息をのんだ。寿恵子のほうも部屋の隅にいる万太郎に気付いて仰天している。互いに、なぜ相手がここにいるのか見当もつかず、二人はただ見つめ合った。

寿恵子は高藤に促されて着席し、高藤も最前列の席に着いた。クララと弦楽奏者たちは演奏準備を始めたが、万太郎は立ったまま寿恵子を見つめていた。演奏の準備が整い拍手が起こったとき、寿恵子はそっと万太郎のほうを振り返った。それに応えて、万太郎はしっかりと頷いて見せた。

拍手が収まると、弦楽四重奏に合わせてクララがピアノを弾き、『The Last Rose of Summer』という曲を歌い始めた。演奏の間も万太郎は、寿恵子の横顔を見つめていた。ドレスを身にまとった寿恵子はまるで清楚な白い花のようで、着飾った人々の中でも、ひと際輝いて見えた。

音楽会の後は、サロンで懇親会が行われた。万太郎と寿恵子は視線で合図を送り合ってサロンから出ると、人目をかいくぐって別室に駆けこんだ。荒い息のまま二人は尋ね合う。

「なんでここに……！」

「槙野さんこそ！」

「わしは教授のおともで」

「私は舞踏のお稽古で……」

「舞踏の稽古?!　――ああ、ようけ聞きたいことがあるがじゃけんど、我慢できんき、まずえいですか。きれいじゃ。とてつもなく……こんな真っ白うてきれいな花があるじゃろうか。ニリンソウ――いや、違うき、清潔じゃけんどそれだけじゃない、もっと匂い立つような」

寿恵子は、万太郎の率直な褒め言葉に照れてしまい、話題を変えようとした。

「さ――さっきの曲も、すごくきれいでしたね。なんて歌ってるかは分かりませんでしたが」

「『The Last Rose of Summer』――夏の最後のバラと歌うちょりました。他のバラたちが枯れていって、最後に一輪だけバラが残っちゅう、そういう情景を歌うちょりました。けんどこの歌は景色の歌じゃない。きっと本当の意味がありますき。――『愛する者なくして、誰が、たった一人、生きられようか？』」

会話が途切れ、二人は見つめ合った。そこに、高藤が寿恵子を捜す声が聞こえてきた。

「隠れて！」

寿恵子がとっさに言うと、万太郎はついたてに身を隠した。

「寿恵子さん、捜しました。……ここで何を？」

「あ――疲れてしまって……一人になりたくて」

「そうですか。早く慣れてください。皆さんに紹介します。来てください」

エスコートしようと、高藤は寿恵子の腰に手をやった。その瞬間、ガタリと音がした。

「誰《だい》かおっとか？」

高藤がついたての向こうをのぞきかけた瞬間、寿恵子が声を上げた。

「アッ、アシがイタイ……？　イタタ」

「無理もない。かかとの高い靴に慣れていないのでしょう。見せてください」

高藤は床にひざまずき、寿恵子の足を自分の片膝に乗せた。突然足に触れられて寿恵子は驚きの声を上げたが、高藤は構わず寿恵子の靴と足を確かめた。

「赤くなってます。あとで冷やすものを」

そして膝から足を下ろすと、いきなり寿恵子の体を抱き上げた。

「ちょちょちょ――ちょおー!?　歩けます！　下ろしてください！　皆に見られます！」

「サロンの手前で下ろします」

「見ないでください！　……見ないで！」

去り際の寿恵子の言葉は万太郎に向けられていた。しかし、恥ずかしさのあまり顔を見られまいとする寿恵子の姿は、万太郎の目には、自ら高藤にしがみついているようにも見えた。

呆然としたまま万太郎がサロンに戻ろうとすると、田邊が政府高官の佐伯らと談笑していた。

「ああ、どこへ行っていた？　西洋の音楽は美しかったろう？」

「はい。まっこと美しゅうて……胸が……痛い。愛しさとは、苦しいもんですね」

「あの英語の歌から、そこまで主題を読み取れるとは、さすがあなたの教え子だ」

万太郎の心の内も知らず、佐伯はそんなふうに万太郎を褒めた。

「教授。わたくしは今、教室の学生たちと、植物学の雑誌を作りたいと話しゆうがですが」

「すばらしい！　学生が自らそんな申し出を！　あなたの教室は実に向上心に富んでいる」

佐伯の称賛に、田邊は気をよくした様子だった。

「ちょうど今年、植物学の学会を発足させたのだよ。だがまだ活動はしておらず、機関誌もない。いい機会だから、君たちが作ろうとしている雑誌、それを植物学会の学会誌とすればいいだろう」

「ありがとうございます」

その後も田邊と佐伯は話し続けていたが、万太郎は一人、高藤邸を後にした。


週が明け、万太郎は雑誌創刊の許可を得たことを藤丸と波多野に報告した。実験室で三人が盛り上がっていると、田邊から雑誌の件を聞いた大窪が息を切らして駆けこんできた。

「貴様……っ、植物学会で学会誌を創刊するだと?!　事務局長は俺なんだ！　なんでお前が教授に直談判する?!　俺には講義もあるし、教授らの雑務もある！　なのに学会誌?!」

つまり、勝手に自分の仕事を増やすなと大窪は怒っているのだ。

「雑誌を作る一切はわしらがやります。大窪さんにお願いしたいがは、わしらの監督と、雑誌にかかる費用です。学会誌として出すがですから、経費は学会でご負担いただきたいがですけんど」

「……金は、まあそうだろうが――いや、そもそもおまえが雑誌を仕切るとはどういうことだ！」

「そりゃあ、わしがいちばん自由ですきのう！　時間のある人間が働く。あたりまえのことです」

「……つまり……恩返しか？　小学校中退の身で、ここに出入りさせてもらっている。その多大な恩を、おまえなりに労働で返そうということか？」

「違います。そのご恩は大きすぎて、労働で返しきれるものではありません。わしの一生を植物学に捧げることで、お返ししていこうと思うちょりますき」

先ほどまでどなり散らしていた大窪の心に、万太郎の言葉が沁み入っていく。

「……槙野……おまえ……」

「わしはもちろん、無償で働きます。編集人にわしの名前を出していただくこともありません。ほんじゃき大窪さん、わしらの監督と資金の調達、お願いできませんろうか。ほうじゃ、あと巻頭のお言葉。学会の雑誌ですき、事務局長からいただかんと」

「お、俺でいいのか?!」

「教授から編集はわしが任されましたき、わしは大窪さんがふさわしいと」

「ま……まあ……俺がふさわしいと言えなくもない。だが、恥ずかしい雑誌の巻頭は死んでもご免だ。まさか手書きの写本じゃないだろうな？」

「部数が多いですき、活版印刷で刷ろうと思うちょります。それから植物画については、近頃できちゅう石版印刷ゆうがを試してみたいと思います！　監督、よろしゅうに願います」

「よし分かった！　学会誌！　しっかりやれい！　徳永助教授には俺から話しておく」

そう言って去っていったかと思いきや、大窪はすぐに戻ってきた。

「おいッ！　原稿の期限はいつだ？」


雑誌の件は順調に動き出したが、万太郎は覇気がなかった。大学にも行かず、長屋の井戸端でヒルムシロの浮き葉にヤブジラミの実を乗せて眺めていると、りんが声をかけてきた。

「暗いよ万さん、どうしたのさ。具合悪いの？」

「これまでは、草花の研究を始めたら、それっきり、他のことは全部掻き消えました。そうじゃに今はどういても頭から消えんことがあるがです」

万太郎らしくもないことを言っているのを聞いて、洗濯物を干していたえいも近づいてきた。

「……かわいらしい、花のような人がおるがです。わしが見つけた人ながです。けんど……男に抱えられて……違います！　あの人の本意じゃないがです！　けんど見てしまったもんはしょうがないがじゃ！　このこと、頭の中から追い払うにはどういたらえいがでしょうか！」

りんもえいも、じっくり話をしようと腰かけ、顔を洗いに来たゆうも口を挟んできた。

「――万さん、恋してるんだ？」

「これは、そんなきれいなもんじゃないがです。恋ならわし、毎日、いつじゃちしちょります。どんな草花にも恋しちゅう。恋は明るうて浮き立つもんじゃき。けんど今は、どんどん黒いもんが湧いてくるがです。あの人のことまで、なじりとうなる。傷つけとうなる。本当は今、やることがあるがです。それやのに、心がついてこん。そういう自分が許せんがです」

「認めるしかないんじゃない？」

そう告げたのは、ゆうだ。

「万さんに、それほど好きなお人が――草花よりも好きなお人ができたんだって。草花は逃げやしないんだもの。なら今は、心のほうに従ったら？」

「けんどわし、草花のために佐川を出てきたがです。おばぁちゃんを裏切ってまで――脇道にそれちゅう暇はないがです」

「じゃあ、その間に槙野さんのかわいいお人が、別の人にさらわれても構わない？」

えいの問いかけに、万太郎は答えられない。心は嫌だとはっきり訴えている。だが万太郎の理性が、思いを言葉にすることを許さない。そんな万太郎の葛藤を見抜いたように、ゆうが語る。

「……あのね、どんなに柱に縛り付けられても、心は言うこときかないものよ。私もそうだった。――私、能登《のと》の生まれなんだけどね。沼がいっぱいあって、鳥も渡ってくるところだったよ」

ゆうが長屋の住人にこんな話をするのは初めてのことだ。

「名主《なぬし》の息子がずうっと好きだった。でもその息子は隣村の名主の娘を嫁にとることが決まってたんだよ。そんなのダメでしょう？　どう考えたって、諦めるべきだよ。なのに、自分から……鳥を見に行こうって誘っちまった。心から願って、思いを遂げたよ。一度っきり。それから名主の息子には嫁さまが来て。つらくてねえ、村を捨てて、こっちに出てきた。最初は茶屋で働いたんだけど、すぐに薬種問屋に見初められて」

ゆうは薬種問屋に嫁いで子どもも産んだが、夫の心変わりで離縁されたという。

「子どもだけは跡継ぎだからって取りあげられたよ。いっそ……ホントの父親を打ち明けちまおうかと思ったけど、薬種問屋の跡継ぎで、みんなから大事に――大事にされていくならね」

「――悔いて、ないがですか。その、たった一度の思いを封じ込めちょったら、おゆうさんは今も、故郷の村で過ごせちょったかもしれん」

「悔いてないよ。たとえどんなにつらい思いしようとも――私はきっとあの人をヒルムシロの沼辺に誘う」

「……巡り会ってしまったんですものね」

えいがそう言って、倉木との出会いを語り始めた。

「私も――あの上野の戦の夜……うちのひとが血まみれで逃げ込んでこなければ……侍と夫婦になるなんて、ありえませんでした」

上野戦争の夜、彰義隊《しょうぎたい》の一員だった倉木をかくまうのは危険なことだった。しかし、その夜のえいはうれしかったのだと言う。彰義隊の行列で倉木を見かけたことがあり、見初めていたからだ。

「血まみれのあの人を介抱しながら、このケガがひどければいいなあって思ってました。ひどいケガなら、もう戦場に戻らないでいいでしょ。結局、それきり徳川様の世がなくなっちゃったけど」

えいは倉木にさえ話していない胸の内を万太郎のために語り、ゆうも、万太郎の背中を押した。

「万さん、誰かを好きになって――きれいなままでいようだなんて、ちゃんちゃらおかしいんだよ。自分の丸ごと全部で、その人のこと、好きなんだからさ」

それでもまだためらっている万太郎を、えいとりんが励ました。

「槙野さんに好きなものが増えたって、研究がおろそかになるわけじゃないでしょう？　もっと力が出るんじゃないですか」

「私はすごいと思うけどね。こんなに草花が好きなお人が人間のことで悩んでるんだよ？　そんなお相手、最初で最後かもしれないよ」

三人の言葉で、ようやく万太郎の心が決まった。

「――わし、行ってきます」


万太郎が向かった先は白梅堂だった。寿恵子は店におらず、まつによると帰りは夜になるとのことだった。

「ほんなら、ええと……菓子を……ここからここまで――ぜんぶ。あと、かるやきを」

まつは大量の注文に驚きながら、文太にかるやきを焼くよう頼みに行った。壁には、万太郎が贈った牡丹の絵が貼られている。戻ってきたまつは、万太郎が絵に触れているのを見て、この客が絵を描いたのだろうと察した。

「これを。渡しちょいてくださいませんか」

万太郎は鞄から数枚の絵を取り出してまつに渡した。そこには美しいバラが描かれている。

「あの歌の花です、とお伝えください」

「……きれいですねえ。……絵師でいらっしゃる？」

「いいえ。植物学者です」

そこに、かるやきを持って文太が入ってきた。

「寿恵子さんのお父上とお母上でいらっしゃいますか。……わしは、土佐から参りました槙野万太郎と申します。寿恵子さんに申し入れたい儀がございます。けんど、今はまだ、言えんがです」

文太は慌てふためいているが、まつのほうは動じず、菓子を包みながら答えた。

「……娘は十七です。ヨソ様からあれこれ話も来る年頃です。あなたさまがどんな方かは存じませんが、よいご縁があればお待ちすることはできませんよ」

「分かっちょります。わしは――わしにできるいちばんの速さでお嬢様を迎えに来たい。ほんじゃき、ここへはしばらく参りません。やるべきことがあります。それを放り出してしもうては、わしはわしではのうなります。それに、一刻を争う仕事ですき。この国で植物学を始めるゆう、大事な仕事です」

するとまつが菓子を包み終わり、万太郎の方に向き直った。

「――もう一度言いますが、娘は、あなたさまを待てなくても構いませんか」

「はい。わしは、全力で走ります。できるだけの速さで、まっすぐ走って、お嬢様を迎えに来ます。間に合わんかったら、ご縁がなかったもんときっぱり諦めます」

万太郎はまつから菓子を受け取って、代金を渡した。

「釣りは結構です。かるやきも、わざわざ焼いてくださって。……博覧会のときから大好物でした」

「……あなたさま、もしかしてカエルの国の若様？」

万太郎はニッコリと笑い、思いを込めてまつと文太に挨拶をした。

「これまでうまい菓子を、ようけ、ようけ、ありがとうございました！　わし、行きますき。さようなら」

万太郎が去った後、文太がつぶやいた。

「変わったお人でしたねえ」

「――うん。変わってる。けど、笑ってたねえ……」

第10章　ノアザミ

明治になると政府は大量の印刷物を刷り始め、伝統的な版木刷りに代わって、活字を使う活版《かっぱん》印刷が急速に広まった。万太郎も植物学会の学会誌は活版印刷で作るつもりだが、学会誌には植物画も載せなくてはならない。そこで注目したのが図版描写に優れた石版印刷だ。こちらも画期的な技術として話題を呼んでおり、万太郎は自分の目でその出来栄えを確かめることにした。

そのために訪ねたのが、神田にある大畑《おおはた》印刷所だ。上等な洋服を着て菓子折りを手に印刷所をおとずれ、工場主の大畑義平《ぎへい》に頼んで作業場に入れてもらった。

一歩足を踏み入れると、作業場は熱気にあふれていた。重い石版を扱うとあって、たくましい印刷工たちが汗とインクにまみれて作業している。印刷機の近くの作業机では、画工の岩下定春《いわしたさだはる》が石版に向かって筆を走らせていた。図案の下に転写用のコロンペーパーを挟み、石板に図を写しているのだ。万太郎は興味津々で近づこうとしたが、大畑に止められた。

「大事なとこなんで。手が震えたらコトですから」

岩下は若いころ、浮世絵の彫り師をしており、歌川国芳《うたがわくによし》の絵を彫ったこともあるという。

「あたしが引き抜いて錦絵《にしきえ》から石版に鞍替えしてもらいましてね。どこを見渡しても、原画を版に写すことにかけては、うちの画工にかなう者はおりません」

　岩下は転写を終えると、石版を印刷機に設置し始めた。万太郎はその後の作業も見たかったが、大畑から依頼内容を聞くと言われ、座敷に案内された。

　座敷に上がると、大畑の妻・イチが茶を出しに来た。イチは不愛想だったが、万太郎は気に留めず、石版で刷った印刷物が見たいと大畑に迫った。

「せっかちなお方だ。こちらが図案で──刷り上がりです」

　両方受け取ってしばらく凝視した後、万太郎は顔を上げた。

「ありがとうございます。拝見しました。──石版印刷が、絵を刷るのに合うちゅうことも、この方のすばらしさも、よう分かりました。木版印刷ではこうはいきません」

「そのとおり！　しかも石版は丈夫だ。一度版を作ったら、なんと三百枚刷れるんですよ！」

「大変に結構です。けんど、こちらの画工にお任せすることはできません。画工の方は図案を写してこの絵を描いちょられました。見てください。図案と線の太さが変わっちゅう」

「変わって……るうちに入りますかねコレが？　賭けてもいいが、これほどの出来栄えで印刷できるのはうちだけですよ？」

「すばらしい腕です……『図案を写す』ことにかけては」

「──お客さん。どうも、トゲのある言い方なさいますねえ……どんな依頼かもおっしゃらねえうちに、うちの画工は腕がねえと、そうおっしゃってるんですかい？」

大畑は懸命に怒りをこらえている様子だ。

「わしはただ、図案を写すことには限界があるがやと、そう申し上げました」

「なんだと⁈」

思わず声を荒げた大畑を落ち着かせようと、イチが肩をつかんだ。

「あんた！」

「うちの職人を、見下してくださってんじゃねえですよ」

「――依頼の内容を変えますき」

そう言って万太郎は座布団を外し、大畑のほうに向き直った。

「わしをこちらで働かせてもらえませんろうか。わしがお願いしたい図版は、線の太さや筆遣いを、描いたそのままに出してもらわんといきません。かくなる上は、わしが直接、石版に絵を描いて、自分で印刷できるようになろうと思いますき。こちらで働かせちゃってください」

「うちの画工が気に食わねえから、自分でやらせろって？　なめてんじゃねえぞこの野郎！」

「あんた！　呼吸ッ！」

「ハアッ、フウウッ――どこの世界にハイそうですかって教えてやる馬鹿がいるってんだチクショウめ！」

「おだまりッ！　お茶ッ」

大畑が茶を飲み、息を整えている間に、イチが万太郎に詫びた。

「失礼しました。この人、御一新前は火消しだったもので、血の気が多くて。ですが、そちら様もそちら様です。そう簡単にできないことだから、商売が成り立っているんです」

「――承知しちょります。働くと言うた以上、見習いから働かせていただく覚悟です。日中は、大学で研究がありますき、毎日夕方六時から夜中まで通わせてもろうてえいでしょうか。研究の図版ですき、どういても細かいところまで正確に、描いたままを印刷したいがです」

「けどねえ、こちらは、忙しいんですよ。手取り足取りお教えする暇なんかござんせんよ」

「分かっちょります。大事な技術を教えていただくがですき、わしが大畑さんに教授料としてお金をお支払いしますき」

「そっちが金を払って、見習いから働かせてくれ？　……オイ、意味分かるか？」

不思議そうに尋ねる大畑に、イチが首を振る。混乱する二人に向かって、万太郎は手をついた。

「お願いいたします！」

万太郎の望みは聞き入れられ、早速この日から大畑印刷所の見習いとして働くことになった。背広を脱いで作業場に行き、画工の岩下と、印刷工の宮本晋平《みやもとしんぺい》、前田孝二郎《まえだこうじろう》に挨拶を済ませると、大畑が宮本に、万太郎の面倒を見るようにと命じた。

「なんで?!　俺、忙しいんすけど！　やっと印刷工になれたんスよ！」

「うるせえ！　年が近いだろ！　ウジャウジャ抜かすんじゃねえ！」

宮本はまず、万太郎に作業場の掃除を命じた。

「洗えって言われたもんは洗え。水場はあそこ」

ニコニコと指示を聞いている万太郎に、宮本はいらだっていた。

「おまえ、クニじゃどこで働いてた？」

「働くがは今日が初めてですき」

万太郎は、大店《おおだな》の息子で奉公に出たこともないことや、石版印刷を覚えるためにここで働かせてもらうのだということを屈託なく語った。

「――研磨のための砂を運ぶ。こっち」

宮本は万太郎を倉庫に連れていくと、はしごを上がって棚の上の段から砂袋を引き出した。

「渡すから受け取れよ！」

「はい！　どうぞ！」

返事をしたとたん、万太郎の頭上から滝のごとく砂が降ってきた。宮本が、口を開けた袋を逆さにしたのだ。瞬く間に万太郎は全身砂まみれになった。

「おい、ちゃんと受け取れっつったろ？　砂、しっかり掃除して一粒たりとも残すんじゃねえぞ」

せきこむ万太郎を残して、宮本はさっさと出ていった。

長屋に帰った万太郎が井戸の水をかぶって砂を落としていると、竹雄が帰ってきた。

「なにやりゆうがですか！」

「印刷所に図版の依頼に行ったがじゃけんど、自分で働くことにしたがじゃ」

わけが分からないまま、竹雄は引きずるようにして万太郎を部屋に連れて帰った。そして清潔な着物に着替えさせ、かぜを引かないようにどてらまで着込ませた上で事情を聞いた。

「納得いきません！　若は子どものころ、肺の腑が悪かったがですよ。こんな砂まみれになる仕事らあ絶対に許せませんき！　職人が気に入らんなら、別の誰ぞを探したらえい。わしが！　懸命に学んで、若の望み通りにできるようになったら」

「無理じゃ。これは、わしにしか出来んことじゃ」

「そんなが……絵を専門としゆうお人はこの世にワンサとおる！　若は思い上がっちゅう。植物学を志す人も若だけじゃない。雑誌やち、若が言い出さんでも、そのうち誰かが言い出しますき。なんで若ながです?!　体を壊しますき！」

「おまんの言う通り、わしがやらんでもそのうち誰かが出てくるじゃろう。けんど今は。あまりに人がおらん。誰かひとりが前に進んだ分だけ、植物学が前に進む。せっかくこんな面白いときに居合わせたがじゃ！　じっとしておられるか？　前に進みたい。わがままを許してくれ」

「──わしは……っ。悔しいがです……！　おっしゃることは分かります。けんどどうにも──なんで若が──峰屋の当主が見習いで……肺の腑にも悪い場所でこき使われんといかんがですか！　わしがついちょりながら……峰屋の皆にも顔向けできません！」

竹雄が言葉に詰まると、万太郎は子どもをなだめるように頭をなでた。

「ヨシヨシ」

「やめてください！」

竹雄は一層腹を立て、万太郎に背を向けた。

「……わし、この家を出ようかのう。大畑印刷所では皆あ住み込みで働きゆう」

「そんなこと──わしが許すとお思いですか。──若は、卑怯です……！」

「ああ。すまんの」

その後万太郎は遅くまで、長屋の研究室で顕微鏡をのぞいた。だが標本の観察をしていても、つい隣の部屋にいる竹雄が気になって集中できない。すると、壁の向こうから竹雄が話しかけてきた。

「……若。ちゃんと寝てくださいね。徹夜はいきません」

「分かっちゅう」


翌朝、白梅堂では、寿恵子が高藤邸に行く支度をしていた。洋服に着替えると、寿恵子は『南総里見八犬伝』を十冊以上も抱えて、まつのところへ持って行った。

「これ、私がいない間に槙野さんが来たら」

「しばらくいらっしゃらないって」

「もしいらしたら！　渡してほしいの。これは、私が好きな本ですって。読んでほしいの」

「槙野さん。そんな暇あるかねえ。あの人は、良さそうなお人だけど、前ばかり向いてるんだろう？　立ち止まって、あんたを振り向いて、一緒に読んでくれるかねえ……」

「……槙野さん、いつ来るかも分かんないんだよ。そんなこと言わないでよ！　――なんで来られないのか聞きたい。何してるか教えてほしい――けど足を引っ張るのも嫌なの……！」

「……あんた……そんなに？」

そこに高藤家からの迎えの馬車が来た。八犬伝をまつに託して、寿恵子は出かけて行った。

その頃万太郎は、竹雄と朝食を食べていた。前夜は研究室で寝てしまい、起きるとすぐに大学に行こうとしたのだが、竹雄が許さなかった。昼は大学、夜は印刷所という生活になれば、二人で食事をとれるのは朝しかない。朝食は必ず自分と食べるようにと、竹雄は譲らなかった。

この日、竹雄は朝食にオムレツを焼いていた。

「薫風亭で教わりましたき」

「竹雄、うまい！　本当にうまいき！」

喜ぶ万太郎に向かって、竹雄は静かに切り出した。

「――若。お話があります。一晩、考えました。わし、佐川に帰ろうと思います」

それきり竹雄は黙り込んだ。万太郎はひどく動揺していたが、必死で自分に言い聞かせた。

「――そう、か……ねぇちゃんもおるきのう……うん……。峰屋もあるし……わし、こんなじゃしのう……うん……竹雄……それがえい……帰ったほうが……。そうじゃけんど！」

万太郎の思いがあふれだしそうになったところで、竹雄があっさりと言った。

「うそですき。若が住み込みで働くゆうて言うたき、おかえしです」

「おま、――えぐいき」

「若が前に進みたいがは分かります。できるだけ速う進みたいがも。けんど張り詰めちょったら、速う走ることらあできません。健やかに、楽しゅう笑いゆうほうが、よっぽど速う、遠くまで行ける。佐川で横倉山に通うちょったときも、そうじゃったでしょう」

懐かしい横倉山を思い返すと、万太郎の胸に優しい風が通り抜けた気がした。

「――若のえいところは、にこにこしゆうところです。若が笑うたら、皆あ笑顔になる。ほんじゃき、ちゃんと寝て、食べて、ぴかぴか笑うちょってください。それが若の全速力ですき」

「分かった。約束する」

「守ってくださいよ。わしはもう、若を当主とは思いませんきね。ただの槙野万太郎と思いますきね。ほんじゃき、破ったら遠慮のう針千本飲ませます」

「怖いのう。……ただの、万太郎か」

「はい。――万太郎」

いざそう呼ばれると驚いたが、万太郎はうれしかった。やっと、本当の相棒になれたと思えた。

「……竹雄!」

照れくさくて、うれしくて、二人は笑い合った。


この日から万太郎は、工員たちをまねて働きやすい服で大畑印刷所に行くことにした。

宮本に命じられて道具類を洗っていると、前田が洗い場に石版を持ってきた。印刷し終わった石版は、研ぎ直してまた次の版に使うのだという。前田は、昼間は大学に行き夜は働きに来る万太郎をけなげだと思っているようで、研磨作業をしながらあれこれと教えてくれた。

「変わった石に見えますね」

「石灰石《せっかいせき》っつう石だ。石版印刷に使う石は目が細かい石じゃねえとならないんだ。これは、印刷機と一緒に、ドイツのバイエルンっつーとこから取り寄せた石だ」

石版を研磨する際は、重い金盤《かなばん》を回し続けて砂で削っていく。砂は目の粗いものから細かいものへと決まった順番で変えていき、変える度に洗い流さなければならない。一粒でも砂が混じれば盤面に余計な傷ができて最初からやり直しになる。重労働な上に神経を使う作業だという。

「盤面を削るのに、どればあかかるがですか」

「どんなに急いでも一枚三〇分はかかるな。今日はアレぜんぶ磨き直す」

前田が指した先には石版が何枚も立てかけられている。そこに岩下が来て、印刷が終わった石版を置いていった。万太郎は、岩下が描いた図版部分をじっくりと観察した。

前田は研磨作業を終えると、金属の定規を使って、完全に平らになっていることを確認した。

「わあー。ツルツルじゃきー！」

万太郎が思わず盤面に触れると、前田の顔色が変わった。

「……お……おまえ……指の跡つけたら研ぎ直しだろうが！」

「?!　す、すいません！　ほんまにすいませんっ！」

激怒した前田にはたかれているところに、宮本がやって来た。

「おい、何やってんだ！　洗えたのかよ！」

万太郎は自分の仕事をすっかり忘れていた。

「ざっけんな、なまけてんじゃねえぞ見習い！　どんどん洗え！」

怒った宮本にインクまみれのローラーを押し当てられても、万太郎はこの場にいられることがうれしくてたまらなかった。

同じ頃、寿恵子は高藤邸のサロンでクララにしごかれていた。優雅に踊るには、体力、筋力が必要なため、ダンスレッスンはまるで運動選手のトレーニングのようになっていた。

　この日のレッスン後、寿恵子は高藤の執務室に呼ばれた。

「練習はどうですか。八月の終わりに舞踏練習会の発足式を行いたいと思いまして、その式場で、寿恵子さんにダンスを試演していただきたいのです」

「あと一か月……どうしましょう、私まだ全然」

「クララからは、練習に励めば間に合うと報告を受けていますが」

「そ――そうですか？　……あの、わたくしはまだ殿方とは踊っておりませんが」

「そいなら心配ありません。留学先で教わってきましたから。パートナーは私が務めます」

　高藤は腕を広げてホールドポジションをとった。寿恵子はそれに応じかけたが、思いとどまった。音楽会の日に突然抱き上げられたことを思い出すと、自ら高藤に触れる気にはなれない。

　すると高藤は腕を下ろして、話題を変えた。

「今日は他に話がありまして。寿恵子さん。……横浜に、小さな屋敷があります。西洋人の建築家に頼んだ美しい屋敷で、庭もあります。その屋敷に住みませんか」

「――は？」

　高藤は、寿恵子の手の甲に素早く口づけをした。

「あなたを、人生のパートナーとして迎えたい」

「……でも……奥様が」

「弥江《やえ》は妻です。だが、そいだけじゃ。親が決めた話です。元より恋心を抱いたことはない。それは弥江も承知している」

「……そう……ですか……」

「じっくり考えてくれ。舞踏練習会の発足式が終わったら返事を聞かせてほしい」

「――はい」


万太郎が印刷所に通い始めて三週間が過ぎた。夏の到来を予感させる朝、インクが染みついたシャツを着た万太郎は、大学に向かっていた。洒落た洋装で通学していたころに比べると身なりはみすぼらしくなったが、瞳は輝いている。

「……空が真っ青じゃのう！」

万太郎は道端に咲く赤紫色のノアザミを見つけて話しかけた。

「おまんも、空を見上げちゅうのう。夏咲きのおまんは花を上向きに咲かせちゅうけんど、秋に咲くおまんの仲間らあは、下を向いて咲いちゅうのが多いのう。どういて、そうしゆうが？」

胴乱に採集しようとした拍子に、万太郎は葉のトゲに触れてしまい、ビクリとした。

「――こんなにかわいらしい花じゃけんど、おまんのトゲは痛いのう」


「お寿恵。文太さんが水ようかん作ってくれたわよ」

まつに声をかけられても、自室で横になっている寿恵子は起き上がることもできなかった。

「お寿恵？　ちょ……っ、あんた……。だらしない！　何してるの！」

様子を見に来たまつに叱られたが、ダンスの練習で全身筋肉痛なのだ。

「ふくらはぎつってるし、腕あがんないし」

「冷やすなりなんなりしたら？　こんな姿、誰にも見せられないじゃないの」

「……どうせ来ないよ……もう三週間たつのに……」

寿恵子は万太郎が店に来るのを心待ちにしているが、一向に現れる様子がない。

「……お忙しいんだよ」

「……嫌われたんだと思う。……槙野さん、私のこと、ふしだらだって思ったんだよ」

万太郎の目の前で高藤に抱き上げられたときのことを思うと、叫び出したい気分になった。

「ああぁ……もう……」

「あんた何したのさ？」

「とにかく槙野さん、怒ってるのかもしれない。怒って……顔も見たくないって……」

「勝手に考えたってしょうがないでしょ。槙野さんの気持ちは本人に聞いてみなくちゃ」

「聞こうにもちっとも来ないじゃない！　男の人って勝手だよ。こっちのこと振り回すし、すごいこといきなり言うし。おかげで練習に集中してないってクララ先生に叱られるし、なにも考えないようにしようって頑張ったら体じゅう痛いし！」

「そんなにつらいなら、もう待つの、やめなさいな」

きっぱりと言われ、寿恵子は口をつぐんだ。

「お寿恵、高藤さまからのお話もあるし、いい折だから聞きなさい」

静かだが重々しい口調に、寿恵子は姿勢を正した。

「おっかさんは、旦那様に尽くし切ったこと、後悔はしてないよ。旦那様から申し分のない別宅を賜って、奥様からも行き届いたご配慮をいただいて。何よりあんたを授かってね。妾冥利に尽きると思ってる。そうやって幸せだけを数えて、のんきに暮していればいい。そうでないと、惨めでたまらなくなるからね。誰かを待つことを暮らしの真ん中に置いちまうと、何をしてても、さみしさでいっぱいになっちまう。自分がまるで値打ちのない、捨てられた気持ちになるからね。そうなれば、いざ旦那様がいらしたときも責めちまう。つらさでなじりたくなる」

「つらさぐらい分かってほしいよ。男のひとは自分のことだけ考えてるじゃない。ずるいよ」

「それは詮ないこと。最初からそういう人だと承知の上で一緒になったんだからね。いいかい。おっかさんが奥の手を教えてあげる。男のひとのために、あんたがいるんじゃない。あんたはあんた自身のためにここにいるの。だから、いつだって自分の機嫌は自分でとること。今なら……そうね、夏模様の浴衣を縫うとか、好きな本を好きなだけ読むのもいい。それから、文太さんの水ようかんを食べるとかね」

「……そんなの……槙野さん。私のこと嫌いになったかもしれないのに？」

不満顔の寿恵子のおでこをまつがペチリとたたいた。

「だからそういうこと考えない！　来ないなら、それでいいのよ。あんたも好きにすればいいじゃないの」

それでも寿恵子は、万太郎に会いたい気持ちを抑えきれなかった。住まいは分からないので大学を訪ね、用務員に植物学教室の場所を聞くと案内してくれた。

「あの青い長屋ですよ」

用務員の指すほうを見ると、ちょうど万太郎がおり、学生たちとはしゃいでいるのが見えた。

「ああ、あの学生らは植物学ですね。おーい」

「――いいです。失礼します」

呼びかけようとする用務員を止めて、寿恵子は青長屋に背を向け駆けだした。


白梅堂に帰ると、寿恵子はまつにこう告げた。

「……おっかさん。私、槙野さん、待つのやめる。おっかさんの言うとおりだった。槙野さん、私と会わなくて平気だった」

万太郎は、寿恵子のことを忘れてはしゃいでいたわけではなかった。学会誌の目次が完成したことを藤丸、波多野と喜んでいたのだ。学生たちは今、夏の試験を間近に控えた忙しい時期で、上級生たちに学会誌への寄稿を頼んでも良い返事をもらえていなかったのだが、今日は何とか三人の熱意が通じて約束を取り付けることができた。少しでも早く学会誌を刊行し、寿恵子を迎えに行こうと決めている万太郎は、目次が出来ただけでもうれしくてたまらなかったのだが、それを知らない寿恵子は、深く傷ついていた。


この日も万太郎は大学の後、印刷所での仕事に励んだ。見習いとしての仕事をきちんとこなし、石版の研磨の手順も習得した。働きぶりがいいので大畑に信頼され、工員たちにも溶けこんでいる。何事も吸収しようと意欲的で、印刷が終わった石版があれば、必ず岩下の筆跡に触れて観察していた。そんな万太郎に、岩下が声をかけてきた。

「あたしもそうだった。師匠や兄弟子の版木をようなでとった。見てみるか。他の仕事が済んでるなら」

「――石版印刷を教えてくださるがですか！」

岩下はまず国芳風のねこを石版に描き、石版印刷の仕組みを解説しながら作業を見せてくれた。

「この平らな面で刷るためには、水と油が反発する性質を利用する」

図版を描くのに使う墨には油を混ぜてあるため、石版上のねこの絵の部分は油分がある状態になっている。そこに樹脂を水で溶かしたものを刷毛で塗ると、墨の部分からは弾かれて、絵の余白にだけ樹脂が付いて膜ができる。更にローラーを転がしてインクをつけると、余白にはインクが付かず、墨の部分にだけインクが乗る。

「……おやっさんから聞いた。おまえ、自分で金を払って石版印刷を教わりに来たんだってな」

「自分の絵をそのまま印刷して、本を作りたいがです」

「それは、あたしらに消えろと言うことだな」

「え？」

「あたしもこの手で、かつてのあたしらを殺してる。かつてのあたしらは、絵師の絵を、ありのまま錦絵とするために、総がかりで躍起になっていた。だが、こんな印刷機が入ってくれば、たったひとり居れば、百でも二百でも絵が刷れる。彫り師も摺師《すりし》もいらなくなる。絵師や版元は名が残るが、その絵を世に出した連中は、名も残さずに消えていくんだ」

岩下が印刷機でプレスをすると、国芳風に描かれたねこの絵が鮮やかに印刷された。

「こりゃあ絵を描く人間なら誰でも感激すると思いますき！」

「描いてみるか？」

岩下の許しを得て、万太郎が初めて石版に絵を描いていると、大畑も様子を見に来た。万太郎は筆を動かしながら岩下に語りかける。

「さっきのお話ですけんど。――わしは、消えんと思います。彫り師や摺師、かつて腕を競うて、技を誇った方々が、その場所から散っていったとしても――それは、消えたがじゃない。きっと新たな場所に根付いて、また、芽吹いていくがじゃと思います。磨き抜いてきたもんは決してのうならん。新しい場所に合《お》うた形で変化して、もっと強うなって生き抜いていく。それが、生きちゅうもんらあの理《ことわり》ですき」

それを聞いて、大畑が頷いた。

「その通りだ。火事と喧嘩《けんか》は江戸の華。俺ァずっと命がけの火消しこそが最上だと思ってたが、もうそんな世は過ぎちまった。いっそ江戸の世と心中しちまいたかったが、代わりに今、もっと熱いもんを見つけてる。イチバン新しい、時代の切っ先。この静かな指先から、皆の度肝を抜くもんを生み出してるんだ。石版印刷はこれからきっともっとすげぇ、熱い力を持つようになる――イワさん。国芳師匠が今ここにいても、大喜びで飛びついたと思うぜ」

「……でしょうね」

岩下がそう答えたとき、万太郎の絵が出来上がった。それに気付いて工員たちもやって来たが、石版を見ただけでは誰も、何が描いてあるのか分からなかった。

「試しに刷ってみろ」

大畑に言われて、万太郎は石版を印刷機にセットした。注意深く紙を乗せてプレスすると、写実的なヒルムシロの絵が印刷された。線の太さが安定せず、余白には墨の汚れがついていたが、それでも万太郎は感激した。

「刷れた……！　わしにも刷れた！　下手くそじゃあ！　ハハ、下手じゃのう！」

「なあ、これ、ヒルゴ？」

前田に尋ねられて万太郎は驚いた。駿河《するが》生まれの前田は、ヒルムシロをヒルゴと呼ぶという。

「ほうですか！　どういうところに生えちょりましたか。山のほうですか、海のほうですか⁈」

興奮した万太郎が前田を質問攻めにする間も、大畑と岩下は絵を見つめていた。

「こりゃあ実際に見て、本物を知ってる者が描かんと画にはならんな」

「ああ。本物を伝えるための手立てとしての画だ」


青長屋から引き返して後、寿恵子のダンスレッスンは順調に進んでいた。高藤とペアを組んで踊っても堂々としており、これならば発足式に間に合うだろうとクララも太鼓判を押した。

練習後、高藤家の馬車で家へ送られていく間、寿恵子は窓から外の様子を見ていた。道行く人々は、馬車に気付くと急いでよけるが、孫を連れた老人や赤ん坊を背負った母親は機敏に動くことができない。すると御者が、乱暴にどなりつけた。あわてた老人がよろけているのを見て、寿恵子は黙っていられなかった。

「もう少しゆっくり走れませんか」

高藤の秘書の鹿島《かしま》に頼んでみたが、鹿島は平然としている。

「これでも十分にゆっくり走っておりますよ」

その時、また御者のどなり声がして、馬車が止まった。

「どけ！　なにをしゃがみ込んでる?!」

「ノアザミですき！」

万太郎の声だ。それに気付くと、寿恵子はとっさに身を隠した。

「この子らは、草花を食べる動物から身を守るためにトゲを身につけたがじゃろう？　いつ、どういて、こんなすてきなことを思いついたがじゃろう？」

「何を言っている?!　――ええい、どけ！」

「どならんでも聞こえゆうき」

そんなやりとりが外から聞こえてくる。動き出した馬車から寿恵子がのぞくと、万太郎の背中が見えた。墨と埃にまみれた体を丸くしてしゃがみ込んでいる。きっとノアザミに優しいまなざしを向けているのだろう。

「まったく……。いくら鹿鳴館ができても、ああいうみすぼらしい連中が目につけば、この国の恥ですよ」

「あの方は、みすぼらしくありません」

恥ずかしいのは自分のほうだ。だから思わず身を隠したのだと、寿恵子は痛いほど感じていた。

第11章　ユウガオ

八月のある日、寿恵子は高藤から食事に招かれ、迎えの馬車に乗った。着いた先は、竹雄が働く西洋料理店「薫風亭」だ。ドレス姿で令嬢然とした女性客を見て、竹雄はすぐに寿恵子だと気付いたが、寿恵子のほうは、洋装のボウイが万太郎の相棒だとは気付かずにいた。

高藤は、元老院の議官である白川永憲《しらかわながのり》と共に寿恵子を迎えた。白川は高藤の父親の上役だったという。寿恵子と白川が挨拶を済ませると、高藤は竹雄に料理を出すようにと命じた。

前菜が来るまでの間にわずかに言葉を交わしただけで、白川はすっかり寿恵子を気に入った。

「あなたはものおじせんなぁ。喜んで、あなたを養女にしたか」

唐突な話に寿恵子は驚き、前菜を運んで来た竹雄も思わず手元が狂った。

「あなたを私の元に迎えるにあたり、まず白川家の娘になってもらおうと思って」

竹雄は混乱していたが、寿恵子はすぐに高藤の意図をくみ取った。

「……身分を変えるのですか」

「なにせ口さがない連中ばかりだからな。あなたを守るためです」

「雅修くんから根津の菓子屋の娘ち聞いたときは、戯《たわむ》れが過ぎっじゃろうち思ったが。聞けばあなたは、あん柳橋に出ちょった吉也の娘じゃち。あなたを養女にしたら羨ましがられそうじゃ」

「でもわたくしは高藤さまのお申し出……まだお返事したわけでは……」

寿恵子なりに精いっぱいあらがったが、白川と高藤に笑顔でいなされた。

「おい、こん場では本音で話してよかったっど?」

「本音なんですよ、こん人は。私におもねらん。私のほうこそ本音を隠すっとに必死です。本当は今すぐさらってしまいたか。じゃっどん発足式が終わるまでおあずけですから」

「……でも……高藤さまには奥様が……」

それでも白川は、事もなげに笑っている。

「そげなこと。後継者たる男児が生めなければ離縁すっとはよぉあっことじゃ。今後そげんなったとしても、あれも異を唱えたりはせんじゃろう」

料理は前菜からメインへと進んだが、寿恵子は黙り込み、手を付けようとしない。

「冷めてしまうど?　食べやんせ」

白川に言われて手に取ったナイフとフォークが滑り落ちた。自分の人生が、金と権力を持つ者たちの思惑で決められようとしている。その現実を前に、とても冷静ではいられなかった。

「恥ずかしがることはなか。見てみやんせ。誰も彼も、たどたどしい手つきじゃっどん、西洋を貪っておる。日本人はみるみる変わるど」

「そして、変わった彼らをどこへ導くか」

白川と高藤の穏やかな口調が、却って寿恵子を追いつめていく。

「そいが我らの務めじゃ。なあ寿恵子さん」

大畑印刷所では、夜間の仕事の合間に夜食が振る舞われる。この日も大畑の娘の佳代《かよ》が夜食ができたと知らせに来ると、工員たちは座敷に上がっていった。そんな中、万太郎は一人、作業場の片付けを済ませようとしていた。すると、鋭く戸をたたく音がした。

「夜分にすみません！　ごめんください！　こちらに槙野万太郎はおりますろうか！」

戸を開けると息を切らした竹雄がいた。薫風亭での仕事を終えて、全速力で走ってきたのだ。

「大変ながです！　寿恵子さんが！」

竹雄は、薫風亭での一件を話して聞かせた。

「こんなことしゅう場合じゃありませんき！　今すぐどうにかせんと。こっちも早う申し入れましょう。佐川に伺いを立てて――いや、もう峰屋を出た身、伺いを立てる必要は」

「ないかもしれん。そうじゃけんど、わしはまだ寿恵子さんの元に行けん」

「どういてじゃ！」

「今のわしは、ただの槙野万太郎じゃ！　なんも持っちゃあせん。高藤様と競《せ》るために峰屋の看板にすがるかもしれん――そんながは絶対に嫌ながじゃ。わしは、植物学者として寿恵子さんを迎えに行きたい」

「けんど……何をもって植物学者と言うがです？　ただ名乗るだけのことですろう！」

「名乗るき。わしが、わしを認めたら」

そう言って万太郎は、自ら図版を描いた石版を手に取った。

「もうちっとで証《あかし》ができるき。この国の植物学に、わしが最初の一歩を刻むがじゃ」

万太郎はこなれた手つきで石版にインクを塗り、印刷機にセットしてプレスした。初めて試し刷りをしてから後、懸命に技術を高めてきたのだ。刷った紙を石版から外すと、万太郎は黙って竹雄に手渡した。

「――これを……あなたが……？」

描き出された絵の精度の高さに竹雄が驚愕していると、大畑が現れた。

「万ちゃん、夜食食わんのか？　うどん伸びるぞ」

万太郎は大畑に竹雄を紹介してから、話がある、と切り出した。

「ようやっとまともな一枚が刷れるようになりましたき。ほんじゃき、これで……」

「辞めるなよ。たった一枚刷ったくれえでよオ！」

仕事熱心で器用な万太郎は、いまや印刷所にとって大切な存在だ。大畑が必死で引き留めていると、イチと工員たちも出てきて大騒ぎになった。万太郎は場を鎮めようと、大声を上げた。

「仕事を注文します！　植物学会の会報誌、図版をこちらで刷らせてもらいたいがですけんど！」

「おお、もちろん！　イワさん、印刷機いつなら空く？」

突然聞かれて慌てる岩下に代わって、前田が予定表を見に走った。印刷所の一同は活気づき、万太郎はうれしそうに笑っている。ここでも万太郎は皆に愛されているのだと竹雄は思い知った。

刷り上がった絵を万太郎は改めて見つめた。そこに描かれたヒルムシロの絵は二週間前の試し刷りより確実に進化している。だが、もっと上を目指せると万太郎は確信していた。

日々を懸命に過ごすうちに、万太郎が植物学教室に通い始めて四か月が過ぎた。コツコツと検定作業を続けてきた成果を、万太郎は教授室を訪ねて田邊に報告した。

「先ほど、未分類の植物標本の検定作業がすべて終わりました」

するとその場に居合わせた徳永が、険しい顔で万太郎に問いただす。

「すべて？　いい加減に検定したんじゃないだろうな？」

「大窪さんにもご確認してもろうて進めてまいりました。のちほど助教授もご確認していただけましたら」

　検定の結果、名前が特定できなかった標本は、ロシアのマキシモヴィッチ博士のもとに送り、新種かどうかを問い合わせることになる。田邊は万太郎に、ロシアに送る標本の数を尋ねた。

「こちらの植物学教室のもんで百三点です」

「早急にペテルスブルグの帝立植物園に送り、マキシモヴィッチ博士に問い合わせよう」

「その件について、お願いがございます。わたくしが土佐から持って来た標本で、学名が分からんもんが五十二点ありました。この五十二点も一緒にお送りいただきたいがですけんど」

　そのとたんに徳永が怒り出した。

「ず、図々しいにもほどがあるぞ！　東京大学とペテルスブルグの帝立植物園は、いわば国家の機関同士としてやりとりしているんだ！　おまえは個人の分際で、なんの道理があって、自分の標本をロシアに送れると思うんだ⁈　失礼千万！　厚顔無恥！　面張牛皮《めんちょうぎゅうひ》！」

　興奮している徳永とは対照的に、田邊は至って冷静だった。

「暑苦しい。徳永君、この部屋で四字熟語はやめたまえよ。で？　槙野君。私の答えは分かっているのだろう？」

「はい。教授はわたくしの標本も送ってくださいますき。土佐の flora が完成しましたら、教授がこれから西日本で採集を始められるときに必ずお役に立ちますろう？　田邊教授にとって利となることは、教授はうなずいてくださいます。それがたまたま、わたくしにとっても利となる。それだけのことにございます」

「That's exactly right!（まさにその通りだ）――君は私のことがよく分かり、私にも君のことが分かる。私と君とは、よく似ている。時に、雑誌はどうなっている？」

「……進めちょります。印刷の算段も整いつつありますき。三百部、刷ろうと思うちょります」

これにも徳永が噛みついてきた。

「おい。学会の会報誌だろう？　会員は三〇人もいないぞ」

「植物学を広めるための雑誌ですき。全国の中学校や師範学校にも送りたいと思うちょりますき」

「はあ⁈　そんな勝手に――金はどうする気だ」

「いいじゃないか。槙野君。期待しているぞ」

「はい。失礼いたします」

万太郎は去ったが、徳永はどうしても納得できなかった。

「……教授……さすがに……さすがにッ。槙野の言いなりではありませんか！　権威を失墜させるものだったらどうするんです⁈」

「水準に達していれば認める。が、そうでなければ……学会の名を騙《かた》って出されては困るから、一冊残らず燃やさせる。むろん金も出さない。当然だろう？」

笑みを浮かべて田邊は言う。冷酷な真意を知った徳永は、にわかには受け入れられなかった。

「ですが……槙野は石版印刷の技術まで習得したそうです。授業料まで払って。……ほとんど眠っていないと思われます。……原稿集めや校正にも多大な時間をかけるのでしょう」

「すべて彼が、やりたくてやるのだろう？」

「……そうなのですが……学生と変わらぬ年の者に、すべてを負わせるのは、いささか……」

「なんだ？　槙野を甘やかすなと言ったのは君じゃないか。矛盾の塊だな、君は。合理性に欠ける。何度も言うが、さっさと留学しておいで」


徳永が教授室を後にして青長屋を出ると、万太郎が地面にはいつくばっていた。

「あ、徳永助教授。見てください。ヒルガオとユウガオが一緒に咲いちょります。今は昼と夕方の境目ながですのう！」

田邊の思惑も知らず、万太郎は楽しげに二つの花を見比べている。徳永は、複雑な思いで隣にしゃがみ込むと、万太郎にこう尋ねた。

「……問題……アサガオ。ヒルガオ。ユウガオ。一つだけ異なるのはどれだ？」

「……ユウガオです。……アサガオとヒルガオは旋花科《せんかか》ですけんど、ユウガオは葫蘆科《ころか》でウリの仲間ですき」

万太郎にとっては分かり切ったことだが、尋ねてきた徳永の心中が見えなかった。

「……正解……だが私はユウガオが好きだ……源氏物語に出てくるからな。私は……私は……日本文学が好きなのだ。貴様には分からんだろうが」

「……私も好きです」

「……べんちゃらはいい」

立ち上がって歩き出した徳永の背中に、万太郎が言う。

「好きですき！　特に万葉集！」

すると徳永は足を止め、万葉集の歌の上の句を口にした。

「……『朝顔は　朝露負《お》ひて　咲くといへど』……？」

「……『夕影にこそ　咲きまさりけれ』」

下の句を答えた万太郎のほうをちらりと振り返ってから、徳永は立ち去った。

一人残った万太郎は、ユウガオに語りかける。

「なんだか知らんけど、おまんのおかげで徳永助教授と話せたきね」


舞踏練習会の発足式が間近に迫る中、寿恵子はクララの厳しいレッスンを受け続けていた。ある日、疲れ果てて帰宅すると、店の壁に飾られた数枚の絵が目に留まった。どれも万太郎が花を描いたものだ。寿恵子はそれらすべてを外して、自分の部屋に持ち込んだ。

破り捨ててしまおう。それですべて終わるのだと寿恵子は思い、指先に力を込めた。だがその瞬間、万太郎の声が耳の奥によみがえってきた。

――バイカオウレン。亡《の》うなった母が、好きな花で――

――『The Last Rose of Summer』――夏の最後のバラ。この歌は景色の歌じゃない。きっと本当の意味がありますき。『愛する者なくして、誰が、たった一人、生きられようか？』――わしの一生を賭ける仕事、わしの植物学を、たった今見つけましたき！　寿恵子さん、あなたがくれたがじゃ！――

どうしても破れない。そう思うと涙がこぼれ、落ちた涙は万太郎の手描きの線をにじませた。

その後も寿恵子は高藤家のサロンに通い、ダンスレッスンに励んだ。ピアノに合わせ、男性パートナーがいる想定で一人で踊る寿恵子に、クララの指導の声が飛ぶ。

「Smile, Sueko. The harder it is now, the more graceful you'll be.」（寿恵子、笑顔で。キツいときほど優美に）

何とか笑顔で一曲踊りきると、よくなってきたとクララに褒められた。

「Now you have to learn how to connect with a partner.」（あとはパートナーとのつながりを意識してみて）

クララはピアノから離れ、自らポーズをとって見せた。

「今、いないひと。でも、ここにいる」

クララはダンスパートナーとして今は亡き夫を思い描いている……。そう感じ取った寿恵子は、ならば自分もと、クララをまねてみた。差し出した寿恵子の手を受け止めてくれるパートナーを思い描くと、自然と万太郎の姿が目に浮かんだ。

「寿恵子さん。行きましょう！」

二人で踊り出すと、つないだ手を通じて互いの力が一つになる。ステップを踏み続けると、世界はまばゆいほど輝き出した。

「きらきらしちゅう！　楽しいですねえ！」

つかの間の夢心地に寿恵子は酔った。だが、現実に戻ると寿恵子は一人きりだ。万太郎の手のぬくもりも幻でしかない。ふいに涙がにじみ、寿恵子は慌てて指でぬぐった。

「暑いですね。汗かいちゃった」

「Take a break.」（休憩しましょう）

そう言ってクララはハンカチを差し出した。そこには、美しいバラが刺繡されている。

「これ――この花……！」

返事の代わりにクララは、『The Last Rose of Summer』を口ずさんだ。

「……知っています」

寿恵子は鞄を開けて、数枚の絵を取り出した。破り捨てることができなかったバラの絵だ。

「Wow! ――These are...my roses. They remind me of my garden...and my love.」（これは私のバラ。思い出すわ、私の庭。愛する人を）

涙まじりの笑顔でクララが言う。

「Did you draw this?」（あなたが描いたの？）

寿恵子は首を振り、絵の中の大切なバラをそっとなでた。そこに、高藤が現れた。

「寿恵子さん！　ダンスの練習が終わったら、私の部屋へ来てくれるか？　これから白川様がお見えになる。あなたに土産もあるそうだ」

高藤は上機嫌で出ていった。寿恵子は、高藤に見られないようとっさに絵を隠していた。

「Sueko, do you have someone special? God says: 'Beloved, let us love one another.'」（愛する人がいるんじゃない？　神はこうおっしゃっているわ。『愛する者たち、互いに愛し合いましょう』と）

「ごめんなさい、英語、わかりません」

「This is the last lesson. ...Live for love.」（これが最後のレッスンよ。愛のために生きなさい）

英語の意味をつかもうと寿恵子はクララを見つめる。

「Live for love ――こころのままに」

「……はい……クララ先生……！」

そのころ万太郎は大畑印刷所で真剣勝負に挑もうとしていた。いよいよ、植物学雑誌用の図版を石版に描く。失敗が許されない一発勝負だ。

大畑と工員たちは作業場の机から離れ、岩下だけが万太郎のそばで見守った。

「……行け」

「はい！」

万太郎は覚悟を決めて石版に筆先を下ろした。

図版の印刷作業は翌日も続いた。大畑がインクの用意をし、万太郎が描いた図版を岩下が印刷していく。刷り上がったものを宮本がつるして乾燥させ、研磨作業は前田が行う。この日は波多野と藤丸も見学に来て、反故紙の整理などを手伝った。

皆が懸命に作業する中、万太郎は石版に向かい、植物画を描き続けた。

数日後、田邊が政府から依頼された仕事に向かうために青長屋を出ようとしていると、風呂敷包みを持った万太郎がやって来た。

「田邊教授！　植物学会の会報誌！　創刊号三百部、ただ今、出来上がってまいりました！」

田邊は実験室に戻り、植物学教室の面々も全員、集まった。大机で万太郎が風呂敷包みを解くと、『日本植物学雑誌』の美しい表紙が現れた。手に取った一同から、次々に感嘆の声が上がる。上質の紙に活版印刷の読みやすい文字が並び、裏表紙からめくれば、英訳が読める。記事を書いた者たちは、自分の名が記されていることを喜んだ。皆、忙しい中で何とか原稿を書き上げ、校正は万太郎の家に集まり手分けして行ったのだ。

万太郎の記事は「日本産ヒルムシロ属」に関するもので、植物画が掲載されている。その出来栄えを、画工の野宮が称賛した。

「槙野くんは、頭の中で植物をしっかりつかんでいる。だからこそ拡大したり別の角度から見てみたり、自由自在なんです。画家の絵じゃありません。これは、植物学者の絵です」

「――野宮さん……ありがとうございます……！」

やがて皆の視線は田邊に集まった。まだひと言も発せず、雑誌をどう見なしているのか分からない。黙ってページをめくっていた田邊は、自分への謝辞が書かれた箇所で手を止めた。

『創刊にあたり、東京大学植物学教室教授また日本植物学会会長　田邊彰久教授に多大なるご指導・ご鞭撻をいただきました』

その文言を確認した上で、田邊は口を開いた。

「――なかなか、いい雑誌じゃないか。監督者としてうれしいよ。君に任せてよかった」

「ありがとうございます！」

「大窪君。ロシア行きの荷物に、この雑誌も加えたまえ。配っていただく分も併せて三〇冊。日本の植物学はやっと芽が出たと、世界に知らせるいい機会だろう。私が雑誌を思いついたからこそ、こうして形になったわけだ。学会の会報誌にしようと言ったのは私だろう？」

「はい。そのとおりですき」

「よかったじゃないか。私が雑誌づくりを許したおかげで、こうして見事、作れたじゃないか」

「はい、それは。ありがとうございます、本当によかったですき！」

万太郎は純粋に喜んでいたが、徳永は、田邊に冷ややかな目を向けていた。


その晩万太郎と竹雄は、牛鍋屋「牛若」を貸し切りにして、雑誌の創刊を祝う盛大な宴会を開いた。寄稿した大窪、細田、飯島、柴、藤丸、波多野、そして大畑印刷所の大畑、イチ、佳代、岩下、前田、宮本がそろい、十徳長屋の丈之助もいる。丈之助は雑誌作りに関わったわけではないが、藤丸と波多野が万太郎の家に泊まりに来て「原稿合宿」をした際に、勝手に参加して一緒に小説を書いていた。何より、最初に万太郎たちに雑誌作りを提案したのは丈之助だ。

皆で大いに酒を飲み、牛鍋を食べて盛り上がる中、万太郎は席を移動しながら挨拶して回った。めでたい席なので万太郎は、久しぶりに上等な洋装に身を包み、蝶ネクタイを締めている。佳代は、万太郎のそんな姿を見るのが初めてだった。

「なんなのよあんた。あんなに汚かったくせして、その……それ……ソレ！」

「ネクタイが何か？」

「かっ、かわいいじゃないのよ！」

興奮気味の佳代に、イチは夫に言うのと同じ調子で落ちつかせた。

「お佳代。呼吸」

「ハアッ。フウウー！」

「まったく。うちのものは血の気が多くて困りますよ」


お開きとなった後、万太郎は折り入って話があるからと、大畑とイチに店に残ってもらった。

「大将。おかみさん。この場で申し訳ありません。お世話になってわずかではございますけんど、お二人をご信頼申し上げ、お頼みしたい儀がございます。こちらを」

万太郎は、用意してきた自分の釣書を取り出し、大畑に渡した。

「槙野万太郎、一世《いっせ》一代《いちだい》の、急を要する願いにございます」


その後、大畑夫妻は大騒ぎしながら帰宅した。

「えらいこっちゃえらいこっちゃ……おい！　俺の紋付どうした！」

「今出しますよ。虫に食われてなきゃいいけど」

座敷でくつろいでいた佳代は、二人の様子を見ると正座し、改まった調子で話し出した。

「……おとっつぁん。……お話、あったんだね。あたしの返事はね……いいよ。キャー！」

「何言ってんだ？」

「だからぁ！　万ちゃん婿に取ってくれていいから！」

佳代は、万太郎からの「折り入っての話」を、自分への結婚の申し込みだと思い込んでいた。

イチは、娘の早とちりにあきれて叱りつける。

「あのね、常日頃言ってんだろ。せっかちでいいことなんてないんだからね！　万ちゃんのお相手は、根津の白梅堂って和菓子屋のお寿恵ちゃんて子だよ！」

仲人《なこうど》として寿恵子の家に行き、縁談をまとめてきてほしいというのが万太郎の頼みだった。

「急ぎだっつってたからな。ここは一つ、俺がチャッと行ってビャッとまとめてくらあ」

「……あーそうですか、そうですかー」

むくれて部屋を出ようとした佳代は、ふいに暦が気になった。

「ねえ。明日仏滅だけど？」


大畑は翌日白梅堂を訪ねるつもりだったのだが、仏滅を気にして延期した。ところが佳代が、一人で白梅堂に出かけて行った。万太郎の妻となる女性をひと目見てやろうと思ったのだ。

いざ店に入るとそれらしい娘がいないので、佳代は仕方なくまんじゅうを注文した。まつがまんじゅうを包んでいる間に表に馬車が停まった。すると、店を訪ねて来ていたみえが奥に向かって呼びかけた。

「お寿恵ちゃーん。高藤様のお迎えがいらしたわよぉ」

「はーい」

現れた寿恵子を見て、佳代は絶句した。ドレス姿の寿恵子の凛とした美しさに、すっかり見ほれてしまったのだ。寿恵子が出かけていった後、佳代は呆然としたまままみえに尋ねた。

「……なんですか……今の方は……天女様ですか……」

「私の姪なんですよ。あの高藤雅修様の元へ迎えられることになりまして」


帰宅しても佳代はぼんやりしたまままんじゅうを食べ続けていた。そんな佳代をイチが叱った。

「ちょっとお佳代、じき夕飯だよ。なによ、やけ食い？」

「いや、ううん……槙野さんダメだと思うわ……。お寿恵さん、高藤家に入るんですって……」

慌ててイチが大畑にも伝えると、大畑は紋付に着替え、白梅堂に行くと言い出した。だがイチがそれを許さない。

「仏滅に申し入れたせいで、この先なにかあったらどうするんだい？　大事な大事な万ちゃんの幸せを壊す気かい?!」

大畑は歯噛みする思いで暦をにらみつけた。

「……仏滅ッ……！」


舞踏会練習会の発足式の朝が来た。空が白みはじめたころ、白梅堂では、文太が店の前の掃き掃除をしようと戸を開けた。するとそこに、見知らぬ紋付姿の男が待ちかまえていた。

「本日大安！　ぶしつけながら、夜明けとともにご無礼をばつかまつります。手前は、神田にございます印刷所の大畑と申す者。根津の十徳長屋に住まう植物学者、槙野万太郎君より釣書をお持ちいたしました」

　釣書と『日本植物学雑誌』が差し出されると、文太の胸に熱いものが込み上げた。

「……時が来ましたか……。よくぞお越しくださいました。さあ中へ。さあ。——おかみさん！」

　文太は大畑の腕をグイと引いて、店に招き入れた。


　発足式の会場である高藤家のサロンには、室内楽団が奏でる優美な音楽が流れていた。華族や政府高官、貴婦人たちが集い、白川や田邊の姿もある。

　開始時刻になり、高藤が弥江を伴って現れた。招待客たちの拍手が静まると、高藤は挨拶を始めた。

「本日はご来臨ありがとうございます。来年開館の鹿鳴館は、我が国が文明国であると西洋人に認めさせることが第一義。そのためにダンスは必ずや必要となるものです。特に貴婦人の皆さま方には鹿鳴館の花として咲き誇っていただかなくてはなりません。指南役を紹介しましょう」

　純白のドレス姿の寿恵子がクララと共に入ってくると、好奇の目が注がれた。

「……あれ、菓子屋の娘なんですって？」

「高藤さまが見初めたらしいわよ」

　そんな囁きも聞こえる中、クララは着席し、高藤の合図でワルツの演奏が始まった。

　高藤が差し伸べた手を取って、寿恵子が踊り始める。毅然と顔を上げ、堂々と踊る寿恵子は、人々の目をくぎ付けにし、心を奪った。見事に踊る寿恵子の胸には、誰のものでもない、自分自身の人生を生きるのだという決意があった。

踊り終えると、盛大な拍手が沸き起こった。それを受け、高藤は興奮の面持ちで語り出す。

「これが鹿鳴館の日本人の姿です！　鹿鳴館は目的ではない。ただの手段です。我が国を認めさせ、屈辱の不平等条約を撤廃し、今度は我が国こそが他国へ出てゆくのです」

高藤の言葉を田邊がクララに通訳した。するとクララは、高藤に向かってきっぱりと言った。

「That's not why I teach dance. That's not the reason I came to Japan.」（そのためにダンスを教えたわけじゃない。日本へ来たわけではありません）

「What's the difference? We are just doing what you do.」（何が違う？　あなたがたと同じことをするだけですよ）

高藤は高ぶった気持ちのまま寿恵子の手を取り、こう続けた。

「日本はすぐに一等国へと駆け上がる。この場にいる私たちこそが民草を導いてゆくのです」

寿恵子は握られた手を決然と振り払ったが、高藤はその意味を取り違えた。

「ああ、怖れずとも大丈夫ですよ。……身分は気にしないで。あなたは生まれ変わる」

「どうして生まれ変わらなくちゃならないんですか。私のままで、なぜいけないんですか。私は菓子屋の娘です。けれど両親を恥じたことはありません。父は陸軍で西洋式の乗馬方法を試して亡くなりました。でも父が西洋になじもうとしたのは、よその国に出ていくためではありません。分かり合うためです。私も……クララ先生と出会いました。熱心に教えていただきました。ダンスだけではありません。美しい曲も。花も。それからいちばん大切なこと——心のまま生きることを」

寿恵子はクララを見つめ、思いを込めてこう告げた。

「先生。私、好きな人がいるんです。ですからもう行きます。一生、忘れません。Thank you very much, my teacher.」（ありがとうございます、私の先生）
そして寿恵子は、高藤に向かって一礼した。
「高藤さま。失礼いたします」
招待客が騒然とする中、寿恵子はサロンを後にし、高藤邸から駆け出して行った。

日暮れどき、十徳長屋では万太郎がかのと健作に、井戸端に咲く清らかな花の名を教えていた。

「これはねえ、ユウガオ。日が暮れてくると、この真っ白なユウガオがよう目立つ。まるで光を集めちゅうみたいに。この花は夕方に咲いて一夜で閉じてしまう。一夜限りの花ながじゃ」

すると、健作が木戸のほうを指さした。

「あ、ユウガオのお姫様」

万太郎も顔を上げると、そこには寿恵子がいた。真っ白なドレス姿の寿恵子は、息を切らし、自ら光を放っているかのように輝いて見える。

「――違うき。一夜限りの花じゃないき。あの人はずっとずーっと咲き誇る花じゃ。わしが見つけた、この世でいちばん愛おしい花じゃ」

「……槙野さん、私、来ました」

「寿恵子さん……！」

これが夢ではないことを、決して幻ではないことを確かめようと、二人は歩み寄る。

万太郎は、強く、強く、寿恵子を抱きしめた。

第12章　マルバマンネングサ

十徳長屋の井戸端で抱きしめられた寿恵子は、固い声で万太郎に告げた。

「――何してるんですか？」

「ご、ごめんなさい！」

慌てて腕をといた万太郎を、寿恵子は赤い顔でにらみつけた。

「人のこと散々ほったらかして！　今まで何してたんですか？」


この日、竹雄が帰宅すると、井戸端に長屋の面々が勢ぞろいして聞き耳を立てていた。

「あのね、お姫様来てるの」

かのに言われて、竹雄は事情を察した。

「万太郎！　ただいま帰りました！」

見れば、万太郎の研究室で純白のドレス姿の寿恵子が立ち尽くしている。室内には書物があふれ、絵の下書きや標本も散乱して足の踏み場もない。表からのぞいている長屋の人々もげんなりするほどの惨状だ。竹雄が慌てて片付けようとすると、寿恵子は深く、長いため息を吐いた。

「――ハアァァァァ……」

緊張感が漂う中、竹雄は重要な話を切り出した。

「ようお越しくださいました。釣書はお受け取りいただけましたろうか？」

「はい。頂戴いたしました。ですが私……ちっとも、分かっていなかったんです……」

寿恵子は、にらみつけるように荒れ果てた室内を見渡している。それを見て長屋の面々は次々に去っていった。万太郎が振られるのを見るのは忍びないということなのだろう。

戸が閉まって静かになると、竹雄は何とか空気を変えようとした。

「……ええと……まずは……お茶でも」

だが寿恵子は毅然とした声で万太郎に尋ねる。

「あの！　――あなたがずっといらっしゃらなかったのは、雑誌をお作りになっていたせいだと」

「はい。石版印刷を学んじょりました」

竹雄は、万太郎の奮闘ぶりを寿恵子に伝えようと、『植物学雑誌』を手渡した。

「ご立派な雑誌ですが……ほんの序の口なんですよね？」

「わしは日本中の植物をすべて明らかにして、植物図鑑を作りたいと思うちょりますき。わしが生まれついたがは、きっと、この役目を果たすためじゃと思うちょります」

「もう決められたんですか」

「はい」という万太郎の返事をかき消そうと、竹雄が割って入った。

「いやっ、決めちょりません！　万太郎、こういうことは二人で決めたほうが。今日はやめちょきましょう、お茶でも飲んで」

「分かっちゅうことは言うちょかんと！　あの、雑誌も作ってはっきりしましたけんど、どこにも属さん自分が図鑑を出すがは、版元が引き受けてくれません。となると、自分の金で出すしかありませんき。大変な金が要ります。研究に金も要ります。あなたには苦労かけますき！」

このままでは破談だと竹雄は焦り、万太郎の口を無理やり手で塞いだ。二人がもみ合っていると、寿恵子が万太郎に問いかける。

「――それでも、来いと？」

「わしはもうあなたがおらんと！　草花が日ざしを待つように、水を欲しがるように。わしといういのちには、あなたが必要ながです。――わしと、生きてください」

「それって万ちゃんの都合だよねー」

突然丈之助の声がした。壁の穴から顔を出して、勝手に寿恵子に話しかける。

「よく考えたほうがいいって！　万ちゃん、自分の都合のために来てくれって言ってるよ！」

竹雄は、今度は丈之助の口を封じようとしてもみ合っている。それでも、寿恵子は一人冷静だ。

「……そうですね。槙野さんのご都合です。だから私も、自分で決めます」

次の言葉を待って、男たちは息をのんだ。

「……私、冒険の旅に出たかった。自分の力を思いっきり試せたらほんとに楽しいだろうって思っていました。正直この部屋を見るまでは、まったく分かっていませんでした。いいえ、今だって分からない。あなたと一緒に生きるのは、とてつもなく大変ってことだけ……。あなたと並んで走るなんて……大冒険です。……私、あなたが好きなんです。だから私、性根を据えなきゃ。あなたと一緒に、大冒険を始めるんだから」

「……寿恵子さん……！」

「そのかわり約束して。図鑑、必ず完成させてください。馬琴先生の八犬伝は、全九十八巻、百六冊です。だからこそ八犬伝は傑作なんです」

話の急展開について行けず、万太郎も竹雄もポカンとしている。

「たとえ作者が亡くなっても、完結した物語は消えないんです。本を閉じても輝いているし、心から心に渡されていくんですから。百年経っても消えやしない！　欠けてるくらいなら最初からいらないという人もいます。だから、槙野さん、約束して。必ずやり遂げてください」

その言葉に、万太郎の心は震えた。

「……約束します。生涯をかけて必ずやり遂げますき。あなたと創り上げる！」

感極まった万太郎はまた寿恵子を抱きしめ、丈之助はあらぬことを口走り出した。

「お寿恵ちゃん、男前！　俺を嫁さんにして」

「だめです、私は……万太郎さんのものですから」

すっかり二人にあてられた丈之助は立ち去るしかなく、井戸端に出ていってわめき出した。

「――ああもう！　小説に書いてやる！　おいみんな！　万ちゃんのおごりで牛鍋屋行くぞ！」

丈之助の暴走を止めようと万太郎は飛び出していった。長屋の面々は、縁談がまとまったらしいと知って、また集まってきたようだ。

井戸端の騒ぎを聞きながら、竹雄は寿恵子に言った。

「寿恵子さん。どうか万太郎を――よろしゅう願います」

「こちらこそ。末永く、よろしくお願いいたします」

万太郎は後日、まつに挨拶をするために白梅堂を訪ねた。

「寿恵子さんは必ず幸せにいたしますき」

「釣書も拝見しましたし、あなたのお人柄も分かっておりますけど――お金はどうなさるおつもりですか。この先ずっとご実家に頼っていかれるのですか」

「自分で金を稼ぐつもりですき。寿恵子さんと相談して考えました。名付けて、八犬伝方式！」

万太郎は、金を稼ぎながら植物図鑑を完成させていく計画を説明した。日本中の草花を明らかにしてから発刊するのでは、いつ完成するか分からない。まずは、調査が終わっている土佐の植物についてだけ出版すれば費用は安く済む。その後は八犬伝のように、各地の図鑑を一巻ずつ発売していき、その売り上げで次の巻の支度金と生活費を作るというのが「八犬伝方式」だ。

「そううまいことといくかしら」

「私も働きます。内職もできるし、売り子もできます」

「……ここで働くことは、考えないでおくれね」

まつは白梅堂の閉店を考えているという。文太が、故郷の温泉地で湯守を務める父の跡を継ぐことになり、東京を離れるからだ。

「文太さんの味がうちの味だからね。この人がいなくなったら、もう白梅堂はしまいだと思うの」

「そしたらおっかさんはどうするの?」

「……決めてないけどね。まあ、この人には柳橋にいた時分からずうっと世話になったから――

今度は私が、恩返ししようかってさ」

「それって?! おかみさん?!」

仰天している文太に向かってまつが言う。

「決めてないよ! けど、辞めるってんなら、おかみさんはもういいよ。……おまつって呼んで」

文太は感激のあまり、言葉も出ない様子だ。まつは、若い二人に念を押した。

「離れた場所に行けば、すぐには助けてやれないからね。二人ともやっていけるかい?」

「はい。寿恵子さんには苦労をかけますけんど、かけっぱなしにはいたしません。必ず、寿恵子さんに報いますき」

「大丈夫。私はおっかさんの娘ですから」

笑顔で答える寿恵子を見て、まつの瞳が潤んだ。文太も、堪えきれず涙を流している。

「さてと。聞くことは聞いた。言うことも言った。お夕飯でも食べましょうかね」

「ちょっとお夕飯まで、部屋にいてもいい? 二人でやることがあって。夜どおしかかるの」

意味深なことを言い残し、寿恵子は万太郎の手を引いて自室に向かった。

まつは気がかりでたまらず、茶を用意して寿恵子たちの様子を見に行った。そっと襖を開けると二人は黙々と『八犬伝』を読みふけっていた。まつは静かに茶の盆を置いて立ち去った。

万太郎はすっかり『八犬伝』に引き込まれ、一巻読み終えると次の巻を取ろうとした。そこに寿恵子も手を伸ばしたため、二人の指が触れ合った。驚いた寿恵子が手を引こうとすると、万太郎がその指をとらえた。胸の鼓動を感じながら、寿恵子は万太郎の手をそっと握り返した。

それから半年が過ぎ、また春が巡ってきた。峰屋は酒造りの繁忙期を終えて甑《こしき》倒しの日を迎えた。万太郎と竹雄はこの日に合わせて寿恵子を連れて土佐に帰り、峰屋を目指して山道を歩いていた。その道すがら、万太郎は懐かしい植物を見つけた。

「お！　マルバマンネングサじゃあ！　ただいま！　元気そうじゃのう！」

つややかで丸い葉にほおずりせんばかりの万太郎に、寿恵子が尋ねる。

「なんですか？　かわいいですね。ぷにぷにしてる……」

「うん。こういう肉厚な葉を持つ植物を、多肉植物ゆうがじゃ。この子もバイカオウレンとおんなじで冬でも枯れん常緑じゃき」

丸い葉で万年緑色なので「マルバマンネングサ」というわけだ。

「この子はのう、六月に入ると黄色い花を咲かせるがじゃ。五枚のこんまい花弁がパッと開いて咲くき、まるで星が弾けちゅうみたいに見えるがじゃ！　この株いっぱいブワァッと咲くきね、遠目から見たら、金色の星粒が一面キラキラしゆうみたいに見えるがじゃ！」

「わあ……すごく見たい！　万太郎さんのお話聞くと、見たくてたまらなくなります！」

竹雄は楽し気に語り合う二人を見つめ、やがて意を決した様子で口を開いた。

「寿恵子さん。佐川におる間に、あなたに大事な役目を引き継いでもろうてもえいですろうか？」

「役目？　なんでしょう？」

「植物学者、槙野万太郎の助手の役目です」

綾はこの日、店の看板を新しいものに掛け替えた。万太郎が帰ってくることもあって綾の意気込みはひとしおで、市蔵と手代の定吉《さだきち》が止めるのも聞かず足台に登ると、自分の手で書いた看板を掲げた。出来栄えを確かめて満足すると、綾は市蔵たちのほうを振り返った。

「ね、万太郎、どんな子連れて来るがじゃろうか？」

「精が出るのう。今日は甑倒しじゃったか」

現れたのは、政府の役人の上田甚八《うえだじんぱち》だ。部下を従えた上田に、綾はきつい眼差しを向けた。

「わざわざ今日いらっしゃるとは、ご無体でございませんろうか？」

「甑倒しゆうことは今日で仕込みは終わりじゃゆうことじゃろうが。ほんじゃきわざわざ来ちゃったがじゃ。おまんら酒屋は、隙がありゃあ横流しするきのう」

「峰屋はそんなことといたしません！　本当は古酒も造りたいところも、年内に売り切るよう努めましたき！　売値を下げ身を切って、蔵の酒、泣く泣く全部出したがじゃ！」

政府は、酒屋に造石税《ぞうこくぜい》を課すようになっていた。これによって酒屋は、酒を出荷するときではなく、搾《しぼ》った時点で酒税を納めなければならなくなった。売り上げが確定しないうちに課税されるため、酒屋にとっては過酷で、政府には都合のいい制度だ。

「これは政府のお検《あらた》めじゃ。今日とゆうたら今日ながじゃ。どきや」

上田に命じられて市蔵は下がったが、綾は動こうとしない。

「……後生でございます！　甑倒しの日は、一心に酒造りに励んでくれた蔵人らあをねぎらう大事な日でございます！　どうか日を改めてもらえませんろうか！」

綾は地面に両手をついて上田に頼み込み、市蔵と定吉も後に続いた。周りには町の人々が集まって成り行きを見つめている。上田はいらだたしげに声を荒らげた。

「……ええい、立たんか！　そんなことをしたち」

「信じるがは、そんなに難しいですろうか？」

上田の言葉をさえぎったのは万太郎だった。竹雄と寿恵子もおり、綾たちを見つめている。

「若旦那……！」

市蔵が言うのを聞いて、上田は不審げに万太郎を見た。

「なんじゃ、おまんは……若旦那じゃと？」

「いいえ。わしはもう、姉にすべてを任せ、家を出た身でございます。東京大学に通うちょりますき。東京も日々様子が変わっちょり、政府が西洋化をたいそう急がれちゅうことは、重々承知しちょります。西南戦争で政府が大きな借金しちゅうことも、地租改正が上手《うも》ういっちゃあせんことも、よう分かっちょります。ほんじゃき、金は取れるところから取ろうゆうことも」

万太郎は綾を立たせると、着物についた土を払った。

「そうじゃったら、せめて――思いやっていただけませんろうか。酒屋が一年でいちばん大事にしゆう、甑倒しのたった一日、ともに、重んじてくださいませんろうか？　酒の横流しをお疑いながは、きっと、そんな蔵があったきですろう。けんど、峰屋は代々、深尾の殿様のための酒造りを担った酒屋。その誇りがありますき。まっとうな酒造りこそ峰屋の信条。どうか信じて――今日のところは出直してくださいませんか」

万太郎は上田に正対し、穏やかな笑顔で語った。その静かな口調に、上田は気圧《けお》されたようになって言葉に詰まっている。すると、町の人々から声が上がった。

「峰屋はまっとうじゃ！」

「役人は出直しじゃ！」

次々に加勢の声が続き、やがて人々は声をそろえて峰屋の名を叫び出した。それを聞いて手代衆も店から出てくると、一層声援に熱がこもり、民権運動の演説会のように盛り上がった。

「エエイ、出直すき！　それでえいじゃろうが！」

上田が言い捨てて去っていくと、歓声が起こった。綾は胸を熱くし、町の人々に礼を言った。

「……ありがとうございます！　皆さま、ありがとうございます！」

「……いやあ、すごいのう」

万太郎は、峰屋が深く愛されていることを実感して、感心していた。

「うん。皆ぁが力をくれる。私がだらしないき」

「いいや。ねぇちゃんが闘いゆうきじゃ。酒のために、まっすぐ闘いゆうき」

市蔵と手代衆は笑顔で万太郎たちを囲んだ。

「若旦那！　おかえりなさいまし！」

「竹雄も元気そうじゃのう！　そして、こちらが！」

市蔵が言うと、手代衆が一気に盛り上がった。

「――御寮人《ごりょうにん》様じゃあー！」

近所の人々も加わって大喜びする中、寿恵子は綾に挨拶をした。

「西村寿恵子と申します。お初にお目にかかります」

「初めまして。よう来たね」

甑倒しの宴会を前に、峰屋には蔵人たちの「桶洗い唄」が響き、女中たちは料理の支度に励んでいる。万太郎は自分の部屋で、綾と寿恵子と共に茶を飲みながら話をした。

「すまんのう。忙しいときに」

「ううん。久しぶりに、家の中が明るうなったき」

綾によれば、今、いちばんの気がかりは造石税よりもタキの体調だという。

「……去年の梅雨入りぐらいからやろうか。胸が痛い、痛い言うてね——近頃は胸だけじゃのうて背中や……体じゅう痛いみたいで」

「そんな。……どういて、知らせてくれんかった？」

「おばぁちゃんの願いじゃ。おまんが植物を選んだこと、東京大学に出入りを許されるようになったこと、おばぁちゃん、誰よりも応援しゆうがよ」

茶を出しに来たふじも、タキの思いを代弁した。

「若旦那からのお手紙を、励みにされちょりました。それに、若旦那が早うに奥様をお連れになったき……晴れ姿を……見られそうじゃと……」

「——おばぁちゃん……そんな……イヤじゃ……」

心配でたまらず、万太郎がタキの部屋へ向かうと、寿恵子も後を追ってきた。いつも毅然としていた祖母が床に伏している姿を見るのは怖い。万太郎は、気持ちを落ち着けてから声を掛けた。

「おばぁちゃん。万太郎です。ただ今、帰りました」

覚悟を決めて戸を開けると、思いがけない光景が広がっていた。部屋いっぱいに百人一首の取り札が並べられている。お気に入りの着物を着たタキは、笑顔で万太郎たちを迎えた。背筋が伸び、端然としたたたずまいからは、病に苦しんでいるようにはとても見えない。

「おかえり。元気そうじゃのう」

「おばぁちゃんも……ああ……なんじゃあ……よかった、元気そうじゃ……！」

「初めてお目にかかります。西村寿恵子と申します。ふつつか者ではございますが……」

「挨拶はあと。さ、勝負じゃ。わしもこの家に嫁ぐときにはお義母さんと勝負いたしましたき」

なんとタキは、百人一首で自分に勝てなければ、寿恵子を嫁として認めないというのだ。

「ほんじゃき本気でかかってきい」

「おばぁちゃん、そんなことないじゃろう？　聞いたことないき」

「そりゃあ聞く折がなかっただけじゃ。さ、えいき、おまんは読み上げちょり」

読み札を渡された万太郎が寿恵子に目をやると、拳を固め、やる気に満ちた顔をしている。

「分かりました。よろしくお願いいたします」

勝負はタキの優勢で中盤まで進んだ。万太郎が目顔で励ますと、寿恵子は小さく頷いた。

「『いにしへの』……」

「ハイッ！」

寿恵子は素早く札に手を伸ばしたが、先に取ったのはタキだった。

次の札を読もうとしたとき、万太郎はある異変に気づいた。

「……『田子の浦に』……」

「ハイ！」

タキが札を押さえると、万太郎はその手を両手で握った。

「……おばぁちゃん……もうえいき……無理はせんと……」

「無理らあしちゃあせん。見てのとおりじゃ」

「そうじゃちおばぁちゃん……生けちゃあせんき……」

万太郎は花瓶に目をやった。そこに花はなく、空のままだ。

「おばぁちゃん、花を絶やしたこと、なかったじゃろ？」

全身の痛みに耐えかね、花を生ける気力もなくしたのだろう。つい先ほどまで気丈に振る舞っていたタキが苦しそうにしているのを見て、万太郎は慌てて体を支えた。

「寿恵子、布団を」

「——大丈夫じゃ。お寿恵さん、かわいらしゅうて元気ようて。ひたむきで。それに、戦いじゃ言うたのに、わしのことも気遣うてくれよったきのう」

タキは、寿恵子が先ほど自分を気遣って、わざと札を取らなかったことを見抜いていた。

「おまんさんでほんまにうれしい……。お寿恵さんは、歴としたお武家のお嬢様。世が世なら、この縁談は叶わんかったことじゃろう」

タキは万太郎に支えられながら、畳に手をついた。

「人とは違う道を、己の道と定めた孫ではございますけんど、どうか末永うよろしゅうお頼申《たのもう》します」

「こちらこそ……万太郎さんに添いたいと願ったのは、わたくしでございます。ふつつかものですが、よろしくお願いいたします」

寿恵子も手をついて答えると、タキはしっかりと頷いた。この瞬間も痛みに耐えているであろうタキの体を、万太郎はそっと抱きしめた。

「おばぁちゃん……ありがとう」


その晩は大座敷で甑倒しの宴会がにぎやかに開かれた。タキは自室で休んでいたが、杜氏の寅松や蔵人たち、店の者たちがそろって酒を酌み交わし、万太郎と寿恵子を祝福した。

皆、酔いが回り宴もたけなわというころ、竹雄は、綾が静かに席を立ち出ていくのに気付いた。後を追うと、綾は蔵の前で月を眺めていた。

「……綾さま？　どうされたがです？」

「……酔うただけ。幸せすぎてのう。皆ぁが笑いゆう。おばぁちゃんもきっと笑い声を聞きゆう。万太郎もお寿恵ちゃんを連れて帰ってきて――こんな楽しい甑倒しの宴会……きっとこれが……」

「――先のことは、分かりませんろう」

「……ほんでも、心支度《こころじたく》をせんといかんろう。この先は、一人っきりになるがじゃ」

「綾さま、――そんなことはございませんろう。手代衆もおる。女子衆《おなごし》もおる。蔵人らあも。峰屋にひとはようけおる。……わしもおりますき」

「分かっちゅう。ほんじゃけんど、私は、おばぁちゃんゆう楯に守ってもろうちょった。万太郎は剣《つるぎ》じゃった。ニコニコしゆうけんど、私にはない力で道を切り拓いてくれゆう。けんど今度こそ、私がこの身ひとつで立たんといかん。……じき、その時が来てしまうがじゃ」

胸に秘めてきた不安を打ち明けた綾を前に、竹雄はしばし黙り込んだ。伝えたい思いがありすぎて言葉が出てこない。竹雄は深呼吸をしてから口を開いた。

「――ご報告がありますき。若旦那とわしのことですき。わしはもう、従者じゃのうなりました。わしはもう万太郎のことを、ただの、草花が好きすぎる槙野万太郎としか思うちょりませんき。ほんじゃき先に謝っちょきます。――綾さまのことも、もう主《あるじ》とは思わん。あなたは、草花が好きすぎる万太郎の姉さまで、ただの、酒が好きすぎる槙野綾さんじゃ」

「……なんじゃあ、それ……」

「わしは、子どものころからずっと一緒に育った、槙野のきょうだいが好きながじゃ。変わっちゅう二人じゃけんど、置いていかれとうなかった。ほんじゃきわしも走ってこられた。わしは、ただの、槙野きょうだいが好きすぎる井上《いのうえ》竹雄じゃ。あなたのことが好きな、ただの男じゃ。ほんじゃき、あなたを一人っきりにはせん」

「――馬鹿じゃのう。せっかく東京行ったのに……。こんなはちきんの強情っぱりよりかわいらしいお人がおったじゃろうが」

「何を言いゆうがですろうか。あなたは、そんじょそこらの女子《おなご》じゃないき。この峰屋を、自分から背負って立つと決めたお人じゃ。――まっすぐでりりしくて。すがすがしいのに熱い。あなたは、そういうおひとじゃ。ほんじゃき、この月が沈んだらしまいじゃ。まだ起こっちゃあせんことでメソメソしなや。大奥様も万太郎も、あなたは、泣いても悔やんでも、空が晴れたら立ち上がるがじゃ。心配せんでもあなたじゃき託せるがじゃ」

「……分かった。主《あるじ》に、こんな好き勝手言う奉公人おるわけないきね。私も……もうあんたを奉公人とは思わんき」

綾は、竹雄をまっすぐに見つめた。

「……井上竹雄」

「……はい」

「……呼んでみただけ」

「なんじゃあ……っ」

「――あーもう。あんたのせいで酔いが覚めたき。飲んでこよう」

そう言って綾はさっさと大座敷へ戻っていった。竹雄は綾の背中を追いながら、もう決して後戻りはしないと心に決めた。


翌日、タキは医師の堀田鉄寛に往診を頼み、話をした。自分の余命は長くないだろうとタキは察していたが、思い残すことはないと思っていた。ところが万太郎の帰郷で、心境が変わった。

「願いができてしもうたがです。この先が、見とうなってしもうた。万太郎の子どもを――わしのひ孫を、この手に抱いてみたい。先生、どんな薬を使うてもえいき。この身体に刃《やいば》を入れても構いません。ほんじゃきどうか治してくれんろうか。わしを生かして……お頼申します」

「……申し訳ありません……今から八十年も前に、華岡青洲《はなおかせいしゅう》ゆう外科医がおりましてのう。大奥様と同じ見立ての患者を治したことがありました。『通仙散《つうせんさん》』ゆう薬を使うて、患者を眠らせ、刃を入れてがんを取った。ほんじゃけんど、その『通仙散』、難しい薬じゃき、青洲は門外不出にした。今でも華岡流の医術を学んだ者しか、その薬を知らんがです。わしには作れません」

「……ほうですか」

そう答えて、タキは庭に目をやった。芽吹いている草木もあれば、枯れていくものもある。それら全てが自然の摂理だ。

「ああ――すっきりしたき……！　言いにくいことを言わせてしもうたのう。先生、すまんのう。人には天から与えられた寿命があるゆうに。あさましいことを申しました」

「いいえ。……えいことですき。命ゆうがはまっこと不思議なもんですき、願いこそが、どんな薬よりも効くことがあります。願うてみたらどうですろうか。そばにおってほしいと」

「……そんなこと……」

「願いを口にしてもバチは当たりません。願いを持てることこそが、幸せながですき。言うてみてください。――東京に戻らんと、そばにおってほしいと」

「……そうじゃねえ……」

この日、万太郎は寿恵子を連れて村の小学校を訪ねた。かつて万太郎が通った名教館があった場所だ。名教館で池田蘭光に出会っていなければ、万太郎の人生は違ったものになっていただろう。校門の前で寿恵子に蘭光の話をしていると、校長が声を掛けてきた。

「槙野さんではございませんか？　おやおや、いつぞや以来ですよ」

万太郎は峰屋にいたころ、この校長から小学校の教師にならないかと誘われたことがある。

「槙野さんは土佐イチの大秀才ですからね。あのとき、首に縄を掛けてでも、子どもたちに教えてもらうべきでした！　今、授業中ですが、少しだけのぞいていかれませんか？」


その後、寿恵子を金峰神社に連れていくと、境内にバイカオウレンが咲いていた。

「……万太郎さんが話してくれて……私、たくさん想像したんですよ。……本当に、光の粒みたい。これ、お義母さまがお好きだった花ですよね」

「ああ……うんと優しいかぁさまじゃったき。わし、とうさまのことはまったく知らんがじゃ。わしが生まれる前に亡《の》うなってしもうて。ほんじゃき親代わりと言えばおばぁちゃん一人じゃった。峰屋には大勢人がおったけんど、かぁさまとうさまを恋しいと思うこともあった……。ほんじゃき、わしと、家族になってくれてありがとう」

「――あのね、私も一つ気付いたことがあるの。万太郎さん、子ども、お好きでしょう？　さっき、子どもたちに勉強教えてた万太郎さん、生き生きしてた」

さきほどの小学校で、万太郎は子どもたちの前でちょっとした授業を行ったのだ。子どもたちは目を輝かせて話に聞き入っていた。

「それは……その……せめてわしも何か分けちゃったらと思うて」

「佐川で家族になりましょうか」

「――いや、大学に行かんと研究はできんき、そんなこと到底無理ながじゃ」

「小学校の先生をしながら、植物の採集をなさったら。いいですよ。私は。私、佐川好きです」

「――寿恵子。……帰ったら、おばぁちゃんと話してみてもえいじゃろうか」

「はい！」


万太郎たちが峰屋に戻ると、待ちかねていた竹雄が飛んできた。

「どこ行っちょったが！　手紙じゃあ！　大学から手紙が届いちょりますき！」

帰郷前、万太郎は藤丸と波多野に、ロシアから連絡が来たら知らせてほしいと頼んでいた。竹雄と寿恵子と共に自室に入って封筒を開けると、藤丸、波多野からの手紙と共に、ロシアのマキシモヴィッチ博士からの手紙も入っていた。

マキシモヴィッチ博士は、万太郎が行った標本の検定の正確さを認め、土佐の flora をまとめた功績を高く評価しているという。そして、土佐の標本の中からマルバマンネングサが新種の植物だと認められたと記されていた。

「マキシモヴィッチ博士が正式に学名をつけて、海外の雑誌に発表するそうじゃ。学名は『Sedum makinoi Maxim.』――最後のマクシムは、この学名の命名者、つまりマキシモヴィッチ博士のことじゃき、その前のセドゥム・マキノイ――これが新種につけられる学名じゃ。このマキノイ――これ……槙野じゃ！　わしの名ぁが、植物の名として永久に刻まれるがじゃ！」

万太郎は泣きながら竹雄と寿恵子と抱き合い、震えるほどの感動を分かち合った。

「マルバマンネングサ。あのぷにぷにのかわいい子が、セドゥム・マキノイ――あれ？」

寿恵子の頭に、素朴な疑問が浮かんだ。

「……あの子は土佐のお山にいて、万太郎さんとずっと前から仲よしなんですよね？　それを、なんでロシアのお方が名前を付けるの？」

「植物は、誰かが雑誌や書物に発表して初めて新種と認められる。発表した人間こそが、植物の命名者になるがじゃき」

それを聞いて寿恵子は、万太郎の机の上から『植物学雑誌』を持ってきた。

「雑誌あります！」

「ああ――」

自ら雑誌を創刊した万太郎は、発表の場を手に入れた。いまや、新種の命名者になることも可能なのだ。


その後万太郎はタキの部屋に行き、マキシモヴィッチ博士からの知らせについて報告した。

「おまんの名ぁが、あの草の名ぁになって、世界に出ていくがじゃねえ」

感慨深げに言うと、タキは万太郎の手を握った。

「……ふじにのう、仙石屋《せんごくや》を呼ぶよう言うてきて」

「仙石屋？　呉服屋の？」

「……お寿恵の衣装を急がせるき。早う祝言を挙げて、一日も早《はよ》う、東京に戻りい。……草の道が海の向こうにもつながっちゅうがじゃろう？　サッサと行きい」

「……はい。おばあちゃん……！」

第13章　ヤマザクラ

夜になるとタキの体の痛みがひどくなったため、竹雄が鉄寛を呼びに走った。峰屋の土間で万太郎たちが待っていると、鉄寛が駆けつけた。鉄寛はタキの診察に向かう前に、万太郎に尋ねた。

「――若旦那は……東京にお戻りに？」

「はい」

「ほうですか……」

鉄寛が去ると、万太郎は綾と竹雄を前に、タキへの思いを語った。

「おばぁちゃんは、わしらを育ててくれた。おばぁちゃんがおってくれたき、わしらは孤児にならんと、姉弟になれたがやき。わしじゃち……何かしたいき……」

翌日、タキの容態はいくらか落ち着いた。この日峰屋には、長年の付き合いの呉服店・仙石屋が寿恵子の婚礼衣装選びのために大量の反物を運び込んだ。仙石屋の主人の浜村《はまむら》義《ぎ》兵衛《へえ》と手代が大座敷いっぱいに反物を並べたところに、寿恵子に付き添われてタキが現れた。

「久しいのう。これがうちの嫁になるお寿恵じゃ。似合いのもんを急いで仕立てちゃって」

「かしこまりました。お寿恵さま、色直しのお衣装でございます。お好みのもんをご覧くださいませ」

あまりに上等な品ばかりで寿恵子が戸惑っていると、タキがやさしく言った。

「お寿恵。わしが見たいがじゃ。峰屋の嫁にふさわしいもんをよう選びぃ」

「――はい」


衣装選びの介添えは仙石屋の手代とふじに任せて、タキと義兵衛は縁側で話をした。

「仙石屋の桜、もう蕾《つぼみ》は膨らんじゅうじゃろうか？」

「……それが……切り倒そうかと思うちょりますき。いつの間にか、上のほうに、なにやら竹箒《ぼうき》のように細かい枝が異様に増えてまいりまして。職人を呼んだところ、病じゃそうで」

それは桜の天敵と言われる病で、かかってしまった枝は切り落とすしかなく、たとえ切り落としても、いつのまにか他の枝にもうつるのだという。

「よその桜にもうつる前に切り倒さんといかんがですけんど、思い出深い樹ですきのう……」

二人がそんな話をしているところに、植物採集の支度をした万太郎がやって来た。

「おばぁちゃん、寿恵子は掛かりますろう。すみませんが、わし、出てきますき」

タキはふいに思い立ち、去りかけた万太郎を呼び止めた。

「待ちい。万太郎、なんとかできんかえ？」

その後、万太郎は植物採集ではなく仙石屋に向かった。病にかかった桜の様子を見るためだ。樹齢を重ね、枝を大きく広げた桜を見上げて、万太郎は話しかけた。

「お久しゅうございます……峰屋の槙野万太郎にございます。……病じゃと伺いました……」

店の手代に尋ねてみると、病の症状が出た枝はすぐに切り落として燃やしたという。

「こうして見よったち、病が他の枝にもうつっちゅうからあ分かりませんきのう」

「ええ。今年の花が終わるまで、家の者らあ、どうにも名残惜しゅうて……」

「わしも子どものころからおばぁちゃんに連れられてよう見に来ましたき。助けたいのう……」

仙石屋を後にすると、万太郎は山に登った。森に生い茂った木々の中から、仙石屋の桜と同じ病の木を探すためだ。木々の幹に触れたり、下草を調べたりしながら探し歩くうちに、万太郎は病にかかった木を見つけた。枝を採集してから、万太郎はその木に寄り添った。

「……草花の道を選ばせてもろうたがじゃ……。――救えんでどうするがじゃ」

これこそが、自分がタキのためにできることだと万太郎は思った。

この日綾は、竹雄と二人で土佐中の酒蔵を回ることにした。皆で組合を作ろうと声をかけるためだ。一致団結すれば、どこの酒屋も酒を横流ししないように互いに目を光らせることができる。さらに酒屋以外の者が密造酒を造らないように世間に訴えかければ、闇の酒が出回ることがなくなり、まっとうな酒蔵の酒がきちんと売れるようになる、と綾は考えていた。

その考えに感心しながらも竹雄は、容易なことではないと綾に指摘した。闇の酒を売って甘い汁を吸っている者たちが簡単に改心するとは思えないからだ。それでも綾の意思は固かった。

「ほんじゃき一軒一軒お願いするがじゃ。頭下げて。どうか皆あで土佐の酒造りを守ろうゆうて。他に分からんき――私ができること」

　蔵元たちの信頼を得ようと、綾は身なりにまで気を配った。着物を吟味し、化粧も施して出かけると、一軒ずつ懸命に思いを伝えて回った。しかし蔵元たちの反応は冷たかった。

「峰屋さんは先祖代々、深尾の殿様に引き立てられ、散々っぱら肥えてきたがですろう。それを今、野良に放り出されたき仲よう組合じゃゆうて……虫のえい話じゃのう！」

「見たところ、二十三、四ゆうたところか。嫁《ゆ》き遅れじゃのう。峰屋に跡継ぎがおらんがじゃろう？　わしのカカアはもう亡《の》うなったきのう……おまんごと峰屋をもろうちゃる」

「酒屋の組合持ちかけるがに、なんで女子《おなご》が来るがじゃ。蔵は男の仕事場じゃき！　女子が関わったら蔵の神が怒り腐造を出す。知らんわけじゃないろう？」

　これには竹雄が反論した。

「そんながは、ただの言い伝えにございます。証がないですき」

「峰屋が女子を蔵元にしちゅうがは峰屋の勝手じゃけんど、わしらまで巻き込まんといてくれ！」

　厳しい現実を突き付けられた綾と竹雄は、金峰神社に向かった。綾は境内で仰向けになり、空をにらんだ。今にもあふれそうな涙をこらえていると、横に座った竹雄が口を開いた。

「……あほばっかりじゃったのう！」

「……そうじゃけんど……皆ぁ本音じゃったき。私が蔵元じゃゆうだけで、峰屋のこの先が閉ざされるがじゃのう。……私が呪《のろ》いながじゃ……」

「……」

「のう竹雄。夫婦になろうか……」

「――嫌じゃき。そりゃあ真《しん》から欲しい言葉じゃ。欲しゅうてたまらんけんど……今の綾さまからは欲しゅうない」

「ほんならどういたらえいがじゃ！　峰屋はあんなふうに思われちょったゆうて！　私がおるきいかんがじゃ」

「ほいたら、うちがいっそ闇の酒を造るかえ？　他所《よそ》を出し抜いちゃったらえい」

「やらん……嫌じゃ……峰屋の酒は、水も米も磨き抜いて造るがじゃ。ほんじゃき曇りない味になる。後ろ暗い造り方はしとうない。先祖代々そうしてきたがじゃ。誇りがあるき」

「誇りじゃ生き延びていけんき。周りのやつらも、ほんじゃき、目障りながじゃろう。殿様の酒じゃった峰屋ののれん。土佐第一の名ァ。それから正しゅうてきれいな綾さま。引きずり下ろして踏みにじりたいがじゃ。したたかになったち誰も責めんき」

「私は、うちの蔵に背くようなまねは出来ん。隠し蔵で造る酒を――『峰乃月』とは呼べん」

「ほんならのう、滅ぶがやったら滅んだらえい」

驚く綾に向かって、竹雄は笑顔で続ける。

「まっすぐに、造りたい酒を貫く。ほかの酒蔵らあ、こっちから捨てたらえい」

「……けんど……守らんと……うちの皆ぁが」

「うちの者らぁはそんなヤワじゃないき。なんかあったち勝手に生きてく。綾さまも、目の前だけ見よったらえいがじゃ。はっきり言うちょく。あなたは呪いじゃない。祝《いわ》いじゃ。酒蔵におるがが女神じゃゆうがやったら、あなたこそが峰屋の、祝いの女神じゃき。あなたが心から、うちの峰乃月が変わらずうまいゆうて笑うちょったら。それが最上の言祝《ことほ》ぎじゃ」

こらえ続けていた涙が、綾の瞳からあふれ出した。

「……そんなが……ただの飲んだくれじゃ……」

「そうじゃあ。飲んだくれの女神じゃ。わしはそういう女神さまに欲しがられたいがじゃ」

「竹雄……面倒くさいき」

言いながら綾は、竹雄を求めて手を伸ばした。その手に応えて、竹雄も綾に身を寄せる。

二人は初めての口づけをかわした。

帰宅した万太郎は自室で本を読み漁り、桜の病を治す方法を探し続けた。そこに、寿恵子が乗り込んできた。

「万太郎さん！　お夕飯終わってしまいましたよ！　何度もお呼びしました」

万太郎は生返事をして顕微鏡に向かい、病の症状が出た枝を観察し始めた。

「ご研究は分かりますけど、お夕飯、皆さん万太郎さんをお待ちでしたよ」

「……子どものころからこうじゃき……来んと分かったら先に食べるじゃろ？」

「じゃあ万太郎さんはいつ食べるの？！」

寿恵子が肩をつかんで万太郎を振り向かせようとすると、顕微鏡にセットした検体がずれた。

「アッ。何するがじゃ。わしは、桜の病を治したいがじゃ」

「食べてからにすればいいでしょう？　顕微鏡は逃げません」

「頭の中が！　止まるじゃろうが！　――えいか。わし、植物の名ぁを明かすことは出来ても、病のことはなんちゃあ分からん。目に見えんもんのことがなんも分からんがじゃ。肝心なときに使い物にならん役立たずじゃき！　ほんじゃきどうにかしようとしゆうがじゃ。すまんが本当に焦っちゅうがじゃき。構わんとってくれんか」

「……でも今日は……私も作ったんです。……万太郎さんのお好きな」

「寿恵子！　邪魔じゃき」

言い放って万太郎は顕微鏡をのぞいた。そのまま観察を続けるうちに時間が過ぎ、気付けば寿恵子はいなくなっていた。部屋の隅に竹皮の包みがあったので、手に取って開けてみた。

「……山椒餅」

万太郎の好物の菓子だ。店の者に教わって、寿恵子が作ったのだろう。

慌てて部屋を飛び出し、万太郎は寿恵子を捜し回った。だが、家中捜しても姿がない。蔵の前で途方に暮れていると、暗がりの向こうから寿恵子と竹雄、綾の声が聞こえてきた。

「でも、ご研究は毎日のことでしょう？　研究が忙しいって食べなかったら身体に障ります」

「それ！　わしもそれで何べんももめてきましたき。万太郎はそういうところがいかん」

「何べんも同じことしゆうがは、ぜんぜん学んじゃあせんゆうことじゃね」

「……私、一人で食べたことないんです。お夕飯はいつも必ずおっかさんと食べてました。おっかさんとけんかしてるときも、ご飯だけは必ず一緒に食べてました。二人きりの家族だったから。

この先、……万太郎さんと私、家族になるんです。二人きりになるんです。幸せな家にしたいのに、万太郎さん邪魔だって。私のこと、邪魔だって……」

　黙って聞いていた万太郎は、堪えきれず飛び出していった。

「すまん！　すまんき、わし……すまん！」

　とたんに綾と竹雄が万太郎を叱り始めた。

「ばかッ！　万太郎！　このばか！」

「何が邪魔じゃ、どの口が言うがな！」

「すまん、寿恵子。本当にすまん！　わしじゃち幸せにする。自分がいろいろふがいのうて……っ、申し訳ない。山椒餅ありがとう！」

「――振り返ってくれないのはあんまりです。草花の道、私も一緒に行くって言いました。邪魔って二度と言わないで。――二人でやっていくんでしょう?!」

　万太郎たちのやり取りを見守るうちに、竹雄はふいに思いついた。

「のう。明日行こうか。横倉山へ」

「横倉山……！」

　とたんに寿恵子の顔が輝いた。その山の名は、万太郎から幾度となく聞いていた。


　翌日、万太郎、竹雄、寿恵子は横倉山に植物採集に出掛けた。今日は寿恵子も胴乱を下げ、採集用の服装だ。万太郎たちは山道をどんどん登っていき、寿恵子は懸命に二人について行った。

　万太郎はまず、山中にある神社に寿恵子を案内した。境内にそびえ立つ杉の巨木を見て、寿恵

子は感嘆した

「……なんて立派な……」

「佐川の槙野万太郎です。また参りました」

万太郎は幹に触れて巨木に挨拶を済ませ、寿恵子の方へ振り返った。

「寿恵子をこの樹に会わせたかったがじゃ」

辺りの空気を深く吸い込むと、万太郎は採集に取りかかった。

寿恵子は万太郎をまねて巨木に触れ、小声で挨拶をした。

「……『槙野』寿恵子です。よろしくお願いいたします」

その後、万太郎と竹雄は、山中をあちこち移動しながら寿恵子に植物採集の方法を教えた。例えば同じ植物がひとかたまりに生えているときは、大きすぎず小さすぎず、いちばん凡庸な物を選んで採集する。もっともその植物らしい個体を標本にするためだ。根も大切な標本の一部なので、土を掘るときに切らないように注意すること。掘った後は土をできるだけ取り除き、胴乱に入れる。胴乱が一杯になったら、反故紙に挟んでおく。名前の分からない植物を採集したときは、採集場所の環境を記録しておく。万太郎は書き記さなくても全て自然に記憶できるが、竹雄は細かく記録することにしていた。

「ここは山の尾根か斜面か。林の中か開けた場所か。よう日が当たるがか、影になっちゅうがか。この土はどういう状態か。万太郎の話し相手になりたいがやったら、書いてでも覚えちょくがじゃ。なんでもない話しの相手でも助けになれることはあるき」

「竹雄さん。……私にできるんでしょうか……」

「……大変で当たり前ながじゃ。万太郎は草花の申し子じゃき。わしのような『凡庸』がついていくがは大変じゃき。ほんじゃき努力した。万太郎が息するように分かることを、わしは一生懸命覚えるしかない。それでも、そばにおりたかったき。大丈夫。あなたなら出来るき」

「はい……。――ところで、なんで万太郎さんは、山なのにお洋服に革靴なんでしょう？　汚れるでしょう？　泥だらけになるし」

「大好きな植物に会いに行くときは、いちばんえい格好でいかんと失礼になるゆうてのう」

なるほどと納得してから、寿恵子は妻になる身として気がかりなことを尋ねた。

「洗濯どうしてましたか？」


懐かしい横倉山での採集に夢中になり、万太郎は一人で山道をどんどん進んでいく。寿恵子は竹雄と共にその後を追い、万太郎に呼びかけた。

「万太郎さんっ、あのッ！」

採集作業で泥だらけになった寿恵子は、疲労困憊《こんぱい》している。それに気付いて万太郎は慌てた。

「すまん！　わしまたやってしもうた、一人で夢中になってしもうて」

だが寿恵子は万太郎を責めるために呼び止めたのではなかった。

「ゆうべご自分のこと役立たずだっておっしゃってたでしょう。目に見えないもののことがなんにも分からないって。でも、見えるもののことなら、そんなにも見えてるじゃありませんか」

「？　見えるものは見える、当たり前じゃけんど……」

「いいえ違うんです。だって私分かりません。あなたと同じところにいても私には——草！木！　山！　それだけです。けど万太郎さんは見渡す限り、もっと細かく、誰がどこにいて何してるか、全部見えてるんです。だから見えてるんでしょう？　万太郎さんは、草花のことがよくよく見える目をお持ちなんです。だから見えないもののことでご自分を責めてらっしゃったけど、万太郎さん、役立たずじゃない。ご自分が不甲斐ないなら、かわりにもっと……とことん見てあげたら？　誰にも気付かれないけどそこにいる子。生きている子。万太郎さんだけはちゃんと気付いて見てあげるの」

「……簡単に言うのう……」

「ないものねだりよりマシでしょう？」

　すると、黙って聞いていた竹雄も口を開いた。

「ほうですね……今がこの国の植物学ゆう山の入り口やったら、波多野さんや藤丸さんも、みんなあで山に取りかかっていくがですろう？　それやったら全員が同じ山道を登ったち仕方ない。それぞれが、それぞれの道を歩いたほうが、山全体が早う見渡せるかもしれませんき」


　その日の晩、寿恵子は竹雄に教わりながら、採集してきた植物の乾燥作業を行った。とっくに体力の限界を超えていたが、採集した日のうちにここまでやり終えなくてはならないのだ。

　その傍らで、万太郎は手紙を書き続けていた。波多野と藤丸、師と仰ぐ野田基善と里中芳生、そして田邊教授に宛てて桜の病を治す手立てはないかと問い合わせるためだ。万太郎はそれぞれの封筒に『病ノ枝』と『健全ナル枝』を同封した。

乾燥作業を終えて寿恵子を休ませると、竹雄は万太郎のために茶を入れた。すでに深夜だが、万太郎はまだ桜の病について本で調べており、休もうとする気配もない。

「――万太郎。お話があります」

ページをめくる手は止まったが、万太郎はこちらを向こうとしない。

「……のう、こっちを。ちゃんと話したいき」

返事がないのでのぞき込むと、万太郎の顔は涙でぐちゃぐちゃになっていた。

「――ひぐっ……」

「……なんちゅう顔しちゅうがじゃ」

竹雄は思わず吹き出し、万太郎は話を聞く覚悟をして竹雄と向き合った。

「おまんが……いつ言い出すがじゃろう思うて……心構えはしちょったがじゃけんど。ねぇちゃんとは……？」

「――おまんが許してくれたら、二人で、大奥様にお願いに行くき。夫婦《めおと》になりますゆうて」

「……ひぐっ。……おめでとう。竹雄ぉ……！」

また泣き出した万太郎につられて、竹雄も涙ぐんだ。

「おまん……ありがとう。ねぇちゃんのこと想い続けてくれて、わしのことも……支え続けて……。わし、おまんには一生掛かっても返しきれんき」

「何言いゆうがじゃ……わしのほうがもろうたがじゃき。ダメ若の世話はそりゃあ手が掛かったけんど……万太郎。今まで楽しかったのう！」

「――おう！」

泣いていた二人が、今度は笑い合った。

「わしはもう東京には帰らんつもりじゃき」

「分かった……お別れじゃのう」

万太郎は竹雄に向かって居住まいを正した。

「井上竹雄。九歳のころより今まで、長らく仕えてくれて、本当にありがとうございました。それで……それで……これからはニイチャンか……。ア、やめ、さすがに言いづらいき」

「いやようない、言うてみ。ニイチャンゆうて」

「嫌じゃき。竹雄は竹雄じゃ！　それでえいじゃろ！」


万太郎と寿恵子の婚礼前日、まつと文太、大畑とイチが佐川に到着した。峰屋では万太郎と寿恵子が一同を出迎え、店の者たちも大いに歓迎した。

まつたちは峰屋が立派な大店だと知って驚き、まずは大座敷でタキと綾に対面した。

「ようおいでになりました。万太郎の祖母にございます。まつさま、この度は、お武家のお嬢様に嫁入りいただきますこと、光栄に存じます」

「こちらこそ……よいご縁だと思っております」

身体の痛みは続いていたがタキは毅然としている。その姿に、まつたちは威厳を感じていた。

「大畑さまも。ご媒酌の労をお取りいただき、ありがとうございます」

「ははっこちらこそ！　万さん――万太郎くんの仲人を務められるとは、責任重大ながら無上の喜び！　末永いお幸せをお祈り申し上げまする！」

その晩、寿恵子とまつは客間に布団を並べて休んだ。床に就くと、まつは寿恵子に話しかけた。

「……お寿恵。万太郎さん、これだけの大店からあっさり出ちまうってのは……よっぽど恵まれてお育ちになっていて……分かってないんだ。……生まれながらにあたりまえにお持ちだったから、無くすってことをお分かりでない。一人前の男が、実家を離れてやってく。ご立派だよ。けど、万太郎さんの道は、金にはならないだろ。それに峰屋の皆様、万太郎さんのこと好きじゃないか。……頼ってもいいと思うんだけどねえ」

「……万太郎さんがお決めになったことだから」

「でも、あんたが苦労するのが目に見えてる。最初から持たざる人なら諦めもつくけど」

寿恵子は起き上がってまつに尋ねた。

「どうしたの。おっかさんともあろうお人が」

「心配なんだよ。なんせ今夜限りだからね。あんたが私の……西村の家の娘でいるのは」

「……何言ってるの？　娘だよ、ずっと。私はおとっつぁんとおっかさんの娘だよ」

まつは起き上がって寿恵子に触れた。だが、すぐに思い直して布団に戻った。

「……寝なきゃね。明日に障る」

「――おっかさん。私ね、おとっつぁんとおっかさんの娘に生まれて、本当に幸せでした。おとっつぁんとおっかさんが、私にたくさんのものをくれた。冒険が好きなところ。しっかり者のところ。だから私、万太郎さんと生きたいと思った。私、おとっつぁんとおっかさんの娘として、もらったものぜんぶ抱えて、この先も生きていくつもりです。それでもいい？」

熱いものが込み上げるのを感じながら、まつは答える。

「……もう……ダメなんだよ……嫁っていうのは相手の家に染まらなきゃ」

「万太郎さん、ほら、家を出るもの」

「もっとダメじゃないか……」

母の言葉に、寿恵子の顔がほころんだ。


祝言の日、まずは座敷に両家の面々と仲人夫妻が集まり、夫婦固めの盃事が行われた。紋付袴の万太郎と白無垢《むく》に綿帽子の寿恵子は、厳かに三々九度の儀式を執り行った。

その後の披露宴のために、大座敷には豪勢な皿鉢《さわち》料理や祝い膳、峰乃月が用意され、宴を前に、分家の豊治、伸治、紀平もやって来た。


大畑夫妻と、綾、竹雄、市蔵を始めとする峰屋の面々、寅松、そしてまつと文太、分家の三人が大座敷にそろうと、万太郎がタキを連れて入ってきた。タキの体を支えて席に着かせると、万太郎は新郎の席に着いた。後は、新婦を待つばかりだ。

寿恵子は色直しの衣装で現れた。そのあでやかさに、一同からため息と称賛の声があふれた。品定めしてやろうと意地悪く待ちかまえていた分家の三人さえ、圧倒されて絶句している。

「……きれいじゃ……寿恵子」

小声で万太郎が伝えると、寿恵子ははにかんで笑みを返した。

その後は新郎新婦による鏡開きが行われた。峰乃月の樽が用意され、万太郎と寿恵子は二人で持った木槌《づち》を、皆の合図に合わせて振り下ろした。

「そーれ！　よいしょ！　よいしょ！　よいしょー！」

見事に樽が開くと、わっと座が盛り上がり、酒が振る舞われた。皆が料理に舌鼓を打って、峰乃月に酔い、披露宴は大いに盛り上がった。

「ではここで、万太郎くんから挨拶を」

大畑が促すと、新郎新婦が居住まいを正す。

「皆様、本日はわしらの門出を共に祝うてくださり、本当にありがとうございます。本来やったら後継の男子として峰屋を支えていかんとならんところを、勝手をお許しくださり、ありがたく思うちょります。わしと寿恵子は、これよりは峰屋という大樹を離れ、新たな地で、二人、芽吹いていこうと存じます。今日までわしと寿恵子を育んでくださいました皆様に、御礼申し上げます。ほんで、わしは、槙野の家の一切を、姉である槙野綾とその伴侶となる井上竹雄に譲る所存でございます」

この件をタキと市蔵夫婦は既に了承していたが、初耳の者もおり、場がざわついた。

竹雄は綾と共に手を付いて頭を下げた。

「謹んでお引き受けいたします」

とたんに豊治の鋭い声が飛んだ。

「待ちや！　わしら聞いちゃあせんぞ！」

すると、慌てることなくタキが答えた。

「今から申す。……綾と竹雄を添わせようと思うてのう。竹雄の忠義は、皆もよう知るところじゃろう。これをもって、市蔵とふじも隠居し、次の番頭は定吉、おまんじゃ」

「は――はい」

「これからは若い夫婦のもと、皆ぁで峰屋を盛り立てていってほしい」

峰屋の面々は「はい」と頷いたが、紀平が黙っていなかった。

「いや認めん！　認められんじゃろう！　よう考えてみい――元はと言うたら綾は本家の人間でもない！　ばぁさまが引き取って育てただけじゃろうが！」

豊治と伸治も激怒している。二人は、万太郎が東京から戻らないならタキは綾を伸治に嫁がせるだろうと思い込み、本家が手に入ると期待していたのだ。

「竹雄に添わせるじゃと？　そいつは子どものころから万の字にくっついちょっただけじゃろうが！　そんな腰巾着にご当主様じゃゆうて頭下げんといかんがかぇ?!」

「なにが本家じゃ。本家の血筋は誰ちゃあ残らんがじゃに、それでもふんぞりかえるがか！」

万太郎は思わず気色ばんだが、寿恵子が押しとどめた。そこに、タキの声が静かに響いた。

「――家ゆうがは、なんじゃろうのう……血筋。金。格式。……なにを護《まも》ってきたがじゃろう。

峰屋ののれんも、深尾のお殿様のもと先祖代々護ってきたけんど――徳川様の世もあっけのう終わり、深尾のお殿様も土佐を出て行かれた……。残ったわしらは一体なんじゃ。のれんも軽うなって。変わらんもんらあてないがじゃと突きつけられたけんど――それでもやっと見えてきたもんがある。おまんらぁじゃ。過ぎ去った時はもうえい……。どうしようもない。それよりも今ここにおるおまんらぁの幸せが肝心ながじゃ。この先を健やかに幸せに生きていく。……家の願いではのうて、己の願いに生きていくことが」

　この場に集った一人一人をタキは見渡し、峰屋の者たちも一心にタキを見つめている。だが豊治と紀平は、長年抱えてきた怒りを爆発させた。

「いまさらなんじゃあ！　ばぁさま！　これまでさんざん本家と分家を区別してきたがはどこのどいつじゃ！　ばぁさま、あんたがわしらぁ分家を見下してきたがじゃろうが！」

「ほうじゃ！　商いじゃちわしらぁは本家の顔色うかがいながらやってきたじゃろうが！」

「……ほうじゃのう。わしがそうさせてきた。先祖代々に倣《なら》い、おまんらぁには本家に尽くさせてきた。けんどもう、時は変わった……。豊治。紀平。これまでの仕打ち、申し訳なかった」

　タキが手をつき、頭を下げている。その姿に一同は衝撃を受け、分家の者たちも黙り込んだ。

「これよりは、本家分家と上下の別なく、互いに手を取り合《お》うて、商いに励んでいってほしい」

　タキに倣い、綾と竹雄も手を付いて皆に語りかけた。

「これよりは、竹雄と二人、力を尽くして、峰屋を護ってまいります」

「皆様、どうかよろしゅう願います」

「わしらも頑張りますき！」

　定吉が熱のこもった声で答えた。タキは、万太郎と寿恵子に視線を移す。

「万太郎。お寿恵。おまんらはもう、どこへでもお行き。わしが訪ねたこともない地で、二人が芽吹いていく。思い描くだけで楽しゅうてのう。どんな花が咲くか、ほんとに楽しみじゃ……。万太郎。わしの孫に生まれてきてくれて、ありがとう。おまんは生まれたときから、そして、この先もずっと、わしの希《のぞ》みじゃ」

「……わしこそ……。おばぁちゃん。ここまで育ててくださり本当にありがとうございました」

頷いたタキは、ふいに庭に人の気配を感じた。光の中に、懐かしいヒサの姿が見える。万太郎と寿恵子を愛おしそうに見つめているのだ。ヒサはこうして、はるか遠い場所から万太郎を見守り続けているのだろう。

そのとき、かすかに雲がかかり、タキの視界からヒサが消えた。


後日、タキは、切り倒される前に桜を見ようと仙石屋を訪ねた。体調のいい日に万太郎と寿恵子、綾と竹雄と出かけていくと、タキは桜に語りかけた。

「……お久しゅうございますのう……。天寿がありますきのう。ほんじゃきお互い、精一杯生きてきましたき……」

万太郎は手を尽くしたが、桜の病を治す手立てを見つけられなかった。だが、症状の出ていない若い枝を切って、庭の少し離れた場所に挿し木していた。万太郎はタキに言った。

「この小さな枝から、また根が出て、立派な木に育っていくきね。ここは日当たりもえいき。日と水と土が助けてくれるきね。ぐんぐん育つ」

「楽しみじゃのう……いつか、この桜が咲き誇るがか……！」

タキは挿し木が大きく育った姿を思い浮かべた。すると、綾と竹雄夫婦、万太郎と寿恵子夫婦の未来が目に浮かんだ。どちらの夫婦も、満開の桜の下、子どもを連れて笑っている。

「ああ、爛漫《らんまん》じゃ……！」

そう言葉にした瞬間、幼い女の子の泣き声が聞こえた気がした。タキが振り返ると、赤ん坊の万太郎を抱いたヒサと、三歳のころの綾が見える。これは、綾を峰屋に引き取った日の光景だ。あの日、満開の桜の下でヒサは、泣きじゃくる綾にこう語りかけていた。

「綾……もう泣かんでえいがよ。ほら、見てみいや、桜も咲いちゅうで。万太郎も笑いゆう。綾に会えてうれしいゆうて」

「まんたろう？」

「綾の弟になるが。かわいがってくれる？」

「うん！」

「今日からわたしらあ家族になるがじゃ。血のつながりじゃのうて、縁でつながる家族にのう」

つかの間、遠い日の光景を眺めていたタキは我に返った。すると綾が心配そうに尋ねてくる。

「おばぁちゃん？　大丈夫？」

「——ああ。なんちゃあない。帰ろうか」

そう答えると、万太郎が手を差し伸べてきた。愛しい孫の手に、タキは自分の手を重ねた。

それからしばらくして、タキはこの世界に別れを告げ、旅立っていった。江戸から明治へ。峰屋の大黒柱であったタキの旅立ちによって、一つの時代が終わりを告げた。

本書は、連続テレビ小説「らんまん」第一週〜第十三週の放送台本をもとに小説化したものです。
番組と内容が異なることがあります。ご了承ください。

DTP　NOAH
校正　円水社

長田育恵（おさだ・いくえ）

劇作家・脚本家。1977年東京生まれ。早稲田大学第一文学部卒。07年に日本劇作家協会戯曲セミナーに参加し、翌年より井上ひさし氏に師事。09年劇団「てがみ座」を旗揚げ、以降、全戯曲を手がける。演劇作品において、15年文化庁芸術祭演劇部門新人賞、16年鶴屋南北戯曲賞、18年紀伊国屋演劇賞個人賞、20年読売演劇大賞優秀作品賞など受賞多数。NHKドラマの脚本として、19年特集ドラマ「マンゴーの樹の下で～ルソン島、戦火の約束～」、20年プレミアムドラマ「すぐ死ぬんだから」、21年ドラマ10「群青領域」、22年特集ドラマ「旅屋おかえり」など。21年特集ドラマ「流行感冒」でギャラクシー賞奨励賞・東京ドラマアウォード優秀賞を受賞。

NHK連続テレビ小説　らんまん　上

2023年3月20日　第1刷発行

著者　作 長田育恵
ノベライズ 中川千英子

発行者　土井成紀
発行所　NHK出版
〒150-0042東京都渋谷区宇田川町10-3
電話　0570-009-321（問い合わせ）
0570-000-321（注文）
ホームページ https://www.nhk-book.co.jp
印刷　亨有堂印刷所、大熊整美堂
製本　二葉製本

Printed in Japan
ISBN978-4-14-005734-6 C0093